桐花纷飞时

冉霞 著

天津出版传媒集团
百花文艺出版社

图书在版编目（C I P）数据

桐花纷飞时 / 冉霞著 . -- 天津 : 百花文艺出版社 ,
2025. 7. -- ISBN 978-7-5306-9118-2

Ⅰ . I247.7

中国国家版本馆 CIP 数据核字第 20252FK715 号

桐花纷飞时
TONGHUA FENFEI SHI
冉 霞 著

出 版 人：薛印胜
责任编辑：魏 青
装帧设计：書點文化
出版发行：百花文艺出版社
地址：天津市和平区西康路 35 号　邮编：300051
电话传真：+86-22-23332651（发行部）
+86-22-23332656（总编室）
+86-22-23332478（邮购部）
网址：http://www.baihuawenyi.com
印刷：四川科德彩色数码科技有限公司
开本：880 毫米 ×1230 毫米　1/32
字数：182 千字
印张：7.25
版次：2025 年 7 月第 1 版
印次：2025 年 7 月第 1 次
定价：86.00 元

如有印装质量问题，请与四川科德彩色数码科技有限公司联系调换
地址：成都市郫都区成都现代工业港北片区港北二路 551 号
电话：028-88451797　邮编：610021

目　录

甜蜜守护者

“王子，王子，上盖哟！王子，王子，上盖哟……”一个苍老而又有温度的男低音从路边的密林里传出来，语调温和得像是在呼唤孩子回家，又像是在闭着双眼哼着摇篮曲轻拍着怀里即将入睡的婴孩。这和此刻西山斜射过来的橘黄色的夕阳余晖搅和在一起，仿佛是众神写给大地的一首苍凉而又美丽浪漫的诗歌。天边的晚霞晕染着西山头，使得山河显出神圣之感来。西斜过来的霞光将萧萧林木镀上了一层柔和的金光，多么熟悉而又美妙的乡村景象！我提着扶贫资料走在便民大道上，落叶簌簌有声，落到地上的，被秋风追逐着剐蹭着水泥大道，发出的声响总让人联想到老人枯瘦的关节敲打着坚硬的生活，让心微微疼痛。

“王子，王子，王子，王子，上盖哟！”这个压着喉咙生怕吵扰静美黄昏的苍老男低音断断续续，我寻声望去，只见大道下方的杂树丛中一棵相对高大的杨树枝叶轻轻晃动，那是一种有别于风吹的晃动，男低音定是从那里传过来的。

我在秋风里驻足，被眼前的景象迷得忘了挪步，多么熟悉的声音！我突然想起了我爷爷，我决定见见林子里的人。我放下扶贫资料，在水泥路沿坐了下来—— 一坐下来便看到丛林里一条满是荆棘的小路，小路的那一头连着那棵晃动的白杨树。

“老辈子（老前辈），在招蜂子（收蜜蜂）呀？”——我熟悉这温柔的呼唤声：我爷爷经常这样哼小调似的呼唤他的“王子上盖”。他们的“王子”不是每个女孩心中的白马王子，他们的“王子”是蜂王，一群蜜蜂的皇后——我确定杨树下有位老人在收（招）野生蜜蜂。

我的问话朝着小路传过去，但没有回音，于是我提高了嗓门探着头又问了一次——“老辈子（老前辈），在招蜂子（收蜜蜂）呀？”——因我所帮扶的几户贫困户所在的这个村庄是一个纯姓家族式村寨，寨子里的人和我一样全姓冉，加上这里的人辈分都特别高——连学生娃娃和穿尿不湿的婴儿都至少和我一个辈分——甚至还比我高一个辈分，因此不用害怕称呼出错——只要见到成年人我就尊称“老辈子”（长辈或者前辈）。村民们也因此见到我这个辈分特别小的“家门”就格外亲切和关照。“哎……王子，王子，上盖哟！”这次杨树下有了回应。我便提着袋子从大道上跳下丛林，小心地转进林子。

我佝偻着腰，分拨小径两边的荆棘和茅草，只几十来步便看到了穿着青布衣的老人站在一块突兀的毫无形状的巨石上。他踮着脚尖，右手举着一顶草帽，身子依在杨树上，神情专注，无暇顾及我的到来。在杨树干两米左右的小树丫和树干相接处集结了一团团棕褐色蠕动的蜜蜂，老人虔诚地望着那重重叠叠拍着翅膀嗡嗡叫成一片的蜂群，右手高举的草帽罩在蜂团上方，他用左手轻轻将蜂团往上推，嘴里继续哼唱着——“王子，王子，王子，王子，上盖哟！”——所谓的“王子上盖”，意思很简单，就是呼唤蜂王带领群蜂往上飞进盖住它们的草帽里面，并集结成群附着于上面，好让养蜂人带回家饲养。

我真担心那些带刺的小家伙蜇到老人，“老辈子，你不怕被蜇呀？你挨蜇了没有？”我在一米开外急切地问。“你轻轻地不弄疼它，它就不会蜇你，这小东西和人一样呢——‘人不犯我，我不犯人啊’，再说，它哪里就愿意蜇人嘛，一旦蜇人了，它自己也就死了。但凡被它蜇了，那说明它已经是被惹得冒火了，或者是说它已经被逼上绝路了才拼命啊！”老人说这话时也压着喉咙，他仍然盯着树干上的蜜蜂，没有回头看我。这种感觉倒像是在帮蜜蜂说话——他们此刻在一个阵营，而我像个入侵者。“你莫过来了，你走出汗水了，蜂子（蜜蜂）会蜇你，这东西眼睛鼻子灵得很。”老人像抹地上的豆子般那么自然而又熟悉地将蜜蜂往上方的草帽里推，那蜜蜂群在他手下倒像是杨树上结出的果子一样，还有些粘手，一些蜜蜂在他的指缝间和手背上爬动，他也不管它们，他们仿佛是老熟人一样——不，是像朋友一样和谐！他继续缓缓将蜂群往草帽里推，嘴里仍旧在循环哼唱：“王子，王子，王子，王子，上盖哟！”

散飞的蜜蜂围着老人和杨树飞来飞去，奇怪的是它们没有蜇他一下。树干上密密麻麻蠕动的长翅的小昆虫，在老人轻柔又深情的呼唤和爱抚下一窝儿往上飞，渐次全飞进了盖在它们头顶的草帽里，并重重叠叠爬附在草帽里面，像燕子结在房檐下的窝的那个样子——棕褐色的一团填满了草帽。老人依旧在呼唤：“王子，王子，上盖哟！”树干上的蜜蜂基本都移进了盖在蜂群上面的草帽里，几千只蜜蜂挨挨挤挤、重重叠叠，像草帽里结出了棕褐色的果子一样吊在草帽下面。“王子进去了吧？”我仰着头问老人。“早被我捉进来了，要不然雄蜂和工蜂也不会乖乖进来呀！”老人得意地笑着说。这次他回过头看了我一眼，我从他的眼神里看出来狡黠和欢愉。他嘿嘿地笑着，我也跟着笑了。

“我在其他地方看到他们招（收）蜂子的喊法和你不一样，他们是这样喊的：‘蜂王上盖哟，蜂王歇，蜂王回家我来接’，比你喊‘王子上盖’更有意思呢！”我学着县城另外一个地方的养蜂人招收蜜蜂的语调唱给老人听，老人听后哈哈大笑起来，笑过后他说：“这些嘛，都是人自己编的口水话，我们这个地方的人都是这么招蜂子的。你说他那个有意思？哼！我还可以编个更有意思的呢！”他歪着脑袋想了想又继续说：“比如——皇上驾到！——恭迎皇上！皇上万岁万岁，万万岁！”他还没说完我就已经笑得差点坐到了草丛里：“老辈子，你是古装剧看多了哟！”老人也哈哈地笑了起来。这时他将爬满几千只蜜蜂的草帽小心地从杨树上拿了下来，双手轻轻提着。他歪着脑袋看了一眼草帽下面的蜜蜂，像提着灯笼护着火苗不被风吹灭那般的小心。树干上只剩残余的到处爬动翻飞的几十只蜜蜂了，大部队已经被老人提在手中——真的是瓮中捉鳖。

老人很是愉快，他提着几千只的蜜蜂团，像个得胜将军：“冉姑娘，又来啦！”他的音调突然调高了两倍，和之前呼唤蜂王时判若两人。此时，他才算是认真地、正式地和我打招呼——之前的一系列对话完全不算，因为那时我算是叨扰者，他和我的聊天就绝对没有走心，这次他是热情地、热烈地欢迎我的到来。“是呀，老辈子！又来看看你们呀！”我也随之拧大了嗓门。山风吹来收获的味道，老人的白发在夕阳余晖下和漫山落叶一样全是大自然的样子。“你现在一共有多桶蜂子（蜜蜂）了啊？”我边问他边猫着腰往公路方向走，老人提着一窝儿蜜蜂也跟着我走出了林子。

“六桶，以前最多的时候有十几桶，我一年吃香的喝辣的全靠它们呢！现在啊——去年冬天飞的飞，死的死，人老了腿脚不利索了，蜂子冬天也怕冷需要给它们保暖，割蜂糖后还需要喂水，没经管（照顾）到位就损失了，没办法呀！”老人有些自责，像是在向蜜蜂赎罪，又像是在抱怨衰老，可怜自己。

“六桶也不少啊，一年有大几千块钱收入吧？好卖吗？需要我们帮着宣传一下不？”我问老人。“这个完全不用担心，我这个正宗的土蜂糖和市场上那些掺假的人工蜂糖完全是两码事。我这个圆桶蜂糖一年只割一次，蜂子全是采的这村里的五谷杂粮和山上山下的野花及名贵中草药的花蜜，安逸得很。现在的人都认得好东西，每年我一割完蜂糖就被人开车上门来买走了，抢手得很。”老人说完又嘿嘿地笑了起来，我也跟着笑，山风也挠着草木的胳肢窝，漫山遍野都欢快地笑成一片，还夹着蜜糖的味道。

“是啊，土蜂糖是受欢迎，你看我们住的这地方山清水秀的，空气好，花花草草种类又多，还有好多野生药材，蜂子采这些花蜜来酿糖，吃了这个蜂糖不添福也添寿啊！”我接过老人的话茬儿。“冉姑娘，你这嘴巴比蜂糖还甜呢！”老人在大道上和我并肩往村里走，他说完赞许地看了看我。我跟在老人后面到了老人的家，看着老人将一个黑色的有些年头的圆形蜂桶扣在了一草帽蜜蜂上。这一窝儿蜜蜂从此便在这圆木桶里吐腊筑巢，繁衍后代，奔走采蜜、酿蜜……开启它们的生生世世了。

老人是个低保户，终身未婚，平常靠共用堂屋的邻居侄儿照应。而他侄儿又是我所帮扶的贫困户之一，所以我对老人的情况比较熟悉，也因着同样的姓氏，格外亲热。老人每次见到我都仿佛见到了亲人一样，“冉姑娘，又来啦。”笑盈盈的，像迎接亲人到来，“又来啦”三个字里充满的是热忱和喜欢，绝对不是厌倦和拒绝。“又”字仅表达着你是这里的常客，你的到来是那么自然而然，这里你仿佛本来就应该来。

嘎吱一声，老人打开一个木箱子——那是农家从前用来存放粮食的箱子。老人用花白的头顶着木箱子的顶盖，双手伸进箱子里面端出一个深绿色的塑料盆子来，他将盆子放在箱子旁边，腾出一只手撑住木箱盖子把头解放了出来，然后弯着腰用另一只手将塑料盆挪到膝盖上，半蹲着轻轻盖上了木箱盖子，又双手捧着绿色塑料盆朝我走了过来，“来，冉姑娘，这是我早晨刚刚割下来的蜂列子（蜂巢），蜂糖饱满得很！给你过滤一点尝尝鲜，这个季节正是荞麦花蜜，吃了好得很哟！”老人将几列泛黄的蜂巢递到我眼前，我早嗅到了一丝丝清香和蜜意，“老辈子，不用麻烦，我看看就行！”蜂巢里晶亮饱满，蜂蜜从有切口的地方流了一些出来，我咽了一下口水。“我去拿白纱布来过滤一碗给你尝尝！”老人说着示意我接过装着蜂巢的塑料盆，“真不用！我看电视里有人直接连着蜂巢卖蜂蜜的，我估计不过滤这个也能直接吃。”我很好奇，并也想这样尝试一下。“可以呀！有时候我割蜂糖饿了也这样直接吃，甜得很呢！你看现在那些娃娃看电视，叫什么熊大熊二的，那胖熊不是直接拿起来就吃吗？”老人这个话幽默风趣——这是个爱看动画片的老小孩，我们都笑弯了腰。

“我今天也学熊二！”我说着从塑料盆里掰下了一小块蜂巢——黏黏糊糊的一块，轻轻一挤，六边形的蜂巢里就渗出晶莹的蜜来，我将蜂巢凑到嘴边，挤着吸着，欢笑和甜蜜填满了老人的木房以及我的心房。“我爷爷也养蜂子，他以前也和你一样有十几桶，现在他八十多岁了，这两年老是生病，他说人的运气不好蜂子也会离开主人另寻新去处，他现在只有两三桶了，每年还不够给我们几个孙辈吃。”我早就想告诉老人我爷爷也和他一样养蜂，老人听后仿佛和我更亲了，“是啊！蜂子也嫌贫爱富，爱往旺向处和热闹处走，我这几年也是一年不如一年了，幸亏国家政策好，一个月几百块钱的低保够我吃喝了，治病也不要钱，前不久政府同志还开车来接我去敬老院，说里面吃饭有人煮、卫生有人搞，还有人组织老年人活动，生病了送医院也近。我考虑再三，还是舍不得我这几桶蜂子，也舍不得我生活几十年的这个地方，我现在暂时还动得，共产党这么好，我就努力不给政府添麻烦，走一步看一步，实在动不得了再说。”

老人顺便提起当今国家的扶贫政策：“冉姑娘，我当着你们政府干部是这么说，背着你们也是这么说——共产党就是好哦，现在这个政策，共产党就是爹妈，就是儿女，比儿女还好哦！你看这马路，还用水泥抹好修到屋门口，有自来水，还有垃圾桶！我活这么大第一次听到、看到我们农村还有专人打扫马路和村头村尾的卫生，国家还出工资！政策硬是好哟！”老人发自肺腑地诉说着。“是呀！国家的政策这么好，所以你要保重身体，争取活一百岁！”我说。“冉姑娘，我今年七十九了，能活八十岁我就满足了。政策是好哟，就是我侄子一家人，你要照顾到哟。你看侄儿和侄儿媳妇都病病歪歪的，两个娃读书又用钱，还要负担三四个七老八十的老人，你看，国家政策这么好，电视里都说中央下令拨了好多钱给农民，你把我侄儿一家也全部弄成低保户嘛！”老人哀求着说。“老辈子，这个我说了不算，评低保户是有条件的，不是个别人说了就算，要村民评、村上评，再结合当前政策一一评定，很严格的事情。”我笑着解释。“你还是放在心上嘛！冉姑娘，我跟你说，村上的人都觉得我一年养蜂子还有点存款，说我不用吃低保也过得油光水滑的，好像我贪污了国家的钱一样，现在的人就是恨人心强得很！……”老人的话像洪水一样跟我道了出来。

“老辈子，国家的扶贫政策就是要先帮助最困难的这部分人解决吃穿、住房问题，以及保障饮水和医疗等基本问题，等大家都脱贫了，国家还有乡村振兴政策呢！到时候就是国家帮扶大家一起过上幸福日子，共产党不会落下任何一个人不管的。”我解释道。“脱贫了会不会就不管我们这批人了哟？”老人担心地问。“怎么会不管呢？你保重好身体，活个一百岁，我们国家会越来越好，还会有更好的政策呢！”我说道。“要得，冉姑娘，借你福口！”老人灿烂地笑了。蜂蜜甜到发腻，几只马蜂和蜜蜂闻着味道飞了过来，围着塑料盆转圈，我示意老人收好蜂巢。

“老辈子，要是你再年轻十岁，我一定支持你再多发展一点蜂子，把这个养蜂当成产业来做。我老家的一个大伯就是，他养了几十桶蜂子呢，国家还有扶持政策，去年政府扶持他八万元钱修蜂房扩大养殖规模，他的蜂糖都卖到北京上海去了，他一年能挣大几万元呢。”我说。“这个我也听说过，老了，没这个能力了哟，这五六桶蜂子监管起来都费力得很哦，不晓得哪天我两腿一蹬，这些小东西也就都要散了哟。我也劝过我侄子，喊他学学人家隔壁村养蜂大户石老二，人家还专门去县上学习科学养蜂技术呢，现在回来在后山养了大几十桶蜂子，听说还在手机上卖蜂糖。有些人看到我们这里这些山山宝宝觉得稀奇得很，还亲自跑来看呢！你说现在的人啊，这些山山宝宝有个啥好看的嘛！”老人表情复杂，双眼折射出新奇的光来。“平原地带的人嘛，看我们这儿的山山水水是觉得稀奇。”我说。“难不成外面那些地方都不养蜂子，或者说空气不好，没有蜂子这个东西？”老人问。“养啊，外面那些养蜂的规模大得很，有些是几百上千桶呢，他们还请工人，开着车拉着蜂子一年四季到处找花采蜜。”我告诉老人，老人睁大了眼睛，嘴巴也半开着。“呀！那么多！蜂子还坐车找花？硬是奇了怪了！哈哈，哈哈——冉姑娘，我就喜欢听你们县上来的干部摆龙门阵，好耍得很啊！”老人笑着拍了拍膝盖，他还在回味我说的话，觉得太有趣了。

“其实我也觉得你侄子可以回来和你一起发展蜂子，先向你学技术嘛，然后发展个百十来桶，一年家里老人小孩也照顾到了，收入也不比出门打工少啊。”我继续说。“莫说这个了，我是嘴巴皮都说薄了，哪个听你的嘛，现在的年轻人比不得以往，都喜欢外面的花花世界，在外面嘛包吃包住说活路单纯，不比我们这个一天守着转，他们没这个耐心，还说是他们在外面旱涝保收，这个养蜂子嘛有风险。就像前年寨子上的一些人懒得很，房前屋后的草都不爱扯一下，去买了些除草剂洒，把我的蜂子险些害的跑完了，这东西灵得很！有煤烟、农药或者是像城里的空气不好，就养不住呢。”老人说着说着有点偏离他的主话题了。“蜂子是对环境要求很高，有蜂子的地方说明生态很好，像我们这地方就是。不过，你侄儿担忧的也有一定道理，他可能还担心养蜂的人多了蜂糖不好卖、价格低等问题，所以不愿意回来和你发展。”我主动把话题引回来。“那也是这么个道理，你看现在农村养蜂的哪个不是六七十、七八十岁的像我这种老家伙吗？要我说嘛，这种人才有耐心啊！不过一年到头挣点钱也不容易哟！”老人悠悠地说。

“我上午刚打过你侄子的电话，他在广东当保安，侄儿媳妇在厂里上班，都很好，叫我叮嘱你一天少去招（收）野蜂子，小心摔着。”我转达给老人。“晓得哦，叫他们莫担心我就是。”老人回答。“你还是要听大家劝，不要出去爬坡上坎地招野蜂子了。我爷爷就是，年前为了给楼上蜂桶里的蜂子添点糖水，结果滑了一跤，住了半个月的院，从此身体就一天不如一天，三天两头跑医院。上次我回去看他，他的蜂子都飞完了，没人照管，野蜂子常来偷蜜，和家蜂子打架死了一些，现在还剩一桶蜂子稀稀拉拉乱飞。所以你不要只顾你那几桶蜂子，你自己身体才是最重要的，你身体好，这几桶蜂子就能保住并越分越多。”我想说服老人。“冉姑娘，晓得了，我帮你煮碗面条吧，你看太阳都落山了，你肯定饿了。”老人诚恳地说。“不用了老辈子，我包里带有干粮，再说接我的车马上就到了，我得回家了。”这时汽车还真的从不远处的竹林里拐个弯突突开了过来，同事呼唤我回家，我告别了老人踏上了归途。

回家的路上，我正绘声绘色地描述老人如何招（收）野蜜蜂以及我品尝蜂巢里原蜂蜜的事儿，我的电话突然响了，从父亲那里传来了噩耗——我爷爷去世了！我刚刚才向养蜂老人说起我爷爷，也听到老人像我爷爷那样招（收）野蜜蜂——“王子，王子，上盖哟！”他们的声音和音调几乎一模一样。我举着手机停顿了几分钟，脑海里、眼前和耳边全是今天和那位养蜂老人聊天的场景，只是画面里招（收）蜜蜂的老人换成了我爷爷，招蜜蜂的器具不是草帽，有时爷爷拿着蜂桶底盖，有时是尼龙口袋……我的泪水夺眶而出！我没想到爷爷会走得那么快！我还一直计划着为爷爷过一个特别的生日呢——还有十几天爷爷就过八十四岁生日了！我开始抽泣，同事轻轻拍着我的肩，大家都无声地安慰我。

办完爷爷的丧事后，我发现爷爷房梁上的蜂桶全部空空如也，我想起了爷爷惯常说的话，也想起了养蜂老人与爷爷类似的话——“蜂子也嫌贫爱富，喜欢往旺向出、热闹处走”。爷爷的蜜蜂全部离他而去了，或许它们知道爷爷不再需要它们了——它们为苦短人生酿蜜，让人生苦旅尝到大自然和百花的甜蜜，而如今我爷爷，他前往的天堂蜜意遍野，没有疼痛和苦难。在爷爷的木柜子里，我同样发现了不知道什么时候割下来的蜂巢，有些干瘪，在不锈钢盆里还放了一双筷子，我迅速关上了木柜门，心被揪着一样疼——我们再也吃不到爷爷亲自招

（收）来的蜜蜂，亲自照看（喂水、赶野蜂子和马蜂、培育蜂王、分蜂等），亲自割蜜过滤装瓶的正宗土蜂蜜了——不！那哪里是蜂蜜，分明就是千万只蜜蜂将老家的庄稼和花木压缩打包，再通过爷爷用爱包裹，让我们甜一辈子的情啊！

爷爷走后的很长一段时间里，我一看到蜜蜂或者蜂蜜总会难过一阵子。当我又一次提着扶贫资料路过养蜂老人家时，因那个冬天老人病倒了，他的侄儿——我的贫困户替他接管他的蜜蜂，可是中年男子一直嘟囔着养蜂拴人："得天天守着防马蜂以及分蜂后蜂王带走蜂群，割蜂蜜也是件麻烦事情，被蜇是小事儿，怎么割、怎么过滤处理，尤其是割蜜过后伺候蜜蜂更考验人，加上寒冬天冷。"听着他的抱怨，我又想起了老人的那句话来——现在老人运气不好，蜜蜂的主人都倒下了，蜜蜂还会有好运气吗？

次年开春后，当我再次路过养蜂老人家时，我看到木房堂屋大门两边以及其他门檐和柱头上都贴上了白地黑字的挽联——养蜂老人也永远地告别了他柔情蜜意的"王子"和房檐下的一排排蜂桶。我特意走近那一排排蜂桶，只见大部分都只是空桶矗立在那里了，偶有蜜蜂绕着一两个桶嗡嗡飞舞，也都像迷路的孩子一样茫然若失。空空的蜂桶绝望地等待着，只是它们再也等不到它们主人回来了……

风从山谷吹过来，夹杂着山花的味道，那些出走的蜜蜂——我爷爷的、老人的、无数个爷爷的、无数个老人的蜜蜂——它们去了哪里？此时正春暖花开，勤劳的蜜蜂正奔命于万千花朵间，而我们甜蜜的守护者却长眠于花下泥土中，他们带给我们的甜蜜永远在我们心底珍藏！

老何的菖蒲和花田

“好久没见到老何了！”父亲像是自言自语，又像是在询问我和母亲有没有看到过老何。“应该是回花田栽秧了，今年老何种的田比往年多，忙不过来。”母亲接过父亲的话很有把握地说。“不对呀，往年再忙他端午节都会挤时间送菖蒲和艾草来！”父亲纳闷儿，“现在花田贡米很火，说不定你何叔叔回去发展水稻产业不来城里打零工了。”我知道这个端午节家里大门上没有挂上何叔叔从海拔 1400 米的菖蒲盖上挖来的菖蒲和从海拔 800 米的菖蒲盖的何家岩悬崖下的花田梯田边拔来的艾草，让父亲心里有个“灵符”的缺，更有个与老友老何“好久不见”的失。

老何是父亲的小工，父亲是个小包工头，老何身强力壮的时候跟着父亲挑砖背沙、和水泥，他干活儿卖力、为人忠厚，跟父亲在工地上干了十几年的体力活儿了，城里的许多住房和学校教学楼都是像老何这样的人用肩膀和汗水背起来的。老何这些年和父亲一样干不动了，便四处打零工：帮人搬家、疏通下水道等，凡是需要力气的活儿无所不做。

老何和父亲结下了特殊情谊，每年只要老何一回他那个离县城五十多公里的名叫花田的老家，他总会给父亲带点土货尝鲜。尤其是每年端午的前两天，老何雷打不动地为我们家送来他和父亲心中的灵符——碧绿如剑的菖蒲和青绿灰白的艾草，一部分整理成束挂在大门上避邪纳福，一部分清洗干净熬制成汤药给孩子们洗浴，以驱邪防疫。

老何今年端午过了几个月了都还没来，稻子扬花了、市面上开始有新大米的叫卖声了，老何还是没来。“今年老何的谷子收成应该不错啊！这个老何，怎么还不送新米来！”父亲挂念老何，更是惦记花田贡米的清香。“老何是不是死了？”父亲问出这句话后自己都仿佛吓了一大跳，他的右手颤了一下，送到嘴边的大米饭又掉回了他左手的饭碗中。“你听谁说的？可别乱说！老何年前不是说过今年多种了两块梯田，新米出来就多送两百斤花田贡米来的呀！”母亲呵斥着父亲，但是听她的语气显然也没底气。老何毕竟常年病歪歪的，说不定真的……“何叔叔可千万不能死，我还想年年吃到他家的花田贡米呢！”我知道父母都担忧老何，老何千万不能出事。

每年端午节，老何定会准时带着菖蒲和艾草来和父亲天南海北、天上地下聊着同样的话题：菖蒲盖上草绿得像秧苗了，牛和羊又要开始长膘了，野生药材天麻、菖蒲、夏枯草、金银花等开始猛长了，等过几个月谷子归仓后就可以背着背篓上菖蒲盖挖药材找荒钱了……父亲则津津有味地听着，万古不变地回答着老何：“那是，那是，都是好东西啊！”母亲则按老规矩为老何倒上二两天麻药酒：“老何，天麻出来了多挖点，这个对风湿麻木之类的病养生好得很啊！”母亲贪念的口吻仿佛想让老何把一整座菖蒲草原的珍宝都为她背到城里来。老何此时总是满眼富足和骄傲的神气，他特意调高嗓门，用坐在菖蒲草原上看着他那群肥美的牛羊，或坐在菖蒲盖何家岩悬崖边看着崖下花田古寨黑瓦上的炊烟以及层层叠叠的99级梯田的陶醉神色，和无比自豪的语气为他的家乡送上了他的赞美诗：“菖蒲盖上菖蒲保佑，花田梯田贡米喷喷香！”“好山好水出好大米！”父亲和老何的对话像经典的剧本台词，禁得起时间的打磨，从他们认识以来都没有变过。老何和父亲及母亲的聊天内容没有变化，大抵是因为时节轮回不会变，菖蒲盖上长出的光滑、翠绿、透亮的菖蒲等珍贵的药材不变，何家岩崖下 99 级梯田结出的晶莹、饱满、清香的稻米不变。

父亲喜欢老何口中菖蒲盖上的仙草——菖蒲，神药天麻、夏枯草、野百合、金银花、黄柏，还喜欢老何家悬崖底下花田梯田的田埂边和秧苗一起疯长的艾草香。老何说菖蒲盖上的菖蒲和其他药材离天近，是神草、神药，驱邪纳福、治风寒、去百毒；而他那如弯月、似眉梢的层叠梯田的田埂边的艾草更是避邪去瘴、驱除蚊虫的天赐宝贝。父亲是唯物主义者，但更是典型的唯心主义者。从此，老何连同老何的菖蒲艾草便成了父亲的吉祥物和灵符，每年端午前父亲就开始念叨：“老何喜欢吃加绿豆的粽子，老翠，多包点绿豆粽子让老何来了带回去。”母亲便开始忙着泡绿豆和糯米，边泡边说：“老何还是该种点糯米，花田产的糯米肯定也比别处的好吃。”

可是，稻谷早就晒干入仓了，老何还是没来！父亲到老何租住的地方看了几次都是大门紧闭，好不容易问到房东，房东说老何年初就病了：“本来就瘦骨嶙峋的，又成天背沙挑砖地干体力活儿，经常不是这儿不好就是那儿不好的，是他女儿吵架一样逼着他回去的。”父亲很是为老何担心，他知道老何有个要命的毛病——肺病。

老何年轻时，有三个孩子加上一个腿脚不方便的老婆，花田的贡米虽好，可交通不便，好米也怕巷子深，清香的贡米供不起三个孩子上学，菖蒲草原的绿草养肥了老何的牛羊却始终养不肥老何。而那些仙草、山珍宝贝也不是仅仅属于老何一个人的。老何不得不到城里南北各个工地上透支他的体力，将菖蒲仙草、灵药、花田贡米养出的健壮身子榨干压扁，最后连菖蒲和天麻的根也没能拯救他被水泥灰和汽车尾气包裹住的肺。五十多岁的老何老是咳嗽，大家劝他去医院检查，他总说再干两个工地就回花田，到菖蒲草原上呼吸点新鲜空气，挖点天麻、菖蒲补补身子，自然就好了。

父亲不知道老何有没有被花田的贡米，以及菖蒲盖上的仙草菖蒲、灵药天麻和黄柏等治愈，他那气喘吁吁的样子还能不能背着背篓爬上千米高的何家岩峰顶？菖蒲草原上的野鸡、野鸟蛋有没有又被老何发现？

父亲从没去过海拔1400米的菖蒲盖，没看过那里骏马奔驰的驹驰坝草原，也没坐到老何描述的“一览众山小”的峰顶广场俯瞰崖底360度无死角的“爽歪歪”梯田。但是，父亲在老何年复一年地描述中，对菖蒲草原和花田梯田的熟悉程度也不亚于老何了。父亲很想念老何。老何整个端午没来，父亲挂在大门上的灵符都马虎了许多，齐整葱绿的菖蒲没有了，仅有青绿泛灰的艾草孤单地挂在门框上。如今，车水马龙的花花世界里，除了老何哪个是能识仙草的伯乐？很少有人懂得菖蒲的价值。更重要的是，再也没人和父亲对剧本台词了，那可是和菖蒲艾草这些灵符配对的吉祥又美好的人间剧本啊！父亲怅然若失，碗里的大米饭也食之无味！又一年端午了，空气里弥漫着粽叶香。父亲仿佛还未从“清明时节雨纷纷，路上行人欲断魂”的忧郁情思中缓过来——老何不来，父亲像丢了魂。“这个老何！秧子都要薅二道草了，绿豆粽子都给他留着放霉了还不来！”父亲怨老何，恨不得跑到老何面前骂他一顿。

老何的手机一直打不通，母亲帮父亲分析说，肯定是老何回花田家里，觉得手机没多大用处，为节省他那几个钱就不用手机了。“老何恐怕是再也见不到了。”父亲很悲观，他认为要是老何还活着，他一定会有个音信的：“现在公路村村通，电视上还经常报道菖蒲草原和花田梯田，我们酉阳要大力发展这两个地方，老何活着的话一定会高兴地来报喜的。”

父亲说的不无道理，老何爱他的花田贡米，爱他的何家岩吊脚楼，爱他的菖蒲盖仙草灵药……如今花田乡将成为全市乡村振兴的一面旗帜，这两年菖蒲草原和花田梯田正在迅速蜕变：草坪花海、天池、临崖帐篷酒店、观星台、滑草场、峰顶广场、崖下美轮美奂梯田、民宿……老何的台词父亲都替他想好了。“妞儿，周末开车去花田吧，看看菖蒲草原和崖下99级梯田。去挖点天麻和菖蒲，再下山看看老何到底怎么了。”父亲几乎没有断句就说完了这通话。“爸爸，我忘了告诉你，我上次去花田参加一个活动，碰到何叔叔的老婆了，她在活动上绣苗绣呢，绣得可好看呢！他们村的妇女都会绣，还在网上卖苗绣呢，生意可好了！”我告诉父亲。“那老何呢？你没看到老何？他那么爱热闹，不可能没在啊！”父亲一下从椅子里将自己拔了出来。“何叔叔真死了，去年端午节前走的。”父亲听了我的话又一下子把自己胡乱丢进了椅子里，双手扣住椅子边缘，半天不说话。

“爸爸，还去看菖蒲草原和花田梯田吗？”我问。“去，老何爱喝天麻酒，给他带点去。”父亲声音低沉。“何叔叔的儿子开了民宿，他们家现在日子也好过了，我们去可以吃住在他们家！”我开心地说，“那里可美了！爸爸，那里是我看到过的最美的古寨！吊脚楼飞檐翘角，高低错落，石板小径穿村而过，一路下行还可以摸摸屋脊上的苍老瓦片，以及石墙上的青苔。菖蒲盖上流下冰凉的山水，浇灌着梯田里碧绿的秧苗……”“硬是文绉绉的！比老何还吹得神！”父亲打断了我的话，“我就想去看看老何，可怜的家伙！没福气啊！再多活几年就好了，现在这个乡村振兴政策硬是要把他给美死！”父亲叹着气。“是啊，爸爸，现在政府正全力打造菖蒲草原和花田梯田，未来可期！那个地方真是太美了，菖蒲高山草原比武隆仙女山还大，据说是重庆市内最大的高山草原呢！站在何家岩悬崖上俯瞰崖下层层叠叠的梯田，如诗如画，太美太有特色了，简直就是理想中的田园牧歌和度假之地。”我滔滔不绝。“海拔千多米啊！那一定凉快得很哟！”爸爸摇着扇子说。“是啊！上面夏季平均气温才20摄氏度呢！到处都是绿色的，风感觉都是香甜味的。”我有些陶醉。“你就是个香甜嘴巴！”母亲在一旁调侃道，“又不带我们去看看！”“好吧，妈，周末我们陪爸爸去菖蒲盖挖菖蒲和天麻，再到峰顶广场俯瞰何叔叔的梯田，下午再下山住花田里的民宿！”我承诺。

“现在都开发为景区了，菖蒲和天麻可能不让挖了吧？”爸爸担忧地说。“菖蒲草原，菖蒲盖，是不是那里到处都长满了菖蒲呢？”母亲问。“我百度了一下，菖蒲也分很多种呢！有石菖蒲、水菖蒲和花菖蒲呢！”我一边翻看手机一边读道，“菖蒲，与兰草、水仙、菊花一起被称为花草四雅呢！菖蒲，不假日色，不资寸土，耐苦寒，安淡泊，色翠绿鲜亮，形简而不俗，味芬芳，可入药。花语为‘怀念、思念’，亦为‘婚姻幸福美满’，先人崇拜该草，把菖蒲当作神草……”“既然菖蒲那么好，那该广泛种植菖蒲啊，让菖蒲这个称谓实至名归！”父亲摇着扇子悠悠地说。“哇！爸爸，这个点子不错！你看，这种花菖蒲还很漂亮呢，有观赏价值！看这红、黄、蓝、紫各种颜色的花都有，还这么艳丽！”我将图片一一翻给父亲看，“石菖蒲和水菖蒲还兼具神性和药性，‘菖蒲’这两个字作为地名确实美！”父亲若有所思。“我们酉阳硬是遍布诗意！你看，这些地名听着就美：菖蒲、花田、红花、木叶、万木、宜居、双泉、腴地、丹泉、沉木溪、天山堡、太阳堡、月亮坪……”父亲勾着手指数着这些美丽的地名，很沉醉的样子。我突然就爱上了父亲罗列出来的众多酉阳的美丽、诗意的地名，我一一想了想这些地方，还真是“地如其名”，每个地方都充满诗意，既可爱又浪漫。

手机屏幕上有关菖蒲的解释里，更是出现了许多赞美菖蒲的诗词，其中就不乏大咖佳作，例如陆游、苏轼，等等。随手翻了翻，其中就有特别打动我的宋代诗人谢枋得的诗句：“有石奇峭天琢成，有草夭夭冬夏青。人言菖蒲非一种，上品九节通仙灵。异根不带尘埃气，孤操爱结泉石盟。明窗净几有宿契，花林草砌无交情。夜深不嫌清露重，晨光疑有白云生……”

古往今来，文人墨客对菖蒲的赞美之歌数不胜数，其中最为突出的就是偏爱菖蒲的大诗人——有着陶渊明转世之称的全才、奇才苏东坡，一生写了三十多首赞美菖蒲的诗歌。我放下手机，心中大喜：难怪陶渊明在酉阳找到了他的世外桃源！你看这大美酉阳，一草一木无不雅致脱俗，仙气飘飘的菖蒲，如莲绽放的360度临崖梯田，木屋黑瓦，炊烟袅袅，岂止是陶翁一个人心中的田园牧歌、世外桃源？就这样深地爱上了菖蒲！爱上花田！多么雅致、清新脱俗的地名，多么美丽的地方，它如挂在云端、孕在歌里、泡在诗中、藏在画上，让人永远爱在心头！

母亲的新衣服

母亲特意到集市上扯了几尺布，请父亲的隔房妹妹用缝纫机制了一件短袖衬衣。白地蓝花，荷叶边领子，剪裁得体，母亲穿上时让我心生妒忌。

那时母亲的年龄也就跟我现在差不多。三十几岁正是女人懂得美、懂得爱自己的年龄，母亲不可能一年不添置几件新衣服。

而在我的记忆里，唯独那次，母亲穿上白地蓝花、荷叶领子的短袖衬衣的情形烙在了我的脑海里。

在赶集买布定制这件白地蓝花的短袖衬衣之前，父亲和母亲一起从猪圈里将那头他们喂了一年多的黑毛肥猪慢吞吞地往公路上赶，他们神情庄重，但都步伐轻快、嘴角上扬，两双眼睛都闪着早春一样满是蓬勃明亮的光。在我记忆里，父亲和母亲还从来没有如此默契过。他们或一前一后或一左一右押着哼哼叫个不停的黑毛肥猪朝着公路上的方圆翻斗车走去，不疾不徐，一反常态不争不吵，友好得像多年不见的老同学。黑毛肥猪艰难地迈动着四条粗短的猪腿，喉咙里发出的声音像是两大片肥肉在密闭幽深的项道里颤抖，这猪实在是肥！每迈一步都气喘吁吁。公路边的石墙上蹲坐着寨子里的男男女女，他们都说这黑猪不管怎么说毛重都得有四五百斤。他们在估量父亲母亲养的这只肥猪的重量时，眼里不由得流露出对人民币的喜爱之情，甚至还有对我父母亲的羡慕之情。

母亲是在卖掉那头黑毛肥猪后买布缝制的那件白地蓝花、荷叶领衬衣。除此之外还给我弟弟买了一套火红色的纯棉短袖体恤衫和短裤，弟弟穿上那身火红的短袖衫和短裤后越发黝黑了。以前，在吵架和打架时，我经常对着我那被太阳晒得发亮的弟弟得意大喊“黑雷雷”“黑荞巴”，惹得他怒目圆睁、摩拳擦掌。这下好了，我妈给她自己定制了一件穿起来腰身玲珑、映衬得面容似大姑娘的花衣服，却把她儿子弄得跟非洲捡回来的似的。我有些不平与不满，但很奇怪父亲对这件事却毫不在意，反倒是旁人半开玩笑地说了句：“哎哟！这衣服穿上越发像包黑炭了！”父亲也只是淡淡地回了句：“黑，好呀！说明咱们农村的崽崽锻炼得好啊！”我看见母亲满面笑容，眼神里透出对丈夫的见解无比赞同。父母都像一夜间换了个人，完全不符合以往三天一大吵、两天一小吵的常态——他们可是寨子里因打架出了名的一对夫妻，甚至前一天清早母亲还为父亲看了整夜闲书后睡懒觉大吵大闹了一场。

母亲买来新衣服的第二天就带上我弟弟下街了。之所以是“下街”不是“上街”，那是源于地理位置的原因。“街”在乌江流经的岸边，河流从山谷扭着身子奔向长江的方向，名叫龚滩的“街”从乌江背上的山谷悠然延展至半山腰，临江的吊脚楼挂在江岸的山腰上，沿着一条被前人踩踏得油亮的青石板道路分成两排对视着，静听千古涛声。往昔“钱龚滩、货龙潭”的盛况已成传说，二十世纪九十年代的龚滩清寂得要命，龚滩老街更是凄清、萧条得被世人遗弃一般。好在留守在老街的所剩不多的老人还保留着老街繁华的记忆。除了半数以上人去楼空的吊脚楼外，剩下的还留有人住的吊脚楼家家户户的前后都种着例如凤仙花、黄角兰等的各种花草，其中茉莉花尤其多。洁白清雅的茉莉花彰显并蕴含着龚滩老街最后的风骨。而我家所在的寨子就在乌江沿岸与贵州省隔江遥望的一座浑厚、硕大的山顶的山洼里。据说这山四围均是悬崖峭壁，而山顶上那个叫沿岩的村落群土地较为平旷，百姓纯朴。我家就在山顶最远最高处的寨子里。从乌江岸边的龚滩镇出发至山顶的家，海拔至少也有上千米。因此寨子里的人一路下坡到龚滩街上游玩或者办事，自然就被叫作“下街”了。

那天，父亲对我说母亲带着弟弟到“区里面”去了，叫我专心打猪草，我知道其实他们就是穿上新衣服下街了。那时我家所在的沿岩乡以及山下的罾潭乡、乌江上游的清溪乡、两罾乡都统属于龚滩区，那时还是没被乌江淹没的老龚滩，我们沿岩人去龚滩除了叫“下街”外还叫作“到区里面”。

记得我第一次“下街”是在我约摸三四岁的年纪。那时刚从马鞍城旁大岩门悬崖处的碉堡位置一路拉着树枝野草，沿着石阶梯直线下到半山腰，远远地就能听到“呜呜”的长啸，低沉地在山谷回荡。母亲告诉我那是“华子”在叫，并拉着我走到山腰的平台处看那玉带一样缠绕山脊奔流的乌江，人生第一次见到了华子——汽笛声呜呜长鸣，放着响屁似的游走在江面上的轮船在弯弯曲曲的乌江上缓慢行驶。至今我都不知道大人们为何叫轮船为“华子”。

当初从山盖上走下来初识这个文明世界，万物均是混沌模糊的，但当时的情景却镌刻在了我的记忆里——那时的龚滩像一幅画卷，深秋山水萧瑟，走上龚滩老街吊脚楼亲近自然，乌江流经险滩涛声不断，供销社的玻璃货柜里满是轮船运回来的盐巴、火柴、煤油和球鞋。木楼土路，没有钢筋水泥的禁锢，没有喧嚣，那一切都像从乌江岸边的泥土山石里长出来的一样自然。记忆里整个龚滩镇似满面尘灰的古画，优雅清寂又不失华贵，散发着金色的、暖暖的光晕。

母亲带着弟弟到龚滩的那一天，我心不在焉地割好猪草，在家熬了大半天，想象着弟弟有没有见到华子（轮船），有没有吃到红苕味一样的奇怪果子——那是我第一次下街吃到的一种奇怪的水果，后来我才知道那是货船运回来的一种叫香蕉的水果。

太阳把红红的脸搁在包围着沿岩乡的十几匹大岩山中的一匹叫作梯子岩的大山上时，母亲带着大汗淋漓的弟弟步行三四个小时（那时无客车靠步行）兴冲冲地回来了。还没到家门口父亲便迎了上去，问长问短，母亲朝着父亲说："被你说准了，一中的考官都说这崽儿锻炼得好！"我看到穿着白地蓝花、荷叶领子衬衣的母亲罕见地投向父亲一缕缕钦佩的目光！母亲越发温柔美丽。

我们家的和谐氛围就是从母亲喜气洋洋穿上花衬衣那天开启的。也是从那天开始，我每天至少挨打挨骂一次的常规也被打乱了，以至于寨子里一时都找不到教训调皮娃子的反面教材了。

之后，除了母亲和弟弟买新衣服的钱外，卖黑毛肥猪的钱全被我父亲一包装到了龙潭一中。他们说考取了龙潭一中，只要努力，就等于跳出了农门。还说以后家里的木房子、田土、山林我弟弟全都不要了，以前大人们老说的不用功读书就去说邻村表叔家的"疤子"女儿给弟弟做"姑娘"（妻子）的玩笑也彻底画上句号了。他们说如果我再不努力学习，就将木房子、一大坡田土、山林归我，让我一辈子"修地球"累死我。其实，我最害怕的不是这些，而是像他们说的给弟弟"找个疤子做姑娘”一样的玩笑事。砍柴、摘茶、割猪草我都不怕，在农村找个婆家早早嫁了那是一个多么恐怖的噩梦。

从那时起，我的人生第一次有了对未来的恐惧。于是，我开始发奋学习。

当然，如寨子里的大人所说，我弟弟果然从龙潭一中一路披荆斩棘，考上了不错的大学，也理所当然地跳出了农门。

接下来，还是继续说说我母亲那件白地蓝花、荷叶领子衬衣。那是我记忆里母亲最年轻、最美丽、最温婉的一天。那件衣服就像吉祥物，一出现，我母亲就一改唠叨、泼辣，变得知书达理、温柔可亲了。父母突然变了种相处模式，对彼此格外有耐心了，父亲终于能好好听母亲说话、能自觉早起勤奋劳作了，家仿佛被曙光溢满。

之后，母亲小心翼翼地叠好她那件白地蓝花、荷叶领子衬衣，将它放进了衣柜里，舍不得穿。而且，起早贪黑、脸朝黄土背朝天的母亲也确实没机会穿它。

母亲哪里顾得上爱美，一个人在家侍弄田地、喂养牲畜。父亲早在送弟弟到龙潭一中上初中那天就去广州挣钱去了。二十世纪九十年代初，我们寨子里称现在的打工叫“考厂”，那时外出打工的人少之又少。那时的车马很慢，书信很远，信息不发达，农民对远方的城市陌生又畏惧。

父亲刚出去的头两年还时不时地写信给母亲，也寄钱回来。但到第三年，半年过去了，母亲还没收到父亲的来信。又半年过去了，还是没有父亲的音信，更不用说寄钱的事了。那时弟弟在龙潭一中上初三，我在龚滩中学上初二，学费、生活费就像一座小山压着父母。

后来听人说父亲在外面病了。我在学校伤心地哭了一场，周末回家母亲没提父亲的事儿，拼命劳作。父亲不寄钱回家母亲就在家卖她种的苞谷、谷子等，每月按时给弟弟寄生活费。我则因老龚滩中学临近乌江边——山谷地势狭窄，学校没有食堂，学生们都是自己背米到学校用煤油炉子煮饭吃，但每周的煤油费以及零用钱至少也要十元左右。实在没办法了母亲就去借，那时家家拮据，有时连借的地方都没有。

记得一天下午，我刚和同学拿着书从乌江边走到学校操场，便看到了穿着白地蓝花、荷叶领子衬衣的母亲。她提着一大袋东西来找我，匆匆地将手上的东西交给我，简单叮嘱几句让我明天去龚滩老街的表姑家，就回家了。那时已经将近午后，从老龚滩翻过一座座山，用最快的速度也要三到四个小时才能回到山顶盖上的家。上晚自习时我无心看书，一直在想我小学时有次被数学老师留校，等我们回家的时候，太阳早已下山，我走到半路天便彻底黑了。一路上穿过庄稼和大小树林中的小路我都不怕，但在临近村子时，我害怕得要命，因为那里有几个坟场！远处有的坟前还冒着蓝幽幽的鬼火，我吓得哭都哭不出来了。幸好，就在那时父亲拿着火把来接我了。

我的脑海里出现了母亲那晚在经过坟场时的情景，眼泪簌簌往下掉，那时，我想父亲要是在家就好了。

那个初秋的正午，母亲在飒爽的秋风中匆忙来、匆忙回。我听见操场上有同学在议论，说我没我母亲长得好看，我司空见惯，这已经不是第一次有人这么说了。穿上新衣服，母亲和街上的妇女一样风韵犹存。然而，母亲的背影却如此瘦弱、孤独！

母亲递交给我的是一大包黄豆，颗颗饱满，显然是经过母亲精心挑选出来的。我知道，母亲是让我带着黄豆去表姑家借我的生活费，因为弟弟的学校远，母亲必须得先满足弟弟的生活费。我要买煤油做饭，还有其他日常费用，上周回家时，母亲就说了让我去表姑家借钱的事情。母亲知道我要面子，所以特意在之前一次集市上和表姑见了面，说明了当下的困难以及借钱的事儿。她让我带着黄豆这个她自己种出来的土特产去拜访老街的表姑，目的就是让我去拿钱。

我提着十几斤重的黄豆在老街按着母亲之前告诉我的路线找寻表姑的家。一九九几年的龚滩老街破败萧条，冷清的石板街上人迹寥落，吊脚楼歪歪斜斜耷拉在乌江岸边的山坡上，摇摇欲坠。老街上除了风烛残年的老人外，就是十三四五岁的少男少女，他们全是老龚滩中学的学生。学校充满煤油味的地下室学生宿舍完全装不下所有学生，因学校就在老街中间，一半以上的学生都在老街租吊脚楼住读。在错进两幢吊脚楼后，我终于在老街尽头处找到了表姑的家。

表姑和表姑父热情接待了我，听说我和弟弟成绩都名列前茅，就不断借此教训他们的孩子要向我们学习，恼得他家两个孩子都远远看着我不跟我说话。其间，表姑父无意中说了句当初将我母亲说媒到龚滩街上我母亲不同意的事儿，言下之意是我母亲如果同意了就不至于会像嫁给山盖盖上的父亲这般困苦拮据，好在表姑补充了句："她熬过几年就要享福了，两个细娃都读书得行啊！"临走时将母亲向他们借的钱给了我。

之后一段时间里，我们的生活费母亲从东家借到西家，算是勉强撑了过来。至此我才隐约感受到母亲一个人在家的苦和难。

那时，生活艰苦异常，在龚滩中学我们自己做饭，菜是从家里带来的炒好了的酸萝卜丝、酸豇豆、酸茄子、渣海椒等抗腐力强的食品，煤油炉子上的饭快熟了的时候放在上面蒸一下便是一日三餐的饭菜了。在那个正长身体的时期，我的饭量大到无法想象，但由于营养严重跟不上，我总是很饿，老是下晚自习后再吃一碗猪油下饭,以至于初二到初三我长了几十斤肉。每次回家，母亲总是惊讶地看我半天，甚至有一次她怀疑我浮肿，担心得半夜睡不着。

父亲还是没有来信，母亲独自撑起一个家。那时还没有留守妇女和留守儿童的说法，母亲一个人忙里忙外，一到春耕时节，母亲便拼命帮人翻土挖地，格外卖力。母亲说她为的就是换一个男劳力帮她耕地铧田，妇女家力气小唯独干不了这种活儿。母亲常抱怨有人明里暗里嫌弃母亲力气小换不过大劳动力（男劳力），在帮她干活儿时偷奸耍滑。

其间，母亲也忍受了不少委屈。印象最深刻的一次是一个初春的早晨，那是一个春耕忙忙的日子，周末我在家。母亲吩咐我早起看牛。我没多问，拿着一本书牵着牛到了一个叫龙凤坎的山沟，看着水牛啃着鹅黄或者浅绿色的野草，那啃食的声音像极了母亲用镰刀割麦子或者稻谷发出的声音。“嚓嚓嚓”，地皮仿佛被扯得弹跳，和着青草断裂的声音，仿佛是母亲在阳光下为女儿拤虱子般幸福、温暖、惬意的声响。露水在嫩草、嫩芽、嫩叶上荡秋千，偶尔还折射出五色晨光，乡村的春晨忙碌而美妙。当太阳露出半个脸时，牛儿在山沟里啃得正欢，我拿起书看了起来。

“牛呢？”我吓了一大跳！母亲的目光如炬，盯着我和我手里的书。我们找遍了山沟，牛不见了！我没有辩解的资格。清晨的山沟除了飞来飞去闲着的鸟儿就我和母亲两个人，一番找寻未果，母亲开始责备我：“你怎么这么不懂事啊！仙人耶——”母亲将那个“耶”字拖了老长的音，随即突然双手抱着膝盖坐到了泥地上，她开始抽泣，她居然哭了！我瞬间蒙了，但没哭，我惊愕地看着她，母亲边擦眼泪边哽咽着说：“我昨天就请好你大伯来帮我铧土，现在牛被你放跑了……”

当时，我看到母亲坐在地上抽泣的样子，首先是十分震惊，我完全不能理解母亲当时的心境，那时我还是一个只知道读书、不识人间烟火并盲目自我的半大人。等我缓过神后，我开始以我的学识和见地，从内心深处鄙视我母亲，我觉得她太懦弱了，居然在自己孩子面前能如此这般懦弱！牛跑了，今天耕不了地又不是什么天大的事儿。我一句辩解和安慰的话也没有说。几分钟后，母亲擦干眼泪回家了，我至今也不知道母亲后来是如何处理这件事情的，因为我那时压根儿就不关心这事儿。那时，在我看来这是多么微不足道的事儿，那一幕母亲是多么的卑微和狼狈。

但这件事却深深印在了我心上，直到后来，在我明白母亲一个女人在家忙里忙外的不易后，我才为我的无知深深忏悔。

母亲强撑着在家种地、收割、喂养牲口、操持家事。在我彻底吃成大胖妞的那个冬天，父亲总算平安无恙地回家了，还白白胖胖的，一切正常。父亲没有说他失联那段时间的事儿，但自此便不似以前那般健壮了，至今我也不好碰触当年往事，也无从知晓父母是怎样度过一个个难关的。

开春后，父亲又去了广州，很快便写信给母亲说他在一家造船厂上班，让母亲处理好家里牲畜到广州一起挣钱，务农实在挣不出几包盐巴钱。

于是初夏时节，母亲卖掉家里牲畜，穿上她的白地蓝花、荷叶领子衬衣乘大巴车去了广州。母亲一路吐得昏天暗地，父亲接到母亲时，晕车的母亲像害了一场大病。

之后，母亲一直在广州打工，她省吃俭用，每月将工资按时寄给不同的学校。起初是龙潭一中、龚滩中学；后来是西师校、龙潭一中；再后来就是重庆某大学、北京某大学。这一寄便是近八年时间，这八年时间，正是我和弟弟求知、成长的豆蔻年华，我们在校园快乐成长，像国家干部一样按时按月领到父母亲从广州拨来的工资。母亲八年来从未回过一次家，因为一旦离开就可能会丢掉工作，她不仅省吃俭用供给两个学生的学费和生活费，还常常要操心那些年总是生病的父亲。每年过年我和弟弟都跟爷爷奶奶过，后来上大学了我们找了家教之类的工作便都不回家过年了。那些年，常常是父亲在珠海、母亲在广东，我在重庆、弟弟在北京，一家四口分在四个城市过年，偶尔也泪湿枕巾，想必父母更是不用说。好在父亲曾在我们的考试卷和作业后签字留过言，其中对我们姐弟俩影响最大的两句话是“吃得苦中苦，方为人上人”和“人不可有傲气，但不可无傲骨”。这些话成为我们前行路上的动力，也无形中成了家风家训。

八年后，我率先走出校门当了教师。弟弟也上大三了，加之弟弟很勤奋，在学校常得奖学金，又做暑假工，母亲和父亲担子一下轻了。2004年秋天，母亲和父亲终于回家了。

母亲回到了她离开八年的家。然后又到了我教书的学校，当她找到我时，我正和同事吃晚饭。她推开门问同事见过我没有，我就坐在她对面，母亲居然没能一下子认出我来，当我看着眼前瘦削的母亲时，也犹豫了几分钟才叫了她。母亲盯着我看，半晌才说：“你怎么长这么胖了？我差点没认出来！”

相比八年前母亲离开我时，母亲瘦了许多、老了许多，背微驼。看着母亲的背影，我想，当年的白地蓝花、荷叶领子衬衣再也不会把母亲显得跟大姑娘似的了。

二十世纪九十年代流行的荷叶边书包、荷叶边领子衬衣也不再风行，哪怕是在沿岩山盖上。我用一个月的工资为父亲母亲买了新衣服，款式都比一九九几年的要时髦，母亲穿上新衣服，似乎又有了年轻时的模样——只是你不要盯着她看，忽略掉那些苦涩过往浸泡过的皱纹。

如今，我和弟弟都已成家立业。父母也开始共享天伦之乐，我看到母亲穿过很多新衣服，都是时下款式，甚至有她儿媳在国外给她买的新衣服，母亲也不会舍不得穿了。只是，我那当年穿着白地蓝花、荷叶领子衬衣的大姑娘似的母亲却永远只能在记忆里找寻了。

“过往苦，回味却甜，苦尽甘就来。”母亲常说，开朗的她总是打不倒压不垮。愿天下母亲都能被岁月温柔以待！

新闻结束了

为促进青年作家快速成长，市作协为我安排了一位老师，五木。五木老师真名林森，出版过很多短篇和长篇小说，在市内甚至国内都小有名气。很有缘的是林老师的老婆白凤还跟我是老乡，因此我成了林老师家的常客。

白凤是名小学教师，她九十多岁的老母亲跟他们住在一起，一家人十分和善。我很喜欢这个书香气浓厚的家庭，时间久了他们也不把我当外人。可最近，每次碰到白凤我总感觉她怪怪的。有两次她一见我登门，便躲瘟疫似的拉着老母亲出门了。难不成她还怀疑我跟林老师之间……

这种状态持续几个月了。我忍不住问林老师缘由，林老师说没啥，叫我别多想。但为避嫌，我已快半年没去他们家了。昨天晚上，我突然接到林老师电话邀请我去他们家，我正想着怎么拒绝时，林老师说白凤想找我聊聊，叫我务必要去。

今天下班后，我带着满脑子疑问到了林老师家。一推门便闻到熟悉的饭菜香味，他们早已摆好饭菜等着我吃晚饭。在林老师家，每日用餐时段是他们家最热闹最和谐的时候。因为白凤母亲患有轻度老年痴呆，平常老太太总是喜欢一个人待在卧室发呆或者看电视广告，只有一日三餐她会准时坐在餐厅里自己的位置上。老太太常常叫不出桌上常见菜品的名字，有时饭菜不合口她还会像小女孩一样发脾气。所以每到饭点，夫妻俩便像教孩子一样教她重新认识各种食物名称，也像哄孩子一样哄着她多吃一点。今天老太太也跟往常一样，使得席间充满温情和欢声笑语，这无形中缓解了我和白凤这段时间以来莫名的尴尬。

饭后，白凤坚持一个人收拾碗筷，她让我先跟林老师聊聊。

“小冉，你上次讲的那个故事，是个好题材。”林老师边泡茶边说。

“可是，你上次不是说这种新闻不要写，新闻结束之处，才是文学开始的地方吗？”我说。

这时林老师电话响了，他示意我先喝茶等他接完电话后再继续这个话题。

我端着茶杯，想着林老师对我上次讲的那个故事前后两次迥然不同的评判，百思不得其解。为找出答案，我将上次讲故事的情景仔细回忆了一遍。

那天，也是此时此地，我说我一直以来想写写我们村的一起杀人案。林老师让我说说故事的梗概，白凤在一旁兴致勃勃地催我快讲。

“那场凶杀案发生在我小学三四年级的时候，案件是由一起退婚事件引发的。我远房表叔，高中毕业。在农村，那个年代也算高学历，平时他对人也是客客气气，大家都觉得他不久的将来会接替他父亲任我们村的村长。前去给他说媒的人很多，但他只看中邻村李家的小女儿。起初一切都很顺利：双方看对了眼，并按照当时农村风俗，男方连续三年带着猪腿、衣服、手表等礼物到女方家拜年。接下来就该按男女双方生辰八字择吉日成婚了。可就在男方紧锣密鼓筹备婚礼事宜时，女孩不知怎么突然反悔了，双方父母、媒人斡旋了很久，也没能扭转乾坤。于是，按照村里惯例，我这个表叔便请媒人一起去女方家里退婚。所谓退婚，就是将这些年男方送给女方的所有财物，按原物或者折算成现金退给男方。”

“情出自愿，退什么退？！”白凤一脸不理解地问。

“你城里长大的，当然不理解这些风俗。”林老师说，“二十世纪七八十年代，这在农村来说是大事，悔婚了就必须退。”

“小冉，你继续讲，都退了些什么？”白凤笑着说。

“要是照惯例爽爽快快退了，就没这起杀人案了！”我叹了口气继续讲述。

“当天，女方家里去了一群特别的客人。五六个十八九岁的年轻人，全是女孩弟弟的同学。这群统一穿着白衬衫、黑的确良裤子的小伙子，每个人手臂上都画了一条青龙，他们以大龙、二龙、三龙依次排名号。”

当我津津有味讲到这里时，我发现白凤好像在走神。

为吸引听者注意力，我佯装咳嗽两声，清了清嗓子又继续讲。

“那群‘龙仔’听说我表叔退婚的事情后仰天大笑，厢房里的小木凳被踢得横七竖八，茶碗habits恓恓惶惶晃荡得木桌上茶水四溢，他们暴风般冲出门，你一句我一句地冰雹一样砸向屋外院坝里：

“‘开什么国际玩笑？到这里退东西？！’

“‘恐怕是皮子紧了，到我青龙帮眼皮下装怪！’

“‘这不是想在太岁头上动土，老虎头上拔毛吗？’

“‘小龙，你个憨包，不是老虎头上拔毛，是在我们龙体上刮龙鳞啊！’

“李家房前院坝里顺着大门放了两排长凳，靠门两侧坐着媒人和我表叔，他们在等待退婚财物的确切数目答复。

“‘抽支烟，兄弟们！’我表叔迎着风暴站起来，双手恭恭敬敬地拿着香烟盒给青龙帮兄弟们敬烟。

“‘你叫谁兄弟？这里谁是你兄弟？你配吗？’离我表叔最近的大龙将烟接过来后问道，接着他用食指和拇指捻着香烟颠来倒去看了两眼，然后扔垃圾一样将香烟扔了出去。

“‘离老子远点哟，莫污染了我周围的空气！’坐在最外面的小龙将滚到他脚边的香烟一脚踢了出去。

“我表叔在青龙帮弟兄们的笑声中脸色由红到白，呼吸由轻到重，媒人小心翼翼地使眼色，示意他坐下。我表叔没有坐下，僵持间他在人群里发现一个似曾相识的面孔，特别像他当年的初中同学白桦，只是个头儿和脸庞都看起来大了一个号。

“‘看看，看看，这小子好像还不大服气哟。’

“‘哟！龙三爷我专治这种不服气的病，要不要来场小小的龙卷风帮他治治？’

“我表叔被恶龙围困，情急之下他喊出了他心里想着的那个名字：‘兄弟，我是你初中同学彭东啊！’

“人群一下静了下来，所有人的目光都投向了大龙旁边的二龙。

“二龙双手插裤袋里，歪着脑袋绕着我表叔转了一圈说：

“‘鬼大爷和你是同学！’

“‘你2班，我4班……’

“‘你他妈废话太多！想攀上我二哥？也不撒泡尿照照看看你那个屌样！’我表叔话还没说完就被三龙喝止了。

“‘黑不拉几的，你以为你是包公呢？’

“‘错错错！四龙哥，我看这是他妈把人扔了，错把黑胎盘养大呢。’

“我表叔在哄笑中攥紧了拳头，右手的香烟盒被捏得吱吱响。

“‘看这黑东西的手！看起来皮子痒得很啦！’

“‘跪下，龙哥来给你挠挠痒！’

“有人从后面踢了我表叔腿肚子一下。

“‘这家伙骨头硬得很，拿绳子来先吊树上帮他松松皮子！’

“我表叔突然使劲扔掉手里的香烟盒，像一头愤怒的狮子一样冲出人群。

“‘王八蛋！还敢跑？！’

“青龙帮的弟兄们完全没有料到我表叔会跑，他们看到我表叔冲进了李家厨房，以为他要从后门逃走。

“‘抓住他！’

“众兄弟立马跟着大龙二龙往里追，他们叫嚷着冲到门口时，我表叔挥着一把明晃晃的斩骨刀折了回来，人群一阵骚乱。我表叔一口气跑了几公里山路，斩骨刀还紧紧握在他被血浸湿得黏黏糊糊的手里。这时他才发现东边天上有一轮残月在慢慢往上升，他慌忙回头，发现太阳居然也还有半张脸挂在西边天上。晚风吹过玉米林，蝉鸣和草叶的声响居然同远处的狗吠和哭喊声一模一样！他不敢停下来，也不知道该往哪里跑——眼前已经没有路了。看着血淋淋的斩骨刀，他开始浑身战栗。”

我努力回想着上次讲述的情景，我记得我在讲到这血腥场面的时候，当时还增加了一些场景渲染，加上我讲述语音语调的变换，代入感特强。只见林老师脸绷得紧紧的，白凤埋头用小刀剥脐橙，可能听得太入神剥皮的动作缓慢滞重，且有种努力克制拿刀的手微微发抖的感觉。为增强故事讲述效果，我记得接下来又回溯到了案发的现场。

“话说做梦也没想到看着我表叔去厨房拿刀的青龙帮弟兄

们都没反应过来，排头的大龙二龙便血肉模糊地倒地上了，现场惨叫声一片。救护车将几个伤员送到镇上医院后，其中二龙失血过多，到医院只喊了一声‘妈，我渴’就断气了。”

我有些自得地故意停顿了一下，喝了口水后才继续满足听众急不可耐的好奇心。

“那晚上，我表叔也不知道到底砍伤了几人，更不知道他闯下的是弥天大祸。我表叔将刀扔进玉米林的一个粪坑里，当晚趁黑逃走了，这一逃就是二十年。他倒好，逃亡期间还跟一女的生了个孩子。而当年被他砍死的那个二龙，听说还是独生子呢，父母都是当官的，挺可惜的。你说这么好的家庭，怎么就没教育好自己的孩子呢？”我遗憾地说。

白凤雕像般的身子突然变得僵直，那个被她剥得一点皮瓤都没有的晶莹饱满的脐橙，赤裸裸地放在她面前，她死死盯着它，仿佛那是颗被她剥开的洋葱，盯着盯着她就变得泪眼婆娑。

我讲故事使得听者感动或是悲伤得泪流满面的情形也不是第一次发生，再说女人的心都比较软。当时我自鸣得意，喝了一口水又继续讲。

“你们不知道，这二龙在我们镇医院死后，那天正逢赶集，街上人头攒动，可没有一个人敢大声说话，走路都是小心翼翼的，要是有人敢扬个嘴角抬抬眉毛笑一下，小则会被横冲直撞文着青龙的人呵斥，严重的还会被莫名扇上几耳光。医院里外哭声一片，青龙帮人员具体有多少没人能说得清，有的说有108个手臂上画着龙、头上缠着白布的人跪在盖着白布的遗体周围；有的说满街都是手臂上有龙的人，他们在医院周围挂满了白布，一整条街烟火缭绕，到处弥漫着焚烧纸钱的味道。”我描述着过去的江湖，有可能也有添油加醋的地方，本来就打算弄成小说题材嘛，没必要追究真假，我就这样口若悬河地讲了下去。

白凤瞪着迷蒙的眼睛，仿佛在梦里一样。

林老师仿佛听出了我的讲述已经脱离了事实本身，有种想要以老师的身份制止我的样子。

“哎！”我换了一种语气继续讲。

“从那以后，社会上那些乱七八糟的帮派好像消停了许多。人们虽然嘴上不说，但明里暗里都表现出大快人心的样子。不过我表叔一家可就惨了，一家人担惊受怕，担心青龙帮复仇，又担心逃亡的表叔被抓住。当父母的吃不下睡不着，他母亲一病不起，没多久就死了。他父亲又担心家里的小女儿，让孩子东躲西藏。警察天天调查，家里庄稼牲畜幸亏有村民帮忙料理，要不然日子真无法过下去了。”

“你没想想人家失去儿子的父母，没想想人家的家人，那更是痛不欲生，肝肠寸断，那是一辈子的痛。”白凤抚着胸口说，她有些哽咽，并形象地向我演示了“痛不欲生”和“肝肠寸断”的动作和神情。

实话实说，我们都已为人父母，对那家人失去一个正值韶华中的独生子的悲痛当然很容易产生共情，我受到了白凤言语和情绪的感染。当我们都沉浸在同情、悲伤等复杂的情感中时，林老师突然说话了。

“妈该睡觉了，”他担忧地压着嗓子并紧张地望着老太太的卧室门说，“小白，你去看看妈，她上午有点咳嗽。”

我看到白凤用纸巾擦了擦眼睛，向我投来奇怪的眼神，像是仇恨，又像是失望，或许还有厌恶。我想，当老师的人就是单纯可爱。

白凤推开老太太卧室门，进去后半天没出来。

那天，林老师说我讲的故事没必要写出来。我很是意外，问为什么。他说小说不是新闻，新闻结束之处，才是文学开始的地方。他让我回家好好悟，扔掉今天这个故事不要再提，重新用心发掘素材。

那晚回到家，我对文学一片茫然，突然没了方向。因为我一直以来认为的好素材，一直想写的东西突然被林老师否定。我没想别的，一直都在苦苦琢磨那句“新闻结束之处，才是文学开始的地方”，想得我都想放弃写作这个业余爱好了。由于一直沉浸在困惑中，以至后来几次去林老师家，发现白凤奇怪的表情和动作百思不得其解（现在想来她那些表情和动作里对我充满了不满和鄙夷，或者是漠视和仇恨），我甚至觉得她神经质，难道我一个三十多岁正值大好年华的人，还能看上六十多岁勾腰驼背的林老师？她也太低看我了吧？再说，我一直都把他们当父母一样，她要是这样想，只能怪我当初有眼无珠，错把她当知书达理、温文尔雅、有见识有情怀的人了。

此时，回想起这些我愣在那里，想着白凤这次叫我来到底要跟我聊什么。

这时林老师接完电话回来了。

我喝了口茶调整了一下思绪。

“林老师，‘新闻结束之处，才是文学开始的地方’这句话如何具体落实到写作上来？”

“新闻是报纸和网络媒体的事儿，需要你我翻来覆去讲给人听吗？你想想，站在不同角度想想这个案件，它对你有什么影响，对人类有什么影响。”林老师打着优美的手势说，他仿佛像一位指挥家一样。看着他有节奏有魔力的手势，我像紧张的歌手突然想起了歌词一样，一下子想起来一件事，是对我来说至关重要的事情。

“林老师，这件事情对于我来说，真的有个地方在我心灵上留下了永恒的印记。”我打开了三十年前的记忆闸阀，“我保证，这是那件事发生后，我第一次和人说起这个秘密。你知道吗？林老师，那个杀人的人，也就是我远房表叔，他那晚挥舞着刀砍出一条血路逃走后，首先去了哪里？”

林老师大为震惊。

“他到了我们家。”我压低声音说，“现在他服刑都快十年了，我说这些应该没人会再来追究了吧？”

林老师眼神闪烁不定。

但是我信任他，他是我老师，待我就跟他女儿一样。

“就在那天夜里，我们都睡下了，寨子里静悄悄的。突然院子里狗叫了起来，接着有断断续续的敲门声。爷爷开了门，我爸妈也起床了，但我们被反锁在了卧室。他们以为我们什么都不知道，可我们隐隐约约感受到出大事了。我闻到了一股我这辈子也忘不了的味道——焚烧衣服的味道从菜园里飘来，还有一股铁腥味儿。我贴着耳朵从门缝里听到了一些只言片语。第二天一早，村子里就开始变得紧张起来，到处都在传言邻村有人杀人了，有的说死了三个，有的说死了五个。他们说警察就要来了。”

“那天晚上凶手去了你们家？”林老师急不可待地问，他想砍掉我那些烦琐的赘述。

“是的，他是去我们家了。他浑身是血，满身泥污，用最快的速度说出自己的请求：他要一身干净的衣服，还要一张身份证。他说他是被逼到绝处了才动刀的，他说他也不知道砍了多少人，他说他不知道砍到人的什么部位，只听到现场一片惨叫看到一片血光。他浑身抖得像筛糠，举着染满鲜血的双手说是一把斩骨刀，他年前亲自为女孩的父亲去找最好的铁匠，特意定制的一把斩骨刀，女孩的父亲是大厨，这礼物特别讨他欢心。刀太锋利了，他也不知道用了多少力气，会不会死人……”

“你们给他衣服和身份证了？”林老师问这话时像审问我一样的口吻。

“我爷爷说他当时看到满身血污的表叔也吓坏了。他说他们都以为不会死人，想必现场那么多人，他借路砍出来，估计人都会躲闪，充其量就是砍伤几个人。”我像交代罪刑一样往下说，“我爷爷给他找了身旧衣服，他在门外就地脱了换上。我叔叔——已经因病去世多年了，他拿出自己的身份证，因为他当时有疾在身，估计他自己觉得身份证对于他来说只是张没用的卡片而已。”

“你们怎么不报警？”林老师质问。

“那个时候还没发明手机呢！再说当时我们也不知道他杀死人了。”我辩解。

“这样，你们协助罪犯逃跑，一逃就是二十年，你们知道这对于受害者的家人有多么不公，有多么煎熬吗？”林老师的眼睛里充满了愤怒。

“林老师，我得提醒你，他为什么那么做。前面我讲过了，那伙人就是社会混混儿，侮辱他，甚至要他下跪。”

“但他也不能杀人啊！再怎么也罪不至死。”林老师说。

“你这有失偏颇了，一群人威胁他啊，他不动手对方就要动手啊。”我说。

“他逃到哪里了？你们后期有联系吗？”林老师问。

“那个年代，我们祖辈都很少有人去过县城，又没电话，谁知道他去了哪里，怎么联系，大家都曾一度以为他死在外面了。”我说。

“那你们咋知道他有个孩子？”

“他被捕后，他父亲去探监才知道的。”我说完突然想起最重要的事情还没说。

“林老师，你知道吗？我从小就话多嘴碎，第二天早上，我一听说邻村有人杀人了，就充分发挥我丰富的想象力，满寨子广播说昨天晚上杀人犯来我们家了，浑身是血，衣服还被烧了，他被我爷爷藏起来了。我那天是被提着耳朵拖回去的，我爸拖着我走，我妈在后面不停解释说我乱说编瞎话，肯定是晚上做梦了胡说，叫大家不要相信娃娃家的疯话，招惹来警察了大家都不好过。”

“后来警察去了吗？”林老师急切地问。

“可别说这个！我从那天起就被锁在家里不许出门。后来还被送到我山上的姨妈家躲了好长一段时间。这件事情对我身心影响特别大，我当时不知道自己到底哪里惹到大人们了，更不知道我犯了什么错误使他们威吓我说警察会抓我。从此，我对真相和对这个世界更好奇了。”

这时，墙上的钟表开始报时了。

“八点了。”林老师像是提醒自己，也像是在提醒我该走了。

“林老师，你上次说这个不能写，这次又说是个好题材，你……”我马上抛出我的疑问，不能无功而返啊！

“小冉，从今天开始，结束这个故事的讲述。永远不要再提，在任何地方，尤其是在我家。”林老师说。

“林老师……”

“你知道吗？你白姐有个弟弟，当年年轻不懂事，家里管得严，他在家听话，可出了家门就跟青龙帮那帮混混儿在一起，因为这个，她爸妈差点离婚，他们相互责怪对方没抽时间陪孩子，我岳父因此郁郁而终。”

“我还以为白姐是独生女呢！他们家家风那么好，估计她弟弟也是一时好奇，禁不起身边朋友诱惑去的，现在人家肯定早就走正道过得好好的了。”

“他现在是过得好好的了，就留他父母和姐姐为他伤心一辈子。”

“林老师，他……”

“他就是你故事里的受害者，那年他刚刚十八岁。”林老师谨慎地望了望门外。

我震惊得张大了嘴巴，半天没说话。

这时，白凤收拾好了碗筷，我趁她进屋换衣服的间隙站起来走到林老师面前慌慌张张恳求：“林老师，我刚刚讲的那个秘密，你可以不告诉白姐吗？”

“本来你白姐也不让我告诉你受害者就是她弟弟的。”林老师说，“你白姐这段时间太痛苦了，她去看了两次心理医生了。”

“真是不好意思，林老师……”

“你不要自责，你白姐这次喊你来，本来想找你好好聊聊，她想听听更多关于你表叔家的情况。尤其是你表叔那个女儿，听说现在都还下落不明？”林老师说，“时代在变，我们也渐渐老了……”

白凤换好衣服从卧室走了出来，林老师停止了说话。

白凤正准备在身旁坐下来时，老太太突然从卧室跑了出来，她颤抖着拿着一张照片兴冲冲地说：“兵兵，兵兵！”

照片上一个穿着格子喇叭裤和夹克衫的小伙子一脸阳光，五官跟白凤特别像。

“妈，你在哪里翻出来的？给我。”白凤伸手去拿照片。

老太太拿着一下子躲在了林老师背后：“她抢我儿子！”老太太把照片藏进胸口哭了起来。

“妈，”白凤走过去轻轻拍着老太太的背安抚她，“我们去看电视。”白凤扶着老太太去了卧室。

我匆忙告别林老师，急速从他家撤离，就像当年家里人威吓我说再乱说警察会用手铐将我抓去一样，浑身战栗、心扑通扑通猛烈跳动，我都不知道我是怎么回到家的。

夜里，我怎么也睡不着。我闭着眼睛想象着故事里这两个家庭在同一事件后的遭遇和挣扎，我想把自己轮流放在天平的两端，可我终究是个局外人，我通宵达旦地尝试也只是徒劳。而今，我发现自己在这个故事中处处于心不忍，又处处无能为力。

阳光透过窗帘缝隙刺得我睁不开眼睛，天亮了。我习惯性拿起手机，打开网络，给林老师发了一条信息：“出于敬畏——对凶手和受害者双方家人的敬畏，他们都因此受到了不同程度的重创，失去了自己深爱着的人；对凶手和受害者的敬畏，毕竟他们为自己的冲动和过错付出了不可逆转的沉痛代价。林老师，我决定放弃这个题材的写作。唯愿逝者安息，唯愿活着的人忘却痛苦，热爱这并不完美的世间，依存善念，好好活着。”

我扔下手机，在心里反复念叨着：新闻结束了。“叮咚！”我听到了信息回复提示，我拉开窗帘，窗外，一轮红日正慢慢升起。我转身拿起手机，打开了林老师的回信。

债

弟弟跪在奶奶的坟前泣不成声。我早料定他会有这场哭泣，过程和结果都预想过很多遍。此刻，我淡定自若地站在离坟墓三米左右长满荒草和杉木的45度斜坡处，以审视的眼光俯视眼前的一切——像个看热闹的局外人一样。

长久积压的悲伤像山洪迸发，弟弟跪在奶奶的墓碑前，双手撑着地面，上半身因哭泣而不断抽搐。我旁边堂弟堂妹见状也抹着眼泪。而我，仍旧像个麻木的陌生人，还怀着可笑的好奇心——如果我妈回来，她是不是也会这样伤心地跪在奶奶坟前哭泣？毕竟，奶奶从去世到入土为安，一直到现在，我妈和我弟弟一样，他们都在外地：一个求学，一个为了供求学。其实我也一样，尽管奶奶去世时我就在离老家不到一个小时车程的小镇实习，但直到奶奶的葬礼结束一个星期后，她去世的消息才传到我那里。

陪奶奶最后一程的至亲，只有她的丈夫和两个儿子。奶奶离世前卧病在床两年，她全身浮肿，村里人用新砍下的竹子做滑竿（担架）抬着奶奶去乡镇医院检查过（那时村庄的公路还没硬化，基本没有车辆），但最后只是开了一堆药后又抬回家，并没查出具体什么病来。都说“久病床前无孝子”，让奶奶的儿孙们也迫不得已顾不了“孝”字。直到奶奶眼看着快要支撑不下去时，我爷爷才将在外面务工的两个儿子通知了回来——媳妇们是不让回来的，因为路费，还因为担心失去手里的活儿，更因为孙子们求学要用人民币；孙子孙女们就更是不能通知了：一是担心知道了难过会影响学习，二是请假回家耽误学习不说，车费也是一笔不小的开支。

实际上，在奶奶去世前的那天晚上，我是有预感的。我做了一个梦，梦见奶奶在责骂。具体责骂谁我不知道，应该是一群人，其中一定有我。梦里，奶奶坐在床上，因浮肿看起来像个被脂肪压得喘不过气的胖子。她面色惨白，不断呻吟。她一会儿喊：“拿把剪刀来！帮我把指甲剪了！”一会儿又喊：“我要上厕所，来人呀！”后来我又听到她在痛苦地呼喊：“哎哟！我解不出来啊！你们快想办法啊……”

梦里，我在慌忙找剪刀，但又慌慌张张不知到底该先帮奶奶干哪一件事情。我想起之前奶奶一直吩咐我们帮她剪脚指甲，但我们都找岔子拖掉了那件事情——奶奶的脚指甲太长了，又长又难看，因长期吃药和不见阳光的缘故，她的指甲厚厚的还有点发黄，像晒干了的百合片。我也多次暗暗鼓励过自己：“百善孝为先，我们身上流淌着她的血液啊，快去帮奶奶修剪指甲吧！”但是每当看到奶奶坐在床沿，浑身上下肿得像要炸开时，我内心深处是有些害怕的。加上奶奶的双脚整天放在一个塑料盆里，盆子里总是有些倒不完的水，更是让当时年少的我无法逾越心里那道坎：我可以帮奶奶洗头洗脸，可以帮奶奶喂饭洗衣，但我却从心底抵御触碰奶奶的双脚。

这种出自生理和心理的抵御，并不是因为嫌奶奶的脚脏。其实，爷爷是个很讲究的人，他每天再忙都要为奶奶擦洗身子，他们的卧室里很少有异味，奶奶也是全身上下都干净利落。我的那种抵触，是源于对生命的一种无知和对死亡的恐惧，就跟许多人见到惨烈车祸现场会呕吐，在医院会晕血、晕针有点类似。奶奶脚下盆子里的水不是人为装进去的，而是从奶奶的双脚上流出来的，来自奶奶体内。

奶奶到底患的什么病？按照当初她表现出来的症状，现在想来估计是肾病或者肝脏出了问题——全身的肿胀估计是体内有积液或腹水。为了解决奶奶全身肿胀的问题，土医生（奶奶的亲表弟，我的表公曾医生），采用了一个至今让我不解的办法。他将一个青花瓷碗摔破在地上，然后挑出最锋利的瓷碎片，在奶奶小腿上密密麻麻地将皮肤钉破，但奶奶的双脚流出来的不是血，而是水！从此，奶奶的脚下时刻都放着一个塑料盆子，起初几天就要流下来至少一盆水，后来慢慢递减。

奶奶肿胀的双脚渗着水往盆子里淌，那难看的、厚厚的脚指甲，加上奶奶因长期卧床而焦虑急躁，她的神情总是充满绝望，这让她周遭的空气仿佛都无法流通，时光仿佛在她周围静止了下来，她仿佛躺在死亡的大门口，这些除了让我产生一种生理的不适外，还引起一种心理的恐惧，那是一种羞愧难当的、耻辱的、难以启齿的身心感受。年少无知的我一直没能克服心理障碍去帮奶奶剪脚指甲。而爷爷的视力又不是很好，双手还有些发抖，他担心伤着奶奶。那几天奶奶每天都在卧室对着外面大声嚷着要我们帮她剪指甲，而恰好弟弟妹妹们有的假期留校兼职，有的长住外公外婆家，只有我和爷爷在家。奶奶嚷着剪指甲的事情终于有一天被她无法排便的痛苦给覆盖了，她不再留意她长长的、难看的、又黄又厚的脚指甲，也不再不间断地吩咐和责备了。新的痛苦让奶奶哭喊、呻吟，她哭喊着说生娃也没那么痛苦，急得我和爷爷不知所措，只得跑到邻村喊曾医生。曾医生带来了利尿药，又让爷爷找来生菜籽油让奶奶喝下，过了好久奶奶才平静下来，那剪指甲的事情就不了了之了，这件事如今成了我无法释怀的愧疚和终身遗憾。

所以，奶奶去世那天晚上，我一直梦到奶奶在责骂，她哭诉着说："一辈子没意思啊！快把他们都喊回来吧，都喊回来，想看看他们呀！""哎呀！娘疼儿疼断肠,儿疼娘疼过场哟……"也不知道后来在外务工回来的父亲和叔叔有没有在奶奶弥留之际，将奶奶的脚指甲修剪过……

想到这里，一阵愧疚涌上心头，梦中奶奶几尽绝望的哭诉仿佛就在耳边回荡——"命比黄连苦啊！我竹子笋子都靠不到了！"那夜梦里，我看到曾医生用玻璃罐又在奶奶背上拔罐，罐子像怪物一样密密麻麻地吸附在奶奶背上，里面都燃着幽蓝的火苗，曾医生一边拔罐子一边对奶奶说："姐姐，你要放宽心，不是子孙不孝敬你，他们有他们的难处啊，他们都回来陪着你哪来钱送学生啊。你熬过这两年，孙女孙子很快都要出来工作了，到时候还要接你出去到处耍，看大世界呢！你每个孙儿都那么争气，你享福的日子还在后头呢！"曾医生拔下来一个玻璃罐，我看到奶奶的背上鲜红的圆圈冒着热气，那些仍旧吸附在奶奶背上的一排排玻璃罐让奶奶很像背着重重的壳的乌龟，那真是一幅怪异的景象！拔下来的玻璃罐里沾满了血，我有些害怕，有些心虚，我说："奶奶，我明年就分配工作了，我拿工资了就送你到县医院去好好检查一下。"奶奶停止了责骂，她在笑，笑得很邪魅，我看到奶奶的脚指甲更长了，像一把把锋利的小刀在我眼前晃动，我吓得醒了过来……

"都过来吧，来一起给你们奶奶鞠躬道个别吧。"我正胆战心惊地在时间的河流里逆流而上时，被爷爷的呼喊声拉了回来。于是，我怀着忏悔的心，跟着弟弟和堂兄妹四个人整整齐齐地站在奶奶的墓碑前，深深地、虔诚地三鞠躬。今生我还欠着奶奶的债，我没能满足她小小的要求——为她修剪脚指甲，我让她在人世间伤心过、失望过，我想得到奶奶的谅解。

而后大家又走上几米开外的小斜坡，爷爷点燃鞭炮。待鞭炮声停止后，按照惯例，我们都在等爷爷上前来领着我们回家。但是，爷爷却一直在奶奶的坟墓前站着，我正准备喊“爷爷，走，回去！”时，爷爷突然一下子跪在了奶奶坟前。那一刻，着实让我们惊诧无比，我本能地想下斜坡去喊爷爷回家，但被身旁的弟弟一把拉住了：“不懂事，别过去！”

爷爷像个犯了错的小孩子，一脸的哀求和愧疚。风透过杉树枝叶间吹过来，将奶奶坟前未燃尽的纸钱吹得轻轻翻飞着。香烛缭绕中，爷爷老泪纵横。“安香啊，我对不起你啊！今天我来给你认错了！”爷爷突然开口了，风停了下来，烛光不再摇曳，一切都静止了下来，静得能听到彼此的心跳声。杉树和花草们都肃穆着，生怕惊扰和打断爷爷的诉说：“你走后我一个人守着那么多空房子和田土，太难了，你晓得我一辈子都被你惯着很少干农活儿，那些年连个说话的人都没有，所以找她来一起做伴挨过日子，你就谅解我们吧。”爷爷停顿了一会儿，将头埋得更低了，他用手背擦拭了一下泪水，好像舒了一口气似的，又微微抬起头来继续说道：“过完年，她儿子就要接她回家了，以后你还是要经常回去看看我哟，我以后也会经常来看你，陪你说说话，我们可还是夫妻啊！我对不住你！”爷爷哽咽着。山风又起，草木簌簌有声，爷爷仍旧跪在奶奶坟前，像要等待奶奶隔空给出答案。

我不知道奶奶是否能在另一个世界认真听一个人的忏悔，也不知道奶奶是否还在等着众多相欠她的人的那一句句“对不起”，更不知道奶奶是否已经释怀，是否能和她曾经的生活和解，是否能超然面对她生前所有苦难的日子。风吹过脸颊，我那一刻才突然想起来，爷爷最近三年都没有和我们一起来奶奶坟前祭拜过了。那三年，爷爷有了一段黄昏恋，爷爷在心里把奶奶暂时埋葬了。

三年前，就在奶奶去世后的第三年，我们全家就只剩爷爷一个人留守在家了，他的儿子儿媳们都在外打工，孙子孙女们都在外求学，只有寒暑假偶尔回家。只有我，当时已经毕业出来在离家两个小时车程的一个小镇上的学校里教书，我每过几周便回去陪陪爷爷。每次，爷爷见到我都像看到了他的太阳，满脸灿烂。他说终于可以开口说说话了，每天家里冷冷清清的，虽然他一到家便把电视机音量开得大大的，但他说那让他更觉得冷清。见到我，爷爷总是把他年轻时当村干部的经历，以及村庄里过去的人和事，都一次次重复讲给我听。我几乎连他讲到哪里会提高嗓门、哪里会皱眉头都把握得一清二楚。而每次我要返回学校时，爷爷总会一直送我到村头，直到我一直催他回去，他才停下来站在原地，远远地看着我走。我走一段路又回头看，爷爷还背着手在村头眺望，一直到我拐弯看不到彼此的身影了，他可能还站在原地。每每那一刻，我的心总是像被人拧着，我总是告诉自己："等我安定下来了，等我结婚了，我一定把爷爷接到身边照顾。"

爷爷细数着日子，在孤独的时光中忍耐煎熬。终于有一天，那是一个难忘的日子。日子在那个特殊的时光里拐了个弯。那是个特殊的周末，我回家时，爷爷表情怪怪地对我说："上周有个小伙子买了好多礼物来看我，全是营养品，你说这些营养品我该吃还是不该吃？"爷爷有点像沈从文笔下翠翠的爷爷那样狡黠。我满脸通红："爷爷，你都收下人家的礼品了，吃不吃是你的事情了。""那我不可能说硬是不收他的礼品呀，出于基本礼貌我也得收下呀！大老远送来的心意不可能扔了吧？不过，个人问题你还是自己决定吧，我们老古董就不干涉了。”爷爷笑眯眯地说。接下来，他坐在灶膛前清了清嗓子，火光映照着他的脸有些微红，他几次欲言又止。我以为爷爷是想问我关于我找男朋友的事情，然而我错了，在爷爷最终将话说出口后，我着实惊讶又终生难忘。

“我有个秘密，不知道该讲不该讲。”爷爷有些不好意思地开了口。“什么秘密啊？爷爷，你快说吧！”我实在没忍住笑了——爷爷还能有什么秘密？爷爷更不好意思了，他的双眼眯成一道弧线，紧盯着火苗，仿佛需要借助火焰的温度才能将他的秘密炙烤出来。爷爷又清了清嗓子吞吞吐吐地说：“你邻居家张奶奶，她们几个老太婆一天到晚瞎忙活，来说了几次，说将邻村你王奶奶接过来和我一起做伴，你从小认识的，她老伴儿去世十多年了。”爷爷说完下意识地搓搓手，接着又有些顾忌似的说：“你得先帮我保密啊！”“王奶奶呀！她总是把自己收拾得干净利落,年轻时一定是个大美女呢！不错呀爷爷，我支持！”我飞快接过话题，这也确实是个炸锅似的大秘密和大喜讯，“少时夫妻老来伴”，人老了没个伴侣太孤独了，我从内心支持爷爷。“就是你父母和叔叔婶婶那里，不晓得过得了那个关卡不？”爷爷有些担忧地说。他的担忧不无道理，以前他儿女们的婚事都是他做主，如今来了个轮回，爷爷婚事的定夺权掌握在儿子和儿媳妇手中呢！

“那么——王奶奶的儿女们同意吗？”我问爷爷。“他女儿不反对，儿子和儿媳妇有点反对，说如果她再走一步以后养老送终的事情就不管她了。”爷爷又将眼神望向跳动的火苗。“那没关系，接过来就是我奶奶了，以后我孝敬你们。”我笑着回答。爷爷的脸上漾开了花：“就是我们这边，他们不晓得会不会反对。”爷爷用火钳拨弄着柴火担忧地说道，他小心翼翼的神情像个怕被父母责备的孩子。“爷爷，他们长期在大城市打工，还是很开明的，我觉得他们一定会支持的。要不我马上挨个儿问问？”“莫急莫急，你先想好怎么说，就说——是寨子上几个老太婆某一天开玩笑，说着说着就当真在两边都说了的，说我也当开个玩笑问问他们而已，如果他们反对，就当这件事没发生过。”爷爷拨弄着手里的火钳，紧张的样子比我去相亲的神情还羞怯。“你要说也只给你妈和婶婶打电话悄悄说，看她们怎么说，再让她们转达给你爸爸和叔叔。如果她们一听到这件事情就反对，那你就叫她们千万为我保密，让她们不要再告诉你爸爸和叔叔了。”爷爷急切地叮嘱。

就那样，经过几个月的层层传达和说服调停，爷爷欢天喜地地将邻村王奶奶接到了家里，开启了他人生中幸福又短暂的三年黄昏恋。而后来又因爷爷的孙子孙女全都从学校毕业踏上各自的工作岗位，他的儿子和儿媳妇们也自然完成了供养子女的责任，相继回到了家中，王奶奶的子孙们也都成家立业过上了好日子。两位老人彼此的子女们不再为生计奔走忙碌后，所有的人突然一下子拥进爷爷和王奶奶原本安静平淡的生活里，彼此都极度不适应。生活的一地鸡毛让两位老人又重归各自的寂寞里。还好，生活将他们的寂寞一同送还的还有各自儿孙绕膝的天伦之乐。

因此，那一刻，爷爷在奶奶墓碑前长跪不起的那一刻，是爷爷和奶奶之间仅有的以夫妻名义相关联的关系断片后，三年时空跨度间心理上的情感缝合时刻，不管奶奶在天之灵能否感应到……紧接着，爷爷的表情变得舒展了一些，目光柔和而坚毅，他右手捏着拳头轻轻举到胸前，似乎在立誓言、下保证，他声音越来越小，像在和奶奶说悄悄话。

微风拂着地面爬上小斜坡，再顽皮地跑进我们的双眼里，让我们都眼眶湿润，心也跟着清风有力跳动。我们四姐弟站在小斜坡上，仿佛是最认真、最公正的见证人。我们都庄重严肃，我们又都五味杂陈和温暖感动，相同的血液在血管里汩汩流淌，我们支离破碎的日子都正被时光轻轻缝合、团聚和治愈。

爷爷还在低着头朝着大地低语，他仿佛觉得奶奶就在那里，觉得脚下的泥土就是奶奶——是啊！奶奶就是我们赖以生存的泥土啊！我们总是亏欠她太多，奶奶是爷爷此生无法还清的债啊！爷爷跪在奶奶坟前深深忏悔，我分明看到爷爷的泪水一滴滴滴进泥土里，滴进奶奶捧着的手心里，她把它们穿成一串串珍珠，穿成一串串星星，挂在了我们的天空。

良久，爷爷才再次用手背揩干眼泪站了起来，他仔细地将奶奶坟前坟后的枯枝烂叶用一根木叉推到坟墓最外边杉木的根部，再用手掌轻轻地、细细地将奶奶墓碑上的灰尘抹掉，最后他低着头、背着双手默默地朝我们走了过来。我们都让到一旁，很自然地让爷爷走到最前面领着我们回家，一路上谁也没有说话。

回到家的那一天晚上，爷爷从王奶奶的儿子家接王奶奶回家的事儿一直讲到了奶奶的一生。他首次向我们讲起了他和奶奶的爱情故事，以及奶奶苦命的一生——

奶奶嫁到我们家时刚好二十岁，而爷爷当时却只有十四岁。作为家里长期养着长工、短工和铜瓢里长年熬着鸦片的爷爷的父母，他们尤其溺爱他们的幼子，也就是我爷爷。他们将“皇帝疼长子，百姓爱幺儿”这句话发挥到了极致。因为是幺儿，在那个多子多福的年代，在爷爷尚未成年时，爷爷的父母就已经年迈，因担心有生之年看不到爷爷成家立业，担心他们离去后幼子无人帮扶照顾，爷爷的父母按照当时的习俗，用一顶大红花轿将二十岁的奶奶抬到了我家。刚满十四岁的爷爷哪里懂得婚姻的意义，他经常欺负奶奶。“我打她，用脚踢她，扯她头发，她都不还手。”爷爷内疚地描述。年长爷爷六岁的奶奶，可能已经懂得婚姻意味着什么了，传统的教育和生活环境，让奶奶知道了隐忍，婚姻让她爱着爷爷，像姐姐一样，又像母亲一样。

这应该也算得上是童养媳的另一种形式吧，奶奶嫁到我们家以后，在接下来的很多年，爷爷都还在学堂里读书，奶奶不仅要照顾读书的爷爷，还要操持一家人的家务：做饭、洗衣、喂猪、侍弄庄稼。后来，奶奶生了我大姑，在接下来的日子里，奶奶更是上要伺候老人、下要照顾孩子，之中还要兼顾她读书的丈夫。

“你奶奶一辈子都苦哟！那时我年轻不懂事，后来二十来岁的时候从学堂出来就在大队专职当会计，正赶上大集体时代，我一天到晚走村串户，到处开会，那时候到哪儿都是步行，到县城开会，有时候一出门就是一个月。特别是自然灾害那两年，你奶奶一个人带着几个孩子，还要去缝衣社为大队裁剪衣服，忙完回家还要摸黑去地里挣工分，连家里老人见状都不忍心，想减轻你奶奶的负担，就偷偷跑到当时公社组建的相当于临时救助站里面去了。后来我开会回来去接他们，可怎么也接不回来，最后接回家不久就病逝了——他们这么做一是怜悯你奶奶，二是为了多给屋头的孩子们留口饭吃啊！那个年代，苦啊！”

历史的阀门打开时，苦难的记忆让爷爷咬紧了牙帮子，连脸上的皱纹都被拧紧僵化。苦难仿佛已将他雕成一尊钢塑，而钢塑的雕像又缓缓吐出悲伤而又温情的话语来：“你奶奶一共生过九个孩子，但因为当时生活艰难和医学落后，也因为我年轻不懂得照顾家庭，没有为她分担，大多夭折了。”爷爷吐出的每个字都掷地有声，每个字都在为他卸下心里长期积压的负重，每一次他说出一句，后面紧跟着的那句话都要比上一句显得轻松有力一点。

“爷爷，我听他们说奶奶一辈子都是‘活路’（农活儿）要紧，说有个姑姑就是因为奶奶疏忽大意，一心忙她的活路去了，等她忙完手里的活路过后去看，才发现还没满月的姑姑被三岁的伯伯蹬被子捂死了。”——有关爷爷奶奶失去的六个孩子的事情，我从小就听大姑和我妈讲过一次又一次，为了证实、也为了讨伐爷爷，我马上接过爷爷的讲述追问他。

“是有这么回事，也怨不得她呀，那时候我正好开会去了，你奶奶还在月子里，但是家里的活儿也全指着她一个人，月子都没坐完，她就得做饭喂猪，事情发生过后她也是特别伤心自责。还有你那个伯伯也是，都五六岁了，机灵得很，就是因为那个年代人人填不饱肚子闹的。那年过年，你奶奶在做高粱包子，小孩子嘛好玩，一直在旁边要高粱粑粑。你奶奶以为他是看见大人弄着觉得好玩，想学着大人的样子做高粱包子玩，于是顺手扯了一小坨高粱面团给他。没想到，孩子是太饿了，接过高粱面团就吃了下去，那之后就一直闹肚子，就那样过完年就没了。要是还在，也是花甲之年了！”钢塑的爷爷面部抽动了一下。

“爷爷，听说我有个三姑姑，都十五六岁了，因为头疼，奶奶怀疑她是装病偷懒，天天骂她，直到后来疼得满地打滚，奶奶才派大姑姑去买药，而大姑姑才走到半路就听到奶奶呼天抢地的哭喊声了，可惜三姑姑就那样死了。都说她可是我们村的村花啊！硬是可惜了！”我突然想起大姑经常念叨的“花儿一样的三妹”来。“唉！是呀，三姑娘长得是标志，两个长辫子，斯斯文文的，不多言多语，性格又好，就是干农活儿不得力，经常被我们误认为她是偷懒，是可惜了。”爷爷的悲伤被我像捅马蜂窝似的捅散了，他握住自己的双手，一动不动，眼睛里全是无奈和难过。

“爷爷，他们都说我跟投水库自杀的四姑姑长得很像，你说是吗？”我问爷爷。爷爷愣了一会儿，苦笑一下说：“不像，她有只眼睛在八九岁时突然红肿，我们以为是平常的小毛病就没怎么管她，哪晓得后来严重了，那只眼睛的眼仁里面居然起了个萝卜花，看不见了。就因为那只眼睛，原本生性心高气傲的人，加上那时读书成绩也特别好，毕业考试就因为那只眼睛被刷了下来，性情就变了，开始自卑，我们给她找了个认为可以的人家——家里是穷了点，但人还是健全踏实，她死活不同意，都来认亲了，哪晓得她会那样寻短见。当时你妈怀着你，都快要生了，大家都在苞谷地里锄草，她自告奋勇要回去做饭，等我们回到家，看到灶房冷锅冷灶的，就觉得不好，后来又在茶杯下发现了她的遗书，全寨子人到处找都没找到，几天了才在你外公家门前的大水库里浮了起来。”我很好奇爷爷总能用极其平淡的语气讲述他的每一个早逝的孩子：“爷爷，死了那么多子女，你们不难过吗？”我从小到大，经常听大姑埋怨爷爷奶奶：“活路（农活儿）和开会才是最重要的，人命哪里重要嘛！要是稍微把娃娃些在然（在意）点，就不得把佼精（聪明有能耐）的全死了，留下我们这三个丑八怪活起。”因此对爷爷奶奶有种“视生命如草芥”的成见。

爷爷苦笑了一下，端坐在灶膛前，两只手放在膝盖上，在两膝之间紧握着。他叹了一口气后，把头深深地埋了下去，用沉重的语气回答说：“怎么不难过嘛，你奶奶的眼睛晚年看不清楚，就是年轻的时候哭多了的缘故。可是日子还是要过下去啊！事情都发生了，也没办法了。”“唉！要是现在，幺叔的病一定能治好！”弟弟又想起了我的幺叔——爷爷死去的六个孩子中我唯一见过面的人。我们把我们家英年早逝的人一个个搜索整理，在那个难忘的夜晚用语言的方式将他们一一祭奠。

我可怜的幺叔，英姿焕发的幺叔——去世的时候二十七岁，那时我已经快念完初中了。从小，我就知道幺叔是爷爷奶奶最疼爱的幺儿，他跟爷爷长得最像，连性格为人都特别像——乐观豁达、有情有义，但命运却给了他一把人生最烂的牌。幺叔十五六岁时，有天突然晕倒在教室，之后就经常发作；晕倒、抽搐、口吐白沫，爷爷奶奶带着幺叔到市内外四处求医问药，但最终都没能治好幺叔的癫痫病，在当时农村称为“母猪疯”，传说是因为小时候吃了母猪肉或者某种燃烧时冒泡泡的柴火的泡泡所致，这在当时算的上是治不好的癌症了。爷爷奶奶伤心欲绝，风华正茂的幺叔郁郁寡欢。为了赶走病魔，爷爷奶奶信神信佛，什么偏方土方秘方都用尽了，但幺叔的病却越来越严重。

一次，一个挎着帆布包的游医来到了村庄，声称能治各种疑难杂症。当时报着“死马当活马医”心态的爷爷奶奶，在好酒好肉招待完游医后，游医说要给幺叔做个小手术，说幺叔经常抽搐就是因为一条神经上出了问题，只要一动手术自然就好了。爷爷奶奶千恩万谢，游医拿着闪着寒光的牛角刀走进了幺叔的卧室，他吩咐爷爷奶奶找来绳子将幺叔手脚固定在床上，然后让所有人出去——就留下他一个人给幺叔做手术。年幼的我很是好奇，于是悄悄跑到后门扒开门缝偷看，只见游医拿着牛角刀反复在油灯上炙烤——估计是为了消毒。几分钟之后，他拿着刀在幺叔腰部以下、臀部以上位置比画，我只看到木床在战栗，只听到幺叔在痛苦地呻吟，其他的因为距离太远什么也看不到。

大约半个小时左右，游医收拾好工具走出了卧室，幺叔停止了呻吟沉沉睡去。之后，我只记得从此以后，幺叔渐渐地没了往常生病期间的暴躁。在手术之前，十八九岁的幺叔可能不甘命运的捉弄，也可能是对上天和生活的不满，他经常无缘无故发脾气。记得有一次他一怒之下将爷爷奶奶的陶瓷大水缸用凳子砸了个稀碎，爷爷默不作声地收拾残局，而奶奶却在一旁抱着幺叔撕心裂肺地哭泣："幺儿啊，我们也是没办法啊，该去的医院都去了，不是不给你医啊！你难过我们更难过啊！要是能背能挑的，我们一定拿过来帮你替下来了！"幺叔也哭泣着说："我一个废人拖累了你们，给我包老鼠药让我死了，大家解脱吧！"奶奶一下子推开了幺叔，大声对着他怒吼："你个没良心的，只要我们还在世一天你就得陪我们一天啊！就算砸锅卖铁我们也要继续给你医啊！你不争气寻短见了，你是解脱了，那你还让我们活不活啊！"奶奶哭得更伤心，而幺叔从此便乖乖吃药、睡觉，但偶尔还是会狂躁不安。但那一次，游医做完手术后，幺叔像丢掉了大半条命，他说话变得慢吞吞，走路也变得慢吞吞，连思维也变得慢吞吞的了。

直到几个月后，幺叔彻底地说不了话、走不了路了。从此以后的十来年里，直到幺叔去世，爷爷奶奶便成了幺叔的双腿。每天早晨，爷爷奶奶起床的第一件事情便是将幺叔从被窝里背出来穿衣洗漱，再给他喂饭，上厕所这些全靠爷爷奶奶背着到另一个隐蔽的房间用便盆解决。每天爷爷奶奶需要外出干农活儿时，以防幺叔一个人闷家里孤独，他们会将幺叔背到屋檐下的一张木椅上固定好，好让幺叔能在户外看到大路上来往的行人以及顽皮的小孩。为解决他们外出期间幺叔上厕所的问题，爷爷砍下一根大楠竹，将所有关节打通成为一根大管道，然后捆在幺叔的椅子上，一头固定在幺叔的裤裆里，一头绑在带盖的木桶上，这样就和如今卧床病人使用的输尿管差不多了。

每天下午，爷爷奶奶做好饭后，奶奶首先喂完幺叔再自己吃，吃完后，再和爷爷配合，一个扶着一个背着幺叔到屋内，再收拾房间、喂猪、帮幺叔洗漱。这样烦琐、苦闷、艰辛的日子将奶奶的背一天天压弯，直到后来香港回归那年，幺叔才过完了他二十多年苦难的人生，而奶奶还是未被生活温柔以待。

由于儿子儿媳们长年在外打工，孙子孙女们也都长期在外求学，年迈的爷爷奶奶还得继续在田间地头拼命劳作。尤其是爷爷，五十岁以前，在幺叔还未瘫痪在床以前，他是基本不干农活儿的，村干部有村干部的事情，他到处忙碌，而幺叔瘫痪后，爷爷主动卸任，专心在家帮奶奶照顾幺叔，一起和奶奶在田间地头劳作。奶奶为此特别心疼爷爷，脏活儿累活儿她使劲儿往自己身上揽，家里有什么好吃的她都要留给爷爷吃，连我们她都舍不得给，她的一生满眼满心均是爷爷。

“你幺叔也是没福之人啊，是你奶奶和我上辈子欠他的，他是来讨债的。”爷爷悠悠地说，他已然看透生死。“我们给他算命，都说他前世没修好，给衙门牵马，生了歹念害了官爷。”爷爷笃定幺叔的苦命是上天安排的，是他应有的。

“那你和奶奶又欠了幺叔什么债呢？”堂弟好奇地问。“你奶奶和我，应该也是他前世的父母吧，可能是我们溺爱了他，没把他教育好，所以用二十几年来还他的债啊！”爷爷的说法有些荒诞，但也有些哲理。

“那大姑呢？是你们欠她的债，还是她欠你们的债？”我问爷爷。对于大姑，爷爷沉默了。

大姑得到父爱的机会应该是微乎其微，更何况在那个特殊的年代。大姑从八岁开始就跟着奶奶做饭、洗衣和照顾弟弟妹妹。个子太矮够不着灶台，她就垫个小凳子；石磨她推不动，就徒手像毛驴一样拉着磨盘转圈圈；灾荒年挖野菜、吃树皮，双脚肿得晶亮……以至大姑连奶奶的身高都没有超越，甚至连一米五都没有达到，苦难的岁月压迫着她的人生。好不容易摸爬滚打到了谈婚论嫁的年龄，但爷爷奶奶却以“成分不好”为理由棒打鸳鸯，将大姑和下放到我们村的知青这对苦命情侣强行拆散。爷爷亲自在山下为大姑挑选了一户“成分”特别好的贫农家庭，爷爷的理由是那里稻田多，且不缺水，不会挨饿，同时家庭成分好，一辈子平平淡淡、安安稳稳，不会像知青那样命运坎坷。大姑誓死不从，但爷爷放下狠话，说就算死也要将她送下山。大姑向命运低下了头，她嫁到了山下。爷爷奶奶也没料到，他们挑选的女婿，徒有其表，酗酒如命，大姑的一生比黄连还要苦。她一辈子哭过六次弟弟妹妹，为夭折、早逝的弟弟妹妹们心碎，她又送走了自己苦命的母亲，以及那个她怨了、爱了一辈子的父亲。

爷爷的沉默，让我们有些心疼。“我们欠你大姑，你大姑也欠我们，这也是她的命。人一辈子，就这样，你欠我，我欠你，相互亏欠，世世代代，一代接一代，还不完的债啊！”爷爷过了好一会儿才说道。

那一夜，爷爷和我们围坐在篝火旁，将奶奶和他以及他们苦难的过往，像说书一样，毫无删减地说给我们听。也就是那一夜，我才首次认识了奶奶——那个悲苦一生，将干农活儿看得比命还重的奶奶。那个被岁月压弯脊背的奶奶，仿佛又拄着竹竿，背着背篓，像负重前行的乌龟，在月光下小心翼翼地、慢慢地从玉米地里走出来。走出玉米地，她还从旁边林子里拖了几根张牙舞爪的枯树枝，慢慢走上窄窄的田埂，像乌龟一样朝家的方向移动……

相比奶奶，爷爷的一生就幸运得多。爷爷在接下来的十几年里，享受到了社会带来的福利，也亲眼见证了新时代儿孙们的幸福生活。

回想起爷爷晚年对奶奶的忏悔——奶奶会原谅爷爷吗？我想一定会的，就像姐姐原谅弟弟，就像母亲原谅儿子一样，如今，他们一定在另一个世界里快乐同行。那里，爱是平等的，爱是公平的，他们将不再亏欠对方。

奶奶的一生，卑微如脚下的泥土，奉献如脚下的泥土，而爷爷是光，他照亮了我们和奶奶曾经的世界。爷爷奶奶之间的债早已随着人间烟火飘散，而活着的人，继续债台高筑。

假　牙

我出生前几年，爷爷奶奶亲手建造了这幢五间黑瓦木房。

此刻，木房在初冬的惨淡阳光下散发着别离的哀愁。我的爷爷——这五间木房的缔造者之一，让木房无奈地多了一个身份：遗产。

堂屋里，寡淡的阳光从窗棂溜到爷爷身旁。爷爷脚朝着大门、头对着香案，仰躺在铺着白布的木板上，身上盖着红绸缎被面，脸上盖着草纸。而从屋顶那个被揭掉两片黑瓦的长方形小孔里倾泻而下的天光，不偏不倚地笼罩着爷爷的遗体。

那堂屋顶上揭掉的两块黑瓦，是爷爷的俩儿子——我父亲和我叔叔在爷爷的遗体停放进堂屋后，根据邻居大娘的友情提示，架着长木梯爬上房顶特意揭下来的。大娘的娘家叔父、兄弟均为专业看风水、择吉日、超度亡灵的阴阳师傅，她对婚丧嫁娶的各种风俗、禁忌和礼节程序从小耳濡目染，颇为熟悉。家中有人离世，尤其是老人，从落气到入土，都得讲讲究究地进行：什么时候该放第一挂鞭炮，什么时候孝子孝孙放声哭灵，什么时候移遗体到堂屋，什么时候入殓，什么时候念经超度亡灵，什么时候下葬，等等。这些繁杂的程序大娘都倒背如流。那两片揭掉的黑瓦据大娘说是为了让爷爷的魂魄能早日升天。

这真是一个暖心的习俗。两片黑瓦第一次让出堂屋顶上的一小片天空。阳光洒落在爷爷的遗体上，温柔恬静、圣洁庄严，仿佛是神灵为爷爷走到人生的最后巅峰时刻，而特意打下的聚光灯。加上屋内香烛纸钱烟火缭绕——那光的清凉通透，配以烟雾的缥缈升腾，让人有种爷爷的魂魄渐入仙境、正登临天堂的神圣与庄重。

日头慢慢西斜，虽然众兄弟姊妹、叔侄伯爷都进进出出，不间断地为爷爷焚香烧纸，但因木屋透光透气性很好的缘故，屋内仍旧明亮通透。陆陆续续，有提前听闻噩耗的至亲前来悼念，跟随他们进入堂屋的，还有被午后阳光拉得长长的他们自己的影子。人还未迈进堂屋，影子已先至。女人踩着她们的影子急切而又悲恸地迈过门槛，大声哭丧。丧歌的内容丰富，辞藻朴素感人，诉说着对爷爷的各种感恩与不舍，祈祷爷爷在天堂保佑她们从今往后幸福安康，等等。男人们则含蓄得多，一进堂屋便烧纸焚香、磕头作揖，大多表情凝重却默不作声。

突然，几位老者匆忙走进堂屋，将拂面哭泣的女人们往堂屋外拉。我清楚地听到他们压着嗓门责备："这怎么好？不好！不好！""快出去，小心影子照上去啊！"同时，叔叔伯伯们忙乱了起来，他们有的找来报纸，有的找来白布，都往透光的窗户上贴，堂屋大门也被关上了。他们将阳光阻截在了木房外。早前我就听说过这个禁忌：说活人的影子是不能映照在逝者的遗体和棺木上的，否则魂魄会被带入阴曹地府，不久阎王便会派黑白无常前来索命。眼前的忙乱情景显得仓皇又可笑，我不禁琢磨——魂魄是什么呢？是自己的影子？如果是影子，万物在晴天月夜或是灯火之下都有魂魄，风吹不走、人拿不去。而我爷爷，一生善良慈爱，对宗亲家族和子孙后代都满怀深情与挚爱，他哪会夺人魂魄？就算有魂魄依附他而去，爷爷也定会在生死之界线处与小鬼斗争，用力地将依附的魂魄推回生的世界。

冷月般的小太阳终于滑下西山，再也描不出任何影子来。堂屋的大门又敞开了，窗户上的报纸和白布都被扯掉，前来悼念的人络绎不绝。暮色和着烧纸钱的橘红色火光，让香烛的袅袅烟雾呈乳白色，丝丝缕缕往屋顶飘散。这一切交织在一起，竟然给人一种不大真实的感觉——生死之间也存在着交界地带，而爷爷是这个地带的真实存在，他正经历着生离与死别的最后一遭。这是最后的烟火和温情。根据大娘的指导，父亲和叔叔拿来大米，轻轻掰开爷爷的手掌，将一把大米放于爷爷手心，轻轻地满怀深情地呼喊着爷爷："老汉，安心上路啊！"这些大米是爷爷路上赏小鬼的见面礼！忙前忙后，他们无微不至地为他们的亡父打点着。这一次，他们给爷爷的陪伴与照顾，比生前的任何一次都更动心、更动情，他们不再吝惜他们的时间与金钱，不再锱铢必较。

晚饭前，于堂屋香案下焚香、烧纸、作揖后，父亲和叔叔端着饭菜来到爷爷身旁，他们跪在爷爷的遗体旁喊着："老汉，吃饭了！"然后将饭菜供奉在爷爷旁边的凳子上，将酒杯里倒满酒再静静退出。他们无比细致虔诚，仿佛怕惊扰到爷爷用餐一般。

黑暗包裹了爷爷生活了八十四年的村庄。钢筋水泥的楼房和木屋的窗格子里都亮起了明晃晃的灯光，而停放爷爷遗体的木房的灯光最亮。村庄里的大部分人到这里来守着爷爷，部分妇女则在灶房洗着、煮着、炒着，为饭局忙碌着。

爷爷的儿女们坐在堂屋里，商议着丧礼和接待等诸多事情。做顾问的大娘，突然想起来一件重要的事情，郑重地问："老汉生前安过假牙没有？"见大家沉默，大娘十分谨慎地解释道："大家都好好回忆一下，安有假牙的话一定得取下来，带着那些东西下葬很不好。”大家茫然，都说不知道，但都觉得爷爷有安假牙的可能性——爷爷生前可是个极其讲究的人啊！当了一辈子最基层农村干部，从大队会计到村长，随时随处都穿戴得干干净净、整整齐齐，连眼神里都满是洁净的光芒。因此，假若爷爷生前发现自己的某颗牙齿缺了，他一定会去安上一颗漂亮的假牙的。

见大家都无法下定论，大娘有些焦急，再次压低嗓子不安地说：“阴阳先生说的，假牙这类东西，特别是安假牙用的铁丝，万万不能带进棺材，对子孙不好——容易出现跛脚。”她这一说，让众人惊骇不已，脸上多了几分凝重，这忌讳，谁能不介意。大伙开始更努力地回忆、询问，直到问题传到院子里后才有了答案。爷爷几年前的确安过两颗假牙！当时爷爷担心子女不支持——毕竟很多人都认为由于嗑瓜子缺掉的两颗牙，不影响吃饭，完全没必要白花这个钱，同时还会认为安假牙是花钱买痛。那天在集市上，爷爷议好两千元钱安两颗烤瓷牙的价格时，恰巧碰上了他前来看牙的大侄子。昂贵的价格，让爷爷的侄儿牢牢地记住了这件事情。

关乎子孙后代的大事终于有了结果——幸好有个肯定答案，这让大家悬着的心落了地。显然，接下来就是拔下爷爷的两颗假牙！

电灯光线很亮，我父亲还是找来了手电筒——爷爷的两个儿子和他生前最欣赏的侄儿怀揣着同一个使命迈进堂屋大门，神情庄重。

他们站在爷爷右侧（爷爷左侧挨着堂屋间壁），居高临下。我叔叔站在香案下我爷爷的头顶位置，他第一时间揭开了爷爷脸上的草纸；我父亲紧接着推出了手电筒里最亮的那束光，他把光焦尽可能地射向爷爷嘴巴的位置；爷爷的侄儿在光圈抵达爷爷嘴巴位置的下一秒俯下身子，伸出双手去掰开爷爷紧闭的嘴巴。

他们三人高度默契，一系列动作丝丝环扣，仿佛经过长时间的严格训练。

爷爷在强光下仍旧面容安详，像个孩子似的任由自己的孩子们居高临下地对着他的嘴巴研究。他完全纵容他们，毫不吝惜地丢弃了八十多年来的威严。

现在，手电筒传到了我叔叔手里，他占据着爷爷头顶观察爷爷面部的绝佳视角。我父亲居中，此刻换他来掰开爷爷的嘴巴，显然爷爷的侄儿忙乱半天没啥收获。三个人的脑袋一起凑在爷爷面部一拳头的位置，从左到右，从上至下，他们像医生做手术一样掰着爷爷的嘴巴，一颗一颗地找寻、比对。爷爷一声不发，比打了全身麻醉的患者更配合“医生们”。

父亲和他的兄弟们找了半天，也没有发现哪两颗牙齿属于异类。

“这颗，好像要白一点，你摇摇看。”爷爷的侄儿指着爷爷上颌最里面的磨牙说。

我父亲半蹲着身子，左手向上掰着爷爷的嘴唇，使劲儿地去触摸爷爷最里面的磨牙。

“应该不是，感觉很牢固。”父亲摸索了半天后下结论。他也败阵下来，右手似乎有些酸软，无意识地用左手揉了几下右肩膀。

“还是需要撬开看看。”爷爷的侄儿一手捏着爷爷的下巴，一手往上掰爷爷的门牙，试图打开爷爷的口腔，但是徒劳，他也直起腰来。

这时负责拿着手电筒打光的爷爷的小儿子，我叔叔他也关掉电筒直起身来。他看了一眼正努力思索的两位哥哥，什么话也没说便走出了堂屋。

剩下的两个人站在那里轻声讨论着——

“假牙应该有铁丝之类的固定起来，可能从嘴巴里面能看得到铁丝。”

“颜色肯定是有区别的，刚刚看到有几颗更黄，或者更白的应该是。”

…………

厨房里、院子里和其他房间里的男女老少都安静了下来：女人们停止了八卦和拉家常，男人们连抽烟都小心翼翼地半天才吐一口烟圈，孩子们都躲在大人身边像只受惊的小兔子。大家的心都聚在了堂屋里，他们待在各自的位置不动，仿佛听话的亲属忍耐着静候在手术室外那般情景。

我叔叔右手握着闪着寒光的手电筒，左手拿着一把剪刀。手电筒正大光明地朝前举着，剪刀垂在腹部，躲躲闪闪不好意思的样子。他又回到了他起初的位置，把手电筒的光再次聚在了爷爷的脸上。

剪刀在爷爷侄儿手里撬开了爷爷的口腔，我父亲掰着爷爷的嘴唇，他们三个人专心致志地一一查看，像在纠一首诗里面的别字。

他们一边查看，一边讨论，里里外外细细琢磨、认真比对。最后锁定在靠门牙的位置，他们发现了两颗颜色异于其他的牙齿，并且触摸时有松动迹象。

我父亲把脸几乎凑到了我爷爷的胸膛上，像洞穴探秘者一样窥视着爷爷口腔里面的每一颗牙齿。我叔叔配合着调整光束。爷爷的侄儿双手用劲儿掰着剪刀固定着爷爷被微微撬开的口腔。

好半天，我父亲如释重负地由蹲姿改成了站姿。“找到了，两颗，里面都看得到一点点铁丝。”

“哪两颗？”我叔叔和爷爷的侄儿异口同声地问。

堂屋外，所有的耳朵都一齐朝着同一个方向，大家凝神屏气，都在努力辨识他们兄弟三人的每一句话、每一个叹息，甚至他们呼吸的变化和随之发出的每一种声音。

父亲往后退了半步又俯下身来。“这颗，”他指给他们看，“还有这颗。”

“看到了。”

他们一致认同，再三确认。

两颗烤瓷牙总算在爷爷的口腔里被精准定位下来——左上方的一颗切牙和右下方的一颗磨牙。

他们开始讨论如何拔掉两颗假牙。

一开始父亲想用相对温柔一点的方式——徒手拔掉。

“用手掰，应该没问题，看样子安上去几年了，可能没那么牢固了。”父亲说着又向后退了半步，他甚至习惯性地挽了一下衣袖，仿佛蓄力已久。

他把右手伸向了爷爷上颌的那颗切牙，右脚抵着停放爷爷的长凳脚，左脚尖有点发抖。爷爷的下巴被三个人压得变了形，我父亲变换了三四次发力的姿势,最终那颗假牙还是纹丝不动。

“老爹呀，你莫流泪呀！这个不好，我们帮你拔掉，你好上路，对你好，对子孙后代也好。”父亲边尝试着拔牙边在对着我爷爷的遗体说话，爷爷眼角流出了一滴泪。我站在一米开外的地方偏着身子看，只看到几只大手在爷爷脸上忙乱：有的掰着爷爷的嘴，有的在指点着那两颗烤瓷牙，父亲费力地尝试着各种姿势想拔下假牙来，但都徒然。

他们开始商议其他拔牙的办法。有的说：“要不找个东西来敲碎？”有的又否定说：“那不如用小刀子撬出来！”最后有人说："剪刀，剪刀可能更好弄。"一个个冰冷的方案让我脊背发凉。叔叔从这间屋子转到那间屋子，想找一个合适的拔牙工具，最后他拿了一双筷子回到了堂屋。

叔叔将撬着爷爷口腔的剪刀用筷子替换了下来。

叔叔用筷子使劲儿撬着爷爷半开的口腔，他似乎用劲儿过度，筷子有点微微弯曲，他双手的虎口和关节处都发红了。

爷爷的侄儿几乎想要将手电筒放进我爷爷的口腔里面去——如果我爷爷嘴巴够大的话。

我父亲犹豫了一下，从爷爷的侄儿手里接过剪刀。仿佛剪刀很重似的，令他双手有点颤颤巍巍。他看了一眼我爷爷，又犹豫了一会儿，仿佛还是有些不忍，接着摇摇头。他站在那里，沉默了几秒钟，带着剪刀走出堂屋。

一会儿他又拿着一把电工工具——夹钳，走进堂屋。那是一把粗笨又强悍的夹子，连钉子都能拔掉，更何况爷爷的两颗假牙！孙辈们默默地从堂屋退了出来。

"太残忍了！我不想看！"我有点战栗。

"愚昧！迷信！"弟弟在一旁嘟囔。

"我不敢看，我不敢看！"堂妹紧捏双拳躲进了厨房里的女人堆里。

有些年幼的孩子被父母揽进了怀里。男人们夹着烟半天没吸一口，胆小的女人们收起了目光，似乎想把耳朵也蒙上。

堂屋里只剩下拔牙的三兄弟和躺在香火缭绕中的爷爷。

拔牙大事持续进行着，爷爷的几个大学生孙子孙媳、孙女孙女婿谁都没有去阻止。在这个古老寂静的山村，在祖辈流传下来的规矩和阴阳先生的道法面前，法律专业的孙子和孙媳也无法公平无误地评判出对错，教书育人的孙女孙女婿也无法用"科学"的方法来论其可否，我们所学的历史哲学和人文政治，在这件突发事件面前都显得苍白无力。我们都知道思想的痼疾坚如顽石，比木板上钉上的钉子还难拔出。“入乡随俗”“尊重乡俗”是我们这些重返家乡的“异乡人”最起码的教养。

我们都忍耐着，不参与、不围观。“太残忍了！”我浑身发凉，反复念叨着捂住了眼睛。我想，爷爷生前爱美，此刻一定很难过。但爷爷生前也疼爱子孙后代，加上他自己也迷信阴阳先生，应该不会责怪任何人；可是爷爷也是个守财奴，从生病到去世，他都将钱包随身携带，去世时枕头下面的钱包都还鼓鼓囊囊，甚至连买药他都舍不得花掉一张大钞，他一定心疼他那两颗花了两千块钱的烤瓷牙呀。

不！爷爷不吝啬，他有两万多元存款，他存了一辈子自己没舍得花，一心只为他的儿女着想。生病期间他一再叮嘱我：“那个钱是谁也不能动哟！等我百年过后用来把我热热闹闹送上山，我一辈子都不愿给儿女添麻烦，免得他们在我走后为摊派安葬费而伤了弟兄姊妹感情。我身边这几千块钱，是预备着给小孙子和重外孙子结婚的红包用的……”

爷爷到底怎么看待假牙被拔？这是一个永远没有答案的悲伤的问题。

“这颗，就是这颗。”

“诶，对，对，掰开一点。”

“慢点，轻点。”

“向下垂直用力。”

“不行啊，怎么这么牢固。”

“我脚麻，手也酸痛用不上劲儿了。”

“我来。”

“轻点，别把假牙夹碎了，否则铁丝不好取下来。”

“你把老汉的脑壳都提起来了，用劲儿不对吧？”

“你让开一点，我往外扯试试。”

我看到叔叔往后一个踉跄，差点跌倒。

“切牙这颗拔下来了。”我看到叔叔举着钳子正端详那颗顶端有些许凝固血丝的假牙。

“拿纸钱来包好，别乱扔。”

“还有铁丝，固定假牙的。”

我父亲顺手在香案下抓了两张草纸，双手接过他弟弟手中夹钳里的假牙，把它摊放在爷爷脚边的凳子上。

拔牙继续。

“这颗更难拔。”

“主要是这个位置不好用力。”

十几分钟过去了，那颗磨牙依旧没有拔下来。

“等一下，好像拔错了。”

“不会吧，开始确定了是上面的磨牙啊。”

“电筒打进来一点。”

“筷子再使劲儿拗开一点。”

“我就说拔错了，你看看，是这颗。”

“我拔的就是最里面那颗磨牙啊。”

“不是的，最里面那颗应该是一颗智齿，你蹲过来一点。”

“看到没？旁边那颗，里面看得到一点点铁丝的。”

“你用手摸一摸。”

“感觉到了吧？”

“这次不会错了。”

堂屋里再次陷入了紧张的静默之中。

三个人沉默着、轮换着、配合着，俨然一台大手术正有条不紊进行着。

“得了。”

他们总算再度打破了沉寂。

“再检查检查，看拔干净了没有。”

“再仔细看看。”

“看看旁边的牙齿，怕有铁丝。”

“这边也看看。”

“都看过了。”

“再摸一下。”

“没有了。”

“好了，行了。”

“拿纸过来擦一下这里。”

“这里，嘴角，这有点血丝。”

“还有下巴。”

“可以了，草纸拿来，把脸盖上。”

堂屋里静极了，静得能听得到白蜡烛和香纸燃烧的声音，静得让思绪混乱、停滞。父亲和他兄弟们的对话恍若隔世，他们仿佛在另外一个世界里抢劫，而爷爷却在替众生渡劫。

我看到叔叔在地上仔细搜寻假牙碎屑和铁丝。破碎的假牙，沁出了细细的血丝，沁出了爷爷曾经的烟火气息。

叔叔小心翼翼地藏好假牙和铁丝。大娘吩咐说，等到爷爷入土为安后，这些伴随过爷爷的东西，得扔掉，扔得越远越好。

遥想假牙曾经筑起了爷爷的尊严，让爷爷自信地吃，开怀地笑。此刻假牙像完成了使命的卫士，被撤退回来。它们本不属于爷爷的生命，但它们曾是爷爷生活的一部分。我们挑选了一张爷爷笑得最灿烂的照片做成了爷爷的遗像，安放在爷爷门口有仙鹤的金碧辉煌的灵屋前的墙上，爷爷仿佛刻意展示他那颗洁白的假牙。

桐花纷飞时

媚舒河畔，石拱桥边，一树小喇叭样的桐子花开得热热闹闹，白里透红的花瓣上盈动着无数颗小水珠。山间春雨后，空气里氤氲着草木勃发的气息。通往村庄的公路总算在寂寥中等来了一辆宝蓝色货车，那不紧不慢颇有节奏的哐啷哐啷声，配上那缓缓驶来时笨重憨厚的模样，让人一下子想起村子里吴大哥那头最老的牛。

吴大哥跟着牛跑了大半辈子，这天他跟牛请了个假，随着这老水牛般的货车进城办了件大事。现在，这功臣般光荣返程的货车正好停在了石拱桥头那树热烈的桐子花下。没想到，意外发生了。突然，车斗里传来吴大哥呼天抢地的呼喊声，山村的宁静瞬间被划破。

“醒醒啊游云！别吓我啊！你醒醒！”吴大哥颤抖着半跪在车斗里，正用尽全力掐游云的人中。

游云面色苍白，瞳孔放大，背靠着漆黑油亮的棺木，瘫坐在车斗里。

司机吴四闻声飞速熄火停车，他慌慌张张从驾驶室跳了出来，连车门都忘了关上。他抬头看到车斗里的那一幕也慌了神，一下子愣在那里仿佛被武林大师点了穴道。好在从副驾驶室里踉跄下车应声跑来的大着肚子的吴四老婆处事不惊。

“吴四！你个智障！赶快和吴大哥一起把游云嫂抬下车！要是死在了车上有你好果子吃！”

经老婆这么一提醒，吴四一下放弃了本能的先上车看看情况，再拨打120急救，或者自己立马开车送附近卫生院的想法。

“关键时候还是女人想得周全！这要是死车上了我怎么也脱不了干系啊！”吴四心里嘀咕着，不幸中添了一丝侥幸的心理。

除了车上，四下无人。吴四立马打开车斗护栏，大声喊着：“吴大哥，快！赶快把游云嫂移过来！”

“好像没有脉搏了，赶快发动车子送医院啊！”吴大哥打着哭腔说。

“快！快点移下来！”吴四老婆急得拍着车厢示意吴四赶快上车行动。

吴四猴子一样灵巧地跃上车斗，弯腰从游云嫂胳肢窝环抱过去，他用吃奶的力气将倚靠在吴大哥漆黑发亮的棺材边的游云嫂拖到了车斗边沿。吴四老婆立马垫着脚尖呼哧呼哧喘着气拉住瘫软如泥的游云嫂。

“快！快点帮忙抱下车啊！救护车马上到了！”吴四老婆对着只顾掐人中不停呼喊“游云！游云！”的吴大哥命令。

吴大哥慌慌张张地服从了命令，他从背后托住了游云，使得吴四腾出手来跳下车接应。

“下来帮忙接住！”春寒料峭中吴四居然热得大汗淋漓，吴大哥机械地服从指挥。

三个人好不容易把苍白冰凉的游云抬到了桐子树下。

“救护车呢？救护车！”吴大哥摸着游云的脉搏喊。

这时吴四老婆才一拍脑袋匆忙跑到副驾驶室取手机，拨打集镇卫生所电话。

实际上，游云嫂心脏早已停止了跳动。半小时后，镇卫生所医生带着药物器械心急火燎赶到，迅速展开急救措施：人工呼吸、心肺复苏，该做的都做了，游云的身子渐渐僵硬，医生们宣布已无力回天。

“吴大哥上街买材子（棺材），我们车开到这里时发现游云嫂坐桐子树下，我们还以为她走累了睡着了，担心她着凉，停下来喊她不答应，吴大哥下车才发现已经没了心跳。”吴四老婆眨巴着眼睛大声说，“吴大哥，当时你下车发现游云嫂喊不答应的时候是不是吓坏了？”吴四老婆掐了一下显然被吓坏了的吴大哥的胳膊,用寓意丰富的眼神死死地盯着他的眼睛说。

“吓坏了？是吓坏了……”吴大哥语无伦次，浑身像筛糠。

村子里一下子传开了：游云嫂从集镇上给吴二毛买药，返回途中快走到村里时心脏病发作去世了，没福气的游云嫂啊！

吴大哥一直守着游云嫂的尸体不说话。

直到村里在家的全部老人、小孩和几对在家种烟草的中年夫妇齐刷刷集合在拱桥边桐子树周围时，吴大哥做了一件惊人的、不可理喻的事儿——他禁止任何人碰游云嫂，并命令吴四将车上他刚买的棺材搬到桐子树下。

大家窃窃私语，意味深长。

游云的丈夫吴二毛是最后被人用轮椅推到桐子树下的。那时夜幕已经降临，吴二毛蜷在轮椅里全身痉挛，泣不成声，一股尿臊味在桐子花香里若有若无，过度的悲伤使得吴二毛小便失禁了。

“吴大哥，那兄弟俩打电话来说让大家帮忙抬回他家堂屋。”吴四凑近吴大哥继续耳语了几句。

“过了桥明天就会被拉去烧成一把灰。吴二毛，游云妹一辈子苦啊！这个桥是如何也不能过啊！”吴大哥几乎是跪在了轮椅前。

吴二毛有气无力地点了点头。

“电话告诉那两个娃儿，丧事就在这桥头办了，马上入棺，你开车去买篷布来搭架子。”吴大哥从游云身边站起来，一一安排众人。

篝火在初春的夜晚熊熊燃烧。拱桥头桐子树旁的平地上搭起了办丧事用的棚子，游云被三四个老村妇在用白布围起的幔子里做最后一次洁身和更衣。

当吴大哥命令吴四等人将游云嫂抬进他自己买的棺材里时，村妇们在各个角落里咬舌头，吴二毛哽咽着说：“大哥，这棺材孩子们回来了折算成钱补给你。”

吴大哥摆了摆手，看了看一直紧随他身边的吴四，欲言又止。

“我说，补点钱也应该，是不是啊吴大哥？亲兄弟还明算账呢！何况你和吴二毛都出了五服了。”吴四老婆环顾着四周说。

吴四又凑到吴大哥耳边不知说了些什么。

“以后再说吧！”吴大哥望着可怜的吴二毛说。吴四老婆从家里找来干净棉裤让吴四和吴大哥给吴二毛换上，吴二毛半趴在棺材上无声啜泣。

天全黑下来时，游云在县城教书的大儿子赶到了现场，他跪在地上哭了好一阵子。还没等他从悲伤中回过神来，吴四便和他老婆一起将他拉起来坐到了吴大哥身边，夫妻俩十分热情且绘声绘色地描述了他们开着车载着吴大哥和吴大哥的棺材到桥头时，他们是如何发现游云嫂的，又是如何迅速展开急救，以及镇卫生院医生赶到后抢救无果的遗憾场景。

吴大哥一言不发。他专注地一张接一张地往香烛台旁的火盆里添纸钱，红红的火苗仿佛噬咬着他的心，烟雾让他的双眼感觉如梦似幻。

吴二毛的大儿子望着可怜的父亲又哭了好一阵子。

那夜，吴大哥、吴四陪同吴二毛及其大儿子，还有几个常年瞌睡少的老人在桐子树旁的篝火边守了整整一宿。

次日中午，游云在省城工作的小儿子及儿媳也赶到了那棵娇艳欲滴的桐子花下。

全家人又哭成了一团。

吴四和吴四老婆又守着游云的小儿子一家讲述了发现游云和抢救游云的详细经过。

游云的大小儿媳妇红肿着双眼一再鞠躬向吴四夫妇俩和吴大哥表达了谢意。

吴大哥低头不语，双眼布满了红血丝，面部抽搐了几下后，在吴四的跟随和耳语下又往棺材边的香火堆里添了不少纸钱。

做道场的法师们晚饭前赶到了拱桥边。焚香烧纸后，择定了下葬吉日——两天后出殡。

桐子树下锣鼓喧天，鞭炮轰鸣，震得桐子花花瓣纷纷扬扬，连游云留了一条缝的棺材上也停了不少桐子花花瓣。游云年轻时经常和吴二毛在桐子花开时并肩走过拱桥，她此刻一定正透过棺材缝喜滋滋地望着这漫天飞花吧。

事实上，游云生前和吴大哥相反，她一点也不在乎死后是按祖辈传统土葬，还是按新规定火化。殊途同归，不都那么回事儿？

游云早看淡了生死，感觉不到生命和生活的意义，这事儿只有吴二毛和吴大哥知道。短短一年里，已经有四五次了，游云割腕、吃安眠药，甚至想用绳子一起结束自己和吴二毛的余生，她早想像此刻这样静静地躺着看漫天桐子花飞舞，但都没如愿。每一次，吴大哥都像幽灵一样出现，打断了她的计划。

最近一次，游云在木房里堆满了一点就着的干松针和枯树枝，她将吴二毛抱到轮椅上，告诉他他们将一起和自己辛苦建造的木房化成灰，幸好吴大哥及时扑灭了刚刚燃起的火苗。

游云一直在追求着一件事情——那就是她要带着吴二毛不声不响地离开这个世界。

除了吴大哥和吴二毛外，没有任何人知道游云的异常。很多次吴大哥劝吴二毛打电话将实情告诉两个儿子，吴二毛都再三恳求他保密，说游云说过一旦让孩子们知道了，她就立马一个人上路，一个人走方便得很—— 一个刀片、一根绳子的事情。

可是他俩万万没想到，游云最终会以这种突然而又平静的方式离开这个世界。尤其是吴大哥，他愧疚、自责难当，可又无法言说。

的确，游云这两年检查出了心脏病，她随身带着速效救心丸，她说她不会留下瘫痪的吴二毛一个人走。可这一次的突发事件太出乎意料了！速效救心丸就在她贴身荷包里，伸手就能取出，但她哪里来得及取？她完全吓蒙了，一下子接不上尘世的那口气来。

那是一个阴冷的上午，游云步行去集镇上买药回来，刚走到半路，天就下起雨来，越下越大。正在那时，吴四开着货车从远处突突而来，车斗里载着一副又黑又亮的棺材。吴四老婆大着肚子坐在副驾驶室里看到了树下躲雨的游云嫂，她让丈夫停车并拿出雨伞劝游云嫂上车斗快点回家，雨一时半会儿不会停了。

游云嫂颤颤巍巍上了车斗，撑着伞倚靠着棺材坐了下来。她知道这副新棺材是吴大哥这些天在县城精心挑选的，可奇怪的是吴大哥人呢？他难道还要在城里的儿子家待上几天？真是怪事儿，他可是极度无法容忍他那有洁癖的儿媳妇的啊！

游云嫂在车上颠簸着，东想想西想想便发现车已经载着她和那副新棺材到了村口的拱桥头。马上就要过桥了，游云嫂想到了吴大哥最担心的事情——过了那拱桥，人一死就会被拉去火葬场火化。

这是今年刚刚出的新政策，因新城扩建，拱桥那头已经被纳入了新城规划区。虽然村庄离县城至少要一个小时车程，可实际上从村子背后的大山打几公里长的隧洞后，村庄和县城就隔洞相望了。而恰巧县上丧葬改革制度刚刚拉开帷幕，新城区被纳入火葬范围，新制度容不得半点马虎，村干部们24小时轮流巡逻和上报死亡情况，时不时出现的殡仪馆的车让人心惊胆战。

也就是在那个时段，新城区许多家庭为老人提前准备的棺材都派不上用场了。正好，吴大哥一直在搜寻一副好棺材，他早已告知儿女自己的后事规划蓝图。他在拱桥这头还未被划定为执行火葬区的山地上有个工房，那是他办养蜂厂而搭建的一个简易工棚。

最近，他把自己家当全搬到了非火葬区。他觉得万事俱备，只欠一副棺材，他便能安安心心度过每一天，顺顺利利完成他的人生美好蓝图了。

于是，那个桐子花摇曳的清晨，他和吴四夫妇进城挑了这副他十分满意的生漆棺材。“杉木的，生漆油过的，好材子！”吴大哥笑呵呵地用赞赏的目光摩挲着他的棺木。

次日简单吃过早餐，他们将上好的棺材搬上车，成就感满满地从县城出发。那时天气都还好好的，完全没有下雨的迹象。可车行至半路，山雨就不期而至了，吴四老婆在副驾驶室里问吴大哥要不要雨伞。吴四在一旁大声开着玩笑说：“要什么雨伞，直接躺进他自己的棺材里，就算天上落冰雹下刀子，也都砸不着他。”

他们开这个玩笑时雨还只是星星点点，不一会儿就密密织织的了，吴四老婆又一次问吴大哥要不要雨伞。

“躺棺材里了。”吴大哥瓮声瓮气地回答。

吴四停下车递雨伞时，发现车上的棺材磨开了一大道缝，吴大哥不见了。

“这怪老头儿！”

夫妻俩在车里笑了好一会儿。

雨越下越大。

夫妻俩在车里聊着进城所见所闻，半个多小时过去了，吴四老婆都困得打起了瞌睡。

吴大哥在棺材里听着雨点噼噼啪啪打着棺材盖，杉木的清香让他晕晕乎乎的。

当吴四开始抽烟解乏的时候，吴大哥在棺材里开始做梦了。他又梦到了他不久前去参加他亲家葬礼的情景。

那夜，约摸他们村的鸡叫三更时，吴大哥的亲家被推进了火化炉。吴大哥的儿媳妇和她的几个兄弟姐妹哭声震天，吴大哥穿得厚厚的，但也感觉冷得牙齿打战。

那时县城刚刚执行火化制度，一切都是新的。新的殡仪馆，新的火化炉，还有刚刚催生的这个行业的新的从业者。

首例火化执行得不是很顺利。这让吴大哥之后几天里，常一见人就摇着头说他亲家真是死的不是时候。

总之，那个倒霉的时刻全家人感觉像是等了一个世纪，火化才完成。等待的煎熬还算不了什么，当吴大哥看到工作人员拿着小锤砸还没被完全烧成灰的骨头时，吴大哥觉得那简直太残忍了。他和亲家的孩子们大闹火葬场，把工作人员骂得只好哭着找领导出面解释和安抚逝者亲人的情绪。

打那以后，吴大哥就很少离开自己的村庄。就算女儿求他跟着老婆去城里帮她带孩子，他也断然拒绝了。

老天真是跟他作对，仿佛吴大哥越是担心的事情，它就越是要发生。这不，亲家的事情没过多久，吴大哥的村庄就被划定为新城规划区，突然通知得执行火葬制度。

直到吴大哥想到那个绝妙的全身而退的办法——退到了拱桥另一边新城规划圈外，他才舒了一口气。他只身在远离村庄的非火葬区，日夜守在他的养蜂工棚里，总算露出了满意的笑容。

雨淅淅沥沥，是天空哼唱的摇篮曲，货车是摇篮，棺材是吴大哥的襁褓。他惬意地躺在里面，十分满足。不一会儿，吴大哥便进入了甜甜的梦乡，他梦见了长长的送葬队伍，梦见自己穿上了生前从没享受过的华美服饰，梦见了很久很久未见的家人和亲朋的笑脸,梦见自己和棺木一起长成了一颗参天大树，许多鸟儿正围着他叽叽喳喳唱歌,还梦见了吴二毛羡慕的眼神，他真真切切听到游云在不停赞叹——“好材子啊！好材子，吴大哥这下满意了！”

吴大哥听到这由衷的赞美声时，他开心地笑出声来，随之他也笑醒了过来。

这时，车停了。

透过棺材缝，他看到了白里透红的挨挨挤挤的桐子花，正一齐向着他探头探脑，这些可怜的没见过世面的小家伙！吴大哥满脸皱纹像春波漾开。他知道到了拱桥头，该停车了，可千万不能过桥——此生再过桥活动时可千万得小心谨慎了。不多想了，得起床暂时离开这舒适的摇篮，并把这漂亮珍贵的襁褓请人搬到桐子花背后山上的工棚里去了，以后有的是时间享受。

吴大哥轻轻掀开棺材盖，山上春天迷人的气息迎面扑来。他深吸了一口气，快活地起身、爬出棺材。

有什么东西拌了一下他，紧接着他听到一声尖叫，他慌忙朝着尖叫声望去。他看到游云正睁大惊恐的双眼望着他，嘴巴大大张着，只有出的气，没有入的气。

他也吓坏了。

游云什么时候上的车？

吴大哥还没缓过神来，游云倚靠着棺材的身子已经开始往下滑了，她那往后扭过来看他的头都没来得及转过去就直接往一侧耷拉了下去。

现在，吴大哥的良心无时无刻不被折磨着。游云被他吓得面色苍白、惊恐万分的样子让他自责内疚，深深的负罪感让他不敢看游云家人的眼睛。

他一直坐在停放着游云尸体的棺材边。里面装的应该是他自己的尸体啊！可怜的游云！可怜的吴二毛！

吴大哥想起游云年轻时美丽、善良、贤惠。那时，游云的双胞胎儿子刚刚上中学，看着两个懂事的孩子优秀的成绩，吴二毛知道要把两个孩子送出大山，仅靠种地是十分困难的。从那时起，游云就开始了留守妇女的生活。

整整六年，游云在家养猪种庄稼，没日没夜期盼着节假日迎接孩子们回家的时刻，让孩子们感受到家的温暖，她一个人的日子苦也甜。直到两个孩子都顺利考上大学，学费越来越高，要用钱的地方也越来越多，游云才跟着吴二毛一起外出打工。

后来，孩子们都工作了，游云和吴二毛在孩子们的劝说下结束了打工漂泊的生涯。但是孩子们结婚、买房样样得花钱，游云和吴二毛想办法在县城开了个缝纫铺。凭着在工厂里的缝纫技术，游云在县城商场旁的小铺里从裁剪和缝补衣服裤子开始，一直拓展到了床单被罩定做，最后店面扩展，游云开始专做定制床上用品和窗帘了。生意一点点做大，在工地上忙碌的吴二毛也专职配合游云外出安装窗帘。

游云和吴二毛用创业得来的第一桶金在县城为大儿子置办了婚房。他们计划着将来也帮着为省城工作的小儿子首付房款。

就在那时，不幸降临了。吴二毛外出安窗帘时不小心跌落，从此只能靠轮椅行走了。

游云伤心欲绝。她背着孩子们盘掉了店铺，勉强把小儿子的婚事完成了。

孩子们虽然提出让她带着吴二毛跟着他们生活，可是，游云知道那哪里可能啊！大儿媳妇刚刚生孩子，亲家母在家帮着带孩子，如果自己再推着轮椅上的吴二毛住进去，家里不乱成一锅粥？再说小儿子那里，小儿媳妇是独生子女，孩子们跟亲家住一起，连房子也是亲家买的。虽然亲家一直邀请他们去同住，说同层楼有两套房，可亲家夫妇俩都是文化人，游云想着自己和吴二毛就是地地道道的农民，见面都不知道该说些什么，如今又带着个病人，寄人檐下的说法先不管，首先生活习惯和思维方式的差异就无法调和，不能给孩子添麻烦啊。

游云推着吴二毛回到了村里他们刚结婚不久亲手修建的木房里。

回到了阔别十多年的老家时，那是个深秋的夜晚，村里静得出奇。青壮年人都在外打工，中老年人天刚刚亮就出门收割忙碌，吃完晚饭就关灯睡觉了。只有那些玩手机或看电视的孩子们还没睡。村里的人都还不知道游云和吴二毛回来了。

吴二毛很喜欢这久违的宁静，很快就进入了梦乡。

游云却辗转反侧，难以成眠。

木房外，每过一会儿就发出各种声响来，“沙沙”“啪啪”“哗啦”……游云起初以为外面有人，后来她总算记起来了，这些声音再熟悉不过了，十几年前她曾很长一段时间为之颤抖害怕过。

那时候，游云一个人在家。她从早到晚像陀螺一样为地里的庄稼和圈里的牲畜转个不停，夜深人静时，她常被这些声音吓得瑟瑟发抖，躲在被窝里捂住被子大气不敢出。后来她在枕头下放了一把菜刀壮胆，再后来她常常在眼泪中入睡，又在泪水中醒来。那时的游云还很年轻，未经过什么事儿，胆小和害怕孤独是再正常不过的事情。

一个人留守木房的那六年，她是靠时刻想着吴二毛和两个成绩优异又懂事的孩子撑过来的。那六年，时光磨白了游云的头发，也在她额角刻下了深深浅浅的皱纹。后来，游云渐渐发现，那些寂静的深夜里发出的声响，不过是屋旁泡桐树硕大的大叶子在掉落，不过是松鼠在翻鸡窝，不过是老鼠在房梁上乱窜乱啃，不过是风吹竹林吱吱响，那最吓人的也不过是野猫、野鸡或者野狐和其他不知名的动物在嘶吼鸣叫。

那些年，游云和鸡说话，和猪说话，和柴火说话，村里的人都在各自的田间地头忙碌，和人对话的机会相对少得多。遇犁地铧田等重活儿时，吴大哥常来帮忙，但为防止人闲话，游云总是邀请吴大哥夫妻俩一起给自己帮忙，然后自己再以双倍的工期还回去。

游云躺在床上想着那些苦日子，枕头又湿了一片。欣慰的是，两个孩子都出人头地了，再也不用重复自己的苦日子了。游云想着，又想到吴二毛的不幸上来，她又抹了一把眼泪。

无数个夜晚就那么过去了。游云睁着眼睛等天亮，自从不幸降临那个本已走入璀璨星光的家庭后，她患上了严重的失眠症。

等到吴二毛发现日渐消瘦的游云夜夜无法入睡的痛苦症状时，游云的精神状况已经有些失常了。

最开始的表现是，游云变得冷漠和懒散了。如果吴二毛不喊饿，游云是不会做饭的。后来游云连话都懒得说了，本来村子里能交流的人差不多只有吴大哥和吴四老婆，可吴四夫妻俩又经常在外跑生意，而吴大哥又因为吴大嫂常年在城里帮女儿带孩子，常常以酒为伴，他家的电视机每天 24 小时处于播放状态，各类电视节目闹嚷嚷地吵得村庄更加孤寂和无聊。

山村里，除了吴大哥是游云家的常客外，其他的老人孩子都难得见到，他们不是在地里就是在山上放牛放羊。村里哪有闲人？人们都在为物质忙碌，哪里顾得上精神生活？夫妻俩平常除了刷抖音或到公路上遛遛弯外，就只有拿着扑克两个人变着花样玩，可如此循环往复，日子单调乏味，真是百无聊赖。

其间，游云和吴二毛发现，离开老家多年后，他们和长期不外出的乡亲们在思想观念和生活习惯上已经很难契合了。比如，游云害怕和厌恶听到婆媳间的各种矛盾的诉说，吴二毛则对成天拿着手机的孩子们叹气不已，现在的孩子很少有会帮着爷爷奶奶干农活儿的了，现在的年轻媳妇偶尔回来也很少有会干农活儿的了，她们涂脂抹粉和城里的媳妇没什么区别。村庄里的人家几乎每户都在县城或者集镇上买了房子，否则就找不到媳妇了。一家人打工付首付，再一家人打工按揭房子、车子，供出一个城里孙子。临老了，打工也没人要了，就回家。游云这样想着，觉得生活毫无意义。

游云的失常也被吴大哥看在了眼里。在游云最近一次想带着吴二毛点燃木房一起葬身火场的那天，游云自己向吴大哥讲述了她四次还是五次带着吴二毛自杀没成功的过程。吴大哥流着泪听完，也没有劝慰游云，他向吴二毛要了苦荞酒，那夜他喝了很多，声泪俱下地诉起了自己的苦楚：鳏夫一样的苦日子啊！想孙子了去趟儿子家，还没坐下就被儿媳妇催着得先洗澡才能抱孩子；还有女儿女婿养的狗，吴大嫂不光伺候人，还得伺候狗啊……

吴大哥成天往游云家跑的事情传到了在城里带外孙的吴大嫂耳朵里。吴大嫂憋了一肚子委屈和怨气，经常打电话回来指桑骂槐。

如今，吴大嫂听说游云死了，自己的丈夫还为游云让出了自己的棺材。她气愤地回到了家，可一踏进家门就发现已家徒四壁——吴大哥已经将家里大部分用品转移到了拱桥那头的山上工棚里。她气不打一处来，打算到游云出殡那天狠狠报复一下那对狗男女。

夜里，村子里的鸡狗突然乱叫起来。拱桥头桐子树下乱成一团麻。

道士们停止了敲敲打打，甚至脱下了道袍。他们心有余悸地围着游云——游云自己从棺材里爬了出来，还穿着唐装一样的寿衣，样子十分吓人。吴四和一众人正慌忙将他有早产迹象的老婆往车上抬。

游云居然活过来了！奇迹啊！她的心脏不知怎么又重新启动了。难道是她听到了最爱的孙子孙女的呼喊了？难道是她听到了吴二毛断肠般的哭泣了？还是儿子儿媳们撕心裂肺的呼喊重启了她的心脏？

游云淡定地望着棺材和花花绿绿的灵屋，还有惊恐万分的道士们。游云觉得无聊、疲惫极了，她望着眼前的棺材，慢慢回忆起了在车里看到吴大哥缓缓从棺材里坐起来的情景。

现在，她看到吴大哥惊魂未定地坐在她面前，她又以为自己是到了阴曹地府："吴大哥，你吓死我了，你也死了吗？"游云半天开口说了一句话，气若游丝。

吴大哥拔腿就跑。

好半天，人们才镇定下来。大家七手八脚帮游云换了衣服，喂水、喂药，送回家。

天亮了，游云活过来的奇迹让人们惊奇又害怕。

吴四老婆母子平安归来。

只是谁也不知道吴大哥去了哪里，也没人关心他去了哪里。

两天后，吴大嫂去探望游云，并把吴大哥一直不回家，连工棚里也找不到的消息告诉游云夫妻俩，游云才将那天在吴四货车上发生的故事讲了出来。

吴大嫂深知冤枉了自己的丈夫，才开始担心吴大哥的安危来，她和村里的人漫山遍野寻找吴大哥。

直到有一天，桐子树下飘来若有若无的臭味，人们才停下了搜寻的脚步。桐花纷飞，早已覆满了吴大哥上好的乌黑油亮的棺材。

跟踪者

我拉着行李箱走出李子溪集镇小车站，在集镇闹市转悠。我走进新兴商场，什么也没舍得买，最后拖着沉重的步伐走进镇上的为民药房，买了两瓶眼药水和一些虎皮膏药。这过程中，我隐隐约约觉得有些不对劲，怀疑有人在跟踪我。

从集镇回李子溪村六组的公路像一本崭新的书，没多少人翻阅过这本书。行李箱在宽敞平整的水泥公路上笃笃滑行，要不是心事重重，行走在绿水青山间银色飘带般的公路上，盛夏虫鸣鸟唱，野百合在悬崖峭壁上摇曳生姿，还真有点诗情画意的感觉。走了约十来分钟，我心里踏实多了，确定甩掉了那个跟踪我的人。

往老家的方向行走，底气正从脚下随着离家距离的缩短而剧增。公路翻过第一个山坳时依旧那么流畅飘逸，而我却上气不接下气，感觉地球引力越来越大。我像公路上的一个逗号一样倚靠着一颗不老松坐了下来。就在这时，我发现山下一辆白色轿车以跟我截然相反的姿态正毫不费力地往山上驶来。

汽车行至我身旁停了下来。前后车窗缓缓打开，车内连驾驶员共三人，两男一女。三双眼睛齐刷刷盯着我，像捕获到了理想的猎物一般。我一下子站了起来，将我这乡间公路上的逗号瞬间改为惊叹号。

“李春阳，你总算回来了！这次就别躲猫猫了！”副驾驶室里的年轻小伙子冲着我说，话语里满是责备和愤怒。

“李春阳，你也别想再跑了！你的良心不会痛吗？”副驾驶室后面的中年妇女边说边打开车门跳下车来。

三个人都下了车，饿狼般朝我扑过来。

我拉过身边的行李箱，做好反抗的准备。纯属条件反射。

“李春阳，看你今天往哪里跑！”驾车的中年男人一个箭步冲过来摁住了我的行李箱。

“我不是李春阳！”情急之下我涨红了脸，但这抗议显然毫无底气。

“你这老赖！要变无赖了？”中年妇女一脸嘲讽。

“李春阳，要不要我把你的证件照片翻出来，或者现场验验指纹？”年轻男子指着我说。

“我真不是……”

“在镇上我跟了你一早上，你个李春阳，看你犹犹豫豫的，我还以为你都不打算回来看看你父母，就又计划逃跑了。”年轻男子火气很大，他压根儿不让我把话说完。

原来是他一直在跟踪我，一下子满脑子的劫财劫色、谋杀的幻想场面迷雾般散去，我镇定了许多。

“几位大哥、大姐，我不会跑。你们让我回家吧。”我试图拉过行李箱。

“李春阳，我们怎么会不让你回家？我们最怕的就是你不回家。”短发大姐拍了拍被坐皱的草绿色长裙说。

“可我真的不是李春阳，我是……”

“把他拉上车！这人真的是不见棺材不落泪。”驾车的中年男人强行扛走了我的行李箱，打开后备厢将箱子装了进去。

“走！上车！先带你去看一个人。看你这人的良心到底有没有被狗吃了。”年轻男子拽着我硬要拉我上车。

我挣扎，拼命挣扎。

“我真的不是李春阳啊！你们找错人了！”

“你是不是李春阳我们不管了！我们要找的就是你，这个没错！”

“你们弄错了啊！我真的不是李春阳，我是李春晖啊！”

我手抵着车门不让他们把我关在车里，因为我已经被他们七手八脚摁进汽车里了。

短发大姐似乎使出了洪荒之力，她反剪着我的双手，年轻男子趁机关好了车门，并嘱咐锁好所有门窗。

“大姐，你们这是劫持，是犯法的。”我知道反抗是徒劳无益了，就松懈下来不再反抗，“你放开我吧，我现在也逃不了了。”我十分泄气地恳求。

“李春阳，我们现在带你去医院看一个人，看你还狡辩不。”大姐放开我的手揉着她自己红红的双手说。

“我说了，我不是李春阳，我是李春晖。”我有些气恼。

“李春阳你还是不是人养的？你换个名字就以为万事大吉了？”年轻男子转过身来，他已止不住满腔怒火。我想要是他坐在我身旁，估计这句辱骂非得配上死掐住我脖子的动作，那才称得上是一个整体和谐的画面呢。

车内空调冷气打得很低，和车外的暖烘烘形成了鲜明对比。我感觉透心凉，有些畏惧了。我知道不管我怎么解释，他们都会认定我是在狡辩。与其惹得众怒被持续辱骂，不如乖乖配合，拭目以待事态往下如何发展。

直到此刻，才想起来我怎么不用手机求救。真是糊涂蛋！我努力从牛仔裤兜里掏手机却发现每个荷包都空空如也。

“我的手机掉了。”我慌忙拉着车门把手，想立即下车找手机。我猜一定是刚刚在推推搡搡的过程中手机掉在那棵不老松下面了。

情急中我忘了车门车窗已被反锁的事儿。我使劲儿搬门把手，摁各个按钮。

“大哥，开门，我手机掉了。”我拍着门儿乎要哭出来了。

“没门！还想跑！”大哥白了我一眼，气愤地按下汽车启动按钮,飞快地打死方向盘,一踩油门将车在原地迅速掉头,“死猪不怕开水烫，今天先带你去看看姜明宇！”大哥说完又飞快回正方向盘，轻踩油门一溜烟滑下山，朝镇卫生院方向驶去。

“我的手机，你们得赔我。”我气不打一处来。

“我们现在就在陪你。”可恶的年轻男子这次头也不回，我从他的后脑勺都能看出他那挑衅的眼神。

“你们这是绑架！我要报警。”我又想起来关键时刻我的手机掉了，“送我去派出所！我让你们看看我到底是不是李春阳！你们这是违法犯罪！”我摇晃着前排座椅，愤怒到了极点。

要不是旁边的大姐又趁机抓住了我的双手，我下一步就是站起来往前抢方向盘了。

“李春阳，欠债还钱，天经地义。你这样耍赖有必要吗？”大姐按住我的手开始讲道理。

“我说了，我是李春晖，不是李春阳！”我使劲儿挣脱出一只手来。

“李春阳！你给老子老实点！不要把我们当三岁小孩儿！马上到医院见姜明宇，我看你还有脸扯淡不！”年轻小伙子转过身来，两眼闪着凶光，像一把锋利的匕首。

“见就见！见了证明我不是李春阳，你们得赔我手机。”眼看着医院就要到了，真倒霉，我不得不认下这眼前倒霉的一切！

他们像押送犯人一样把我押送到了医院。我被推进了一间病房，被摁坐在一张椅子上。我抬头时发现，对面白被单里躺着一个瘦骨嶙峋的年轻小伙子，面色蜡黄，眼袋很大，仿佛有一个世纪没睡过安稳觉了。他打着吊瓶，有气无力，目光空洞。

当我和病床上的人四目相对时，被他们称作姜明宇的年轻小伙子眼睛里突然有了光，他竟然一下子坐了起来！

“李春阳，你总算回来了！”姜明宇举着被吊针扎肿的手指向我。他是那样欣喜和激动，仿佛看到了久别重逢的亲人一样。

“我，我不是李春阳。”我吞吞吐吐地说。

“李春阳，你……”姜明宇蜡黄的脸渐渐苍白，他用另一只没打吊针的手指着我半天说不出剩下的话来。

“病人需要静养，你们都出去！”正在这时，穿着白大褂的医生走了进来，他看到姜明宇煞白的脸和悲愤的双眼，几乎是朝着我们四个人吼出了这句话。

“明宇，你好好休息，这次我们不会让他跑掉了。一定把这件事情处理掉。”中年妇女边说边紧紧抓住我的手，年轻男子则铁箍一样抓住了我另一只手。

我又被拽进了汽车。

“我要去派出所！”

“我要去派出所！”

“我要去派出所！”

他们拖拽我的过程中，我一路使劲儿喊叫着、挣扎着。

这不和谐的一幕立即引来了一些围观群众。

不知是他们心虚还是为了炫耀他们伟大的战果，副驾驶的年轻男子半推开车门对着人群喊：“没什么西洋物好看的！大家都散了！是李春阳回来了。姜明宇日日夜夜呼唤的李春阳回来了。”

众人仿佛还不甘心离去，他们绕到前挡风玻璃处弯着腰往车里觑，他们都想看看“李春阳”的庐山真面目，都仿佛憋着满腹牢骚需要对着我发泄。

“我不是李春阳！我不是李春阳！我不是李春阳！”我歇斯底里地在车内挣扎吼叫。

“难不成这家伙也精神失常了？”驾驶室的中年男人显然被我的失控给吓了一跳，他扭头对着我身旁的中年妇女说。

“演戏的吧？”副驾驶室里的年轻男子抢先接话。

“小刘，我一个人按不住这家伙了，你也坐后排来。”短发中年妇女和我一样都已满头大汗。

那个可恶的小刘几乎是风一样灌进汽车后排来的。他用屁股和胳膊肘将我挤在了他和短发中年妇女的中间。我们仨像一块夹心饼干一样服帖，我还在挣扎。

“去派出所！去派出所！”

“你们赔我手机，赔我手机！”

“我是李春晖，我是李春晖，不是李春阳！”

…………

我一路吼叫，脸上纵横的不知道是泪水还是汗水。

“李春阳，你消停消停吧，你还好像委屈得不得了！你没看到姜明宇啊？他可被你害惨了。”中年妇女说。

“我是李春晖，我从来就不认识姜明宇，我怎么去害他啊！”我愤怒地跺着脚。

“李春阳，人心都是肉长的！你知不知道明宇他因为你被搞得妻离子散不说，现在还神志不清，神经衰弱，医生说你再刺激他，他非疯掉不可！”中年妇女瞪着我说，看样子都要哭出来了。

“就是，人可不能要人的时候就舔人，不要人的时候就这么狠心。想当初你为了让姜明宇支持你帮助你，你是怎样对人家称兄道弟的？如今害得别人家没了，你却当缩头乌龟！”瘦子青年鄙夷地盯着我，我真怕他那让人不寒而栗的可怕眼神。

“我再说一遍，我不是李春阳！”我被押着我的两个人愤怒、悲戚的情绪多多少少感染了一下，心里揣摩着，这该死的李春阳他到底对病床上那个萎靡不振的姜明宇做了什么伤天害理的事情？

“李春阳他拐走了姜明宇的老婆？”我静下来，试探着问。

“你开始装疯卖傻了？！”左手边的那个小刘说着在我脑门儿上拍了一巴掌。

“小刘，冷静一点。”右边的中年妇女说。

左右两边的人一起往中间紧了紧，我感觉我快成了肉干。

“李春阳，姜明宇在医院成天到晚他老婆的名字都不喊，就只喊你的名字。每天都‘李春阳，你在哪里？李春阳，你在哪里？’千百遍呼唤你，你难道耳朵不烫？”驾驶室的中年男人说话时我才发现，汽车已经被他驾驶着又向我的老家李子溪村六组驶去。

“他肯定不喊他老婆的名字了撒，不对，姜明宇现在哪里有老婆？是前妻了，他前妻再伤害他也没有你李春阳伤他伤得重啊！”左边的小刘说。

“唉，最可怜的还是姜明宇的儿子！去年他们离婚后，这孩子就被判给姜明宇了,哪晓得最近突然发现手上有块白花儿，一检查发现患了白癜风。可怜的姜明宇啊！一急就天天失眠，要钱给孩子治病啊！你说他不天天喊你李春阳他喊谁啊？”右边的中年妇女接着说，十分动情，我甚至发现她眼里闪动着泪花。

我被这两个人夹得快透不过气来了。他们你一言我一语地讲述着姜明宇的悲惨故事片段。我努力猜测着故事的梗概：挨千刀的李春阳他破坏了姜明宇的幸福家庭？他拐走了姜明宇老婆？不幸的姜明宇离婚后又突然发现自己的儿子患白癜风了？姜明宇需要一大笔钱给他儿子治病，但是钱财又全部被李春阳和他前妻卷跑了……

“李春阳，你这次就算卖肾也得把钱给还上。”

“李春阳，你再不还钱，把姜明宇逼疯了你可是罪大恶极！你断送了姜明宇的前程不说，你还毁掉了一个家庭，他父母和儿子还指望着他呢！再说，国家培养一个人才不知耗费了多少财力和心血。”

“李春阳，你以后也会为人父母，姜明宇的儿子才四岁啊！前几个月才发现手上有病灶，最近蔓延得很快，脸上也有了。街上那些不懂事的孩子背地里都喊他孙悟空，那孩子可怜，鼻子周围都白了，形状活像孙悟空脸谱。”

“说北京有家医院能治，但是一天照光治疗就要几万块。”

“李春阳……”

“停车！停车！”我几乎喊哑了嗓子。

“再不停车我就咬舌自尽！”我可不是说着玩儿的，我当时内心的确也是这么想的。

我在姜明宇的故事里崩溃了。

“我不是李春阳！”

“我不是该死的李春阳！”

我居然放声大哭起来。

“真疯了？”我在泪光里看到驾驶室的中年男人转过来的惊讶面孔。

“你们才疯了！我不是李春阳，我是李春晖！李春晖！李春晖！”我骂骂咧咧。

“先送他回家，交给他父母。”右边的中年妇女语调里有慈悲心，但是我实在腻烦极了，我真想一脚踢碎左右这两个像黏糊糊大饼干的人！

我感觉汽车正在转弯、爬坡，我意识到汽车就要到我之前被拽上车的那棵不老松处了。

“停车！停车！我的手机在松树下！”我左右开弓，脚蹬手打。

“李春阳，你给老子老实点！要是我下去发现松树下没有你的手机，老子用绳子把你吊在松树上让你荡大秋千！”那个小刘恐吓我说。

“还是我下去找，你们守好他，别叫他耍花招又给跑掉了。”开车的说着一脚刹车，我差点扑到了前挡风玻璃上，幸好左右两个人把我夹得紧紧的，严丝合缝。

中年男人围着松树转了好几圈无果。他又从松树上折下一根干松枝，在青草丛里扒拉。不一会儿，他失去了耐心，对着我吼：“李春阳，我四五十岁的人了，跟你父母差不多吧，你耍弄我？！”

“我就是在这里丢的手机，你们劫持我上车前我还在刷抖音呢！”我大声回应他。

中年男子将信将疑，又沿路用松枝扒拉，我够着脖子从侧窗看去，他活像夏季在山上采药材和蘑菇的我父亲。我突然鼻头酸了一下：“你不要一直围着松树找，公路边到处看看。”我提醒他说。

我看到他弯着腰在松树下比画着，估计他在回忆他们拉我上车走的路线。最终，他沿着公路扒拉着走了过来，仍旧两手空空。

当他第三次来回于公路沿和松树时，他才突然想起什么来，他挠着头跑过来敲车窗。

“李春阳，说说你电话号码！”

“呀！对呀，直接打电话不就好找了嘛！”

“瞎折腾这么久！”

我说了我的手机号码，中年男人拨通了电话。

车上和车下的人都侧着耳朵寻找手机铃声。

好半天，车上车下的人都不大耐烦了。

“这山上有几只雀叫我都数得出来了。”

“我就听得风吹得松树林沙沙沙的响声，还有小溪流动的声音。”

“我就听到发动机突突突的声音。”

中年男子打开车门麻利地把车熄了火。

这下，寂静的山野更静了。我清晰地听到我胸腔里咚咚咚愤懑的心跳声。

中年男子再一次拨通了我的电话。他在公路边蹲了下来，像在倾听大地的心跳。

看着他那虔诚的样子，我不平的心绪居然渐渐平复了下来，我甚至想安慰他说，别急，慢慢找。

“找到了！找到了！”中年男人在路边小沟的芭茅丛里捡起了我的手机，兴冲冲地跑了过来。

他们把手机还到了我手里。

“李春阳，麻烦你把你手机来电铃声设个音乐嘛，你整个流水声和松涛声，是考验我听力啊？”中年男人显然还沉浸在找到手机的余兴中，这个喜悦冲淡了他们对我的敌对情绪。

我拿到手机后，翻来覆去检查手机有没有被摔坏或者划伤，这可是我刚买了不久的新手机啊！我扣开外壳检查时，我的身份证从壳子里掉了出来。

还没等我反应过来，那个叫小刘的瘦青年拾起我的身份证开始端详了。

“你还不承认，李春阳，身份证做证吧！”他扬扬自得。

“你仔细看看，是李春阳吗？”我指着姓名那里，真想给他两记耳光。

“李春——晖……”瘦青年念出了我的名字，那个“晖”字他念得特别吃力，特别难受。

三个人都瞪大眼，你看看我，我看看你。

他们反复传看着我的身份证。

“你去公安局把名字换了？”中年妇女问。

“麻烦你再看看我的户籍地。”我提高嗓门吊打他们的智商。

“奉节县……”

三个人愣在那里了，一起把疑惑的眼神移向我。

“我从不撒谎，一开始我就实话实说，我不是李春阳，我是李——春——晖！”我万分委屈。

“你，你不至于为了十万块钱，把户口也迁走了，名字也改了吧？”

“可不管怎么改，你这模样还是改不了啊！”

“你爹妈你还得认，这十万块钱你还得还啊！”

他们仍旧认定我是李春阳。

“他李春阳是他李春阳，我李春晖是我李春晖。”我说，“李春阳他父亲叫李大海，我父亲叫李大洋。”

“堂兄弟？”

“不会吧，哪有堂兄弟长得一模一样的？”

“除非是双胞胎。”

“不错，我和李春阳就是双胞胎。我亲生父母生下我们后，就把我送给了奉节我叔叔家养，因为我叔叔家只有女儿没儿子。”我本来不想说我的身世。

三个人一脸狐疑、错愕。

“李春阳他做了什么见不得人的事儿？”我替他受了这么多的罪。

“你还不知道啊？这个李春阳啊！唉！出发点本来是好的！”中年男人叹着气说。

我心想，出发点是好的？害得人家家庭破裂，生病住院，有这样的美好出发点吗？

“就是啊，本来想着创业，带着村里的人搞李子产业，把村里的几百亩地承包了下来。哪里晓得买果苗的时候轻信他人，去年开花挂果后才发现那百亩红李树，居然全是景观树！”瘦青年讲这事儿的口吻十分滑稽,要不是他装腔作势发出的悲叹，你很容易当他是在讲一个笑话。

“这又和医院躺着的那个姜明宇有什么关系？难道是他老婆帮李春阳买的景观树？”我越听越糊涂。

“什么他老婆！是李春阳创业没钱，驻村干部姜明宇就瞒着他老婆做担保帮他在银行贷款十万元，哪料到结果会这样！去年贷款到期了，银行催债却发现李春阳跑了，就只好找担保人了。”中年大姐说着往窗边挪了一下。

“姜明宇老婆也还算不错，在跟他离婚前，还从公务卡里提现帮姜明宇把银行的十万元贷款还了进去，银行又找到李春阳将十万块钱续贷了出来，把姜明宇前妻和他自己的公务卡还清了。不过贷款担保人还是姜明宇。”中年大姐继续跟我解释。

“这不，今年马上又要年底了，那十万元贷款又马上要到期了，加上姜明宇孩子又病着，你说这不是雪上加霜吗？这李春阳还躲在外面不回来，天理良心何在啊？！”瘦青年愤愤不平地说。

“我很少跟老家联系，这次回来，也是因为我考上了老家的一所学校，九月份我就要去李子溪中心小学报到教书了。”我说。

“今天实在不好意思，谁叫你们俩长得一模一样呢？”中年大姐抱歉地说。

“再怎么说李春阳也是我哥哥，出了这些事真的是听着都难受……”我一时不知道该往下说些什么了。

汽车将我送到了李子溪六组，李春阳的家。

生身父母当然一下子就认出了我是李春晖。

车上的一行人将姜明宇的近况说给了李春阳的父母——我的伯父伯母听。他们先是叹着气埋怨李春阳撂下一个烂摊子给他们，接着又为姜明宇一家的遭遇抹眼泪。

“家里也是实在没钱，挣一分钱就替他还一分的债，邻居、亲戚的土地租金、各种人工费用，到现在都还欠着几万外债啊！”伯母眼睛红肿，身体瘦如纸片人。

“李春阳到底在哪里？”大家都在询问。

“我们也不知道他在哪里，有人说他可能去了缅甸做诈骗，有人又说可能被卖到公海船上去了……”伯父说不下去了，只顾猛抽毛草烟，边抽边咳咳咳地咳嗽。

“你们是银行的吗？”我突然想起来这个疑问。

“我是银行的，他是姜明宇的同事，他是姜明宇的朋友。”中年大姐指着中年男人和瘦青年说。

“你们回去告诉姜明宇，就说我是李春阳。贷款我们会想办法尽快还清的，让他安心养病，不要耽误小孩子的病情。”我说。

“春晖……”伯母泪眼婆娑地望着我，想表达什么又表达不出来。

“春晖，有件事我一直想跟你和你爸爸商量，可开不了口。既然今天你都知道春阳的情况了，我就说说这件事情，你看觉得合适你就电话征求一下你爸爸的意见，也当在这个难关处帮我们一把。”伯父慢悠悠地说。

“你说吧，大伯。”我回答。

“下面老房子复垦，你爸也是同意了的，政府也来测量了，补偿经费算下来差不多二十几万。只是这个钱，拨下来可能还要一段时间。你看看，能不能给你爸爸说说，你们先借我们十万，这复垦的钱下来我们一分也不要了……”伯父支支吾吾。

“不要说了，大伯。我们一起想办法吧。”我说。

汽车在我们一家一筹莫展的哀伤氛围中返回李子溪镇上了。

晚上，我听到隔壁传来模糊的梦呓声。

“李春阳，你在哪里啊？”

“李春阳，你在哪里啊？”

我仿佛看到了姜明宇空洞的目光，仿佛看到了那个被白癜风折磨得忧郁自闭的少年那哀伤的目光。

“李春阳，你在哪里？”

我借着月光徜徉在血红色的景观红李林中，红李子密密麻麻缀满了枝枝丫丫，每一颗红李子都像一只只小眼睛，映照着漫天星光，毫无忧伤。李子林下，成群的鸡鸭在欢歌，蜜蜂飞舞。突然，一只大白鹅飞上红李树，扇动着翅膀，引吭高呼：“李春阳回来啦！”

“李春阳回来啦！”

“李春阳回来啦！”

“李春阳回来啦！”

几百亩李子林里热闹喧天，鸡、鹅、猪、狗、牛、猫，它们一起欢呼，红李子闪动着欢快的目光。

我站在李子林高处远眺，果然在李子溪对岸，我看见了李春阳骑着一匹白马，他正打马归来……

千层底

船桨摇响西水河，船身从碧波中闯出雪白的浪花，惊起一滩白鹭，野鸭的烟嗓唱出这武陵深山的久远和诗意。两岸青山秀美迤逦，河面渐宽，乌篷船老船夫扭头说：“河湾山寨到了。”

这时，薄雾正轻悄悄升腾，在山水间缠绵。西水河右岸，三晤山隐隐约约露出黛青色山帽。左岸，土家吊脚楼飞檐翘角，若隐若现，恍若蓬莱仙境。我和爷爷都没有说话，我们正忙不迭地对着眼前山水按动快门。上岸时，只见堤岸石墙上镌刻着“舍巴码头”四个大字，民族风情扑面而来。

这河湾山寨建在三面环水的半岛上，两三百户人家。居民全是土家族，房屋均为木质吊脚楼。木楼依山面水，层层叠叠，古色古香，青瓦花窗，炊烟袅袅。清香四溢的油茶汤、鲜美可口的土家饭菜，被裹挟在氤氲水汽和清朗夜色里，一扫我们漫长行程的疲惫感。

我和爷爷住进离河几米远的仍嘎宁客栈。经营者是一对土家族夫妻，女主人小宁解释客栈名字是土家语译音，汉语意为“宁姑娘”。踩着嘎吱响的杉木楼梯，宁姑娘引我和爷爷走上吊脚楼，看样子爷爷对此十分满意。

这个比邻茶峒的河湾山寨，虽然是第一次来，但我和爷爷对此并不陌生。爷爷的姐姐——我八十二岁的姑婆，经常在电话里提起这方山水人情。几十年前，姑婆嫁到了这西水河畔一个名叫客寨的神秘村庄。这次我和爷爷，终于走进姑婆那久远得像一个梦一样的叨念中，走进她几十年的琐碎不凡和执着传奇里。

“你听老白的话，乖乖吃饭，好好睡觉。过几天我们走水路来接你回家，像老白当初说的那样，沿西水河到保靖，再从保靖到茶峒，船就直接开到家门口了。”爷爷这些叮咛，对姑婆来说是诱发她记忆的酵母，是打开她爱情密码箱的钥匙。爷爷每天对着视频,将这些话不厌其烦地向稀里糊涂的姑婆重复，他坚定地认为他的这些话自带魔力，能唤醒千里之外的姑婆。

此刻，爷爷倚靠在吊脚楼栏杆上，正施展他的又一次语言魔法：“姐姐，你看西水河！我们走水路来的，就像老白当初说的那样，从茶峒到保靖，再从保靖到西水河。明天，明天我们就来接你回家了！你听老白的话，乖乖吃饭，好好睡觉。”看着屏幕里虚弱呆滞的姑婆，我想，我请假带爷爷大费周折走这一趟，或许只能解开爷爷的一个心结而已，而他最期望的结果，可能会成为这西水河上抓不住的风了。

回想此次出行前，爷爷因坚决要走水路和我怄气，明明驱车前往只需要三两个小时的事情,这个执拗的老头儿非要乘船。“‘孝顺’二字，是孝敬和顺从的缩写。”妻子见我和爷爷僵持不下这样劝我。我明知拗不过我们家“老犟牛”（老犟牛是我奶奶对爷爷的爱称），又有人这样劝解，这次不同寻常的出行就这样诞生了。

按着爷爷“脚不沾地”地从茶峒乘船到酉阳，得沿着茶峒河顺流而下到保靖，再从保靖转进茶峒河汇入的西水河，逆流而上经两个县城，才能抵达姑婆所在的客寨。我查阅地图，导航路线，翻阅资料，得知过去两地不通公路期间，经商的船舶按此航线，天气再好，没个三五天也是不行的。因此，此次出行，我做足了功课，也做好遭遇各种麻烦的心理准备。

所幸几经周折，我和爷爷终于抵达西水河畔第一个山寨——这仙境般的河湾。至此，我们的旅程已历时七天七夜！

在路上耗费如此长的时间，原因是如今陆路交通便捷，茶峒河和西水河这两条曾经百舸争流的水上交通史早已成为过去，河道上几个电站截断了以往畅通无阻的航道。因此我们不得不一半水路一半陆路——尽管爷爷用执行军令般的顽强意志和坚定决心，来为填补某个缺憾和兑现一个承诺探路，但从此次探路的情况来看，“脚不沾地”走水路接他姐姐回家的愿望是无法实现了。

爷爷一路上跟我、跟这两条无辜的子母河较劲，非万不得已他是不会放弃乘船而坐车的。舟车劳顿，七十多岁的他眼袋又重了一些，头发仿佛被河水的雾气染得更白了。

“这老白果真是个骗子！”爷爷已经挂掉姑婆的视频，他望着微微荡漾的西水河嘀咕，好像有些失望。

“爷爷，老白说这话的那个年代这条航线畅通无阻，是重要的交通枢纽。”我和爷爷曾无数次从地图上、从史书里了解过这两条长江的子孙河——西水河和茶峒河，但我还是又一次提醒他，免得他老是将可怜的老白当骗子骂。

“你没听一路上的船夫说吗？就是在那个年代，这两条航线也是九滩十八浪，凶险得要命，老白不是信口开河的骗子是什么！”爷爷一辈子都在跟六十多年前的那件事较劲。

“姑婆都子孙满堂了，别说这些了爷爷。”我说。

爷爷叹了一口气强打起精神，有个无形的声音在催促着他，他要完成六十多年前父母交办的那个任务——那次，他失败了。他为此内疚了一辈子，他认为姐姐在僻远的乡村生活一辈子，父母很长时间不跟姐姐往来这一悲惨事实，他应负很大的责任。

这时，河湾山寨西岸在爷爷的心事重重中燃起了篝火，在吊脚楼上的红灯笼渐次亮起时，篝火处传来了锣鼓声。“咚咚哐，咚咚哐，咚哐咚哐咚咚哐”，节奏鲜明，乐音古老神秘。

爷爷眺望着跳跃的篝火，一副心烦意乱的样子。

“摆手堂开始跳土家摆手舞了。”客栈老板宁姑娘说。这河湾山寨建在酉水河东西两岸，因酉水河在这山寨转了一个弯而得寨名。我们依在吊脚楼二楼的木栏杆上，宁姑娘向我们介绍起这个古老的土家山寨。

“我们土家人会走路就会跳摆手舞，会说话就会唱山歌。”宁姑娘自豪地说。

为缓解气氛，在我的邀请下，宁姑娘为我们唱了一首土家族《木叶情歌》。

“大山的木叶烂成堆，只因小郎不会吹，几时吹得木叶叫，只用木叶不用媒……”宁姑娘的歌声婉转柔美，跟河对岸摆手堂的锣鼓声融合在一起，跟夜行渡船的摇橹声融合在一起，跟四下零落和音的鸡鸣狗吠声融合在一起，好一首神秘的酉水乐章！

“当初我姐姐就是被老白唱山歌骗到那鸟不拉屎的山旮旯儿去的。”这歌声又启封了爷爷伤心的往事，爷爷情绪越来越低落。

宁姑娘兴致仍然很高，她没有听到爷爷的叹息，还在继续讲土家族儿女用木叶吹奏和唱山歌的方式表达爱情的风俗。

“我们土家人都重感情，夫妻恩爱，山寨没有一对夫妻离婚；族人之间也很团结，世代和睦相处。”宁姑娘的大眼睛里闪着骄傲的神色。

“整个山寨都没有离婚的？难道是因为谈恋爱都是用吹木叶和唱山歌的原因？”我望着月色下偌大的山寨，饶有兴趣地问。

“传说是因为山寨里那两棵祖先许愿后种下的夫妻树，保佑山寨人。”宁姑娘转身指着远处说，“附近的山寨很多夫妻都来那树下许愿呢，灵验得很。在客寨村，有一对恩爱夫妻，就在那里许过愿，现在八十多岁了，一辈子从来没吵过架红过脸。你们知道有个很出名的作家写的小说《边城》吧？”

“太知道了！我们就是从边城来的，我家住茶峒。”听她提起沈从文的《边城》，我为自己的家乡感到自豪。

“哈哈，这么有缘啊！其实我们这里也有翠翠和二佬。不过我们这里的翠翠和二佬啊，他们跟你们那里的性别是倒过来的。我们的二佬这个角色是女的，翠翠是男的。另外，我们这个爱情故事是幸福大团圆，童话一样的，不是你们那里的不确定结局。”宁姑娘说完笑了起来。

“是你刚刚说的客寨村的那对夫妻？放弃稳定工作大老远嫁给穷困潦倒的农民的那个？”爷爷看起来有点惊讶。

“是的，你们也听说过啊！你们知道吗？他们还是老妻少夫呢！你都想不到——妻子比丈夫大八岁。”

“年龄差生活中并不少见。”我看到爷爷复杂的表情便迅速接话。

“是啊，不过那个年代不一样，王老师高中毕业考上了北京大学，但是体检的时候因为肺结核落榜了。当时我们县第一中学对这个才女十分惋惜，就推荐她到我们西水河当老师，任学校团委书记。她老公，当时山歌唱得好，木叶吹得能引来凤凰，又一表人才、勤快善良。那时，他是学校的青年干事，自然和老师接触时间多。据说是当时王老师体质弱，这位青年干事经常帮她挑水。有一次，王老师晾晒的衣服被风刮到地上弄脏了，他就帮王老师把衣服洗了重新晾好。慢慢地，两个年轻人就有了感情。”

“师生恋不会遭到学校和家人阻拦？”这是我一直以来的疑惑。

“人生真的是很神奇。或许是他们之间的真情打动了上天，据说王老师到学校上课的第二年，突然来了个通知，所有学校都停课，老师和学生都到农场、林场之类的地方接受劳动教育。王老师因为身体不好干不了重活儿，她父母就申请工作调动。”宁姑娘搬来凳子请我们靠栏杆坐下，倒了杯老鹰茶清了清嗓子，又继续她的讲述。

“王老师好像是从城里来的，家里条件很好，离这里很远。她很快就收到了调回城里财政所工作的通知，但是在爱情和工作面前，她选择了爱情。就跟二佬面对翠翠家一条穷渡船和团总家的大碾房放一起选择时一样，他们都选择了爱情。”像小姑娘一样飞舞着眉梢说话的宁姑娘，仰着幸福的脸庞，看样子也是拥有爱情的幸福姑娘。

“那是傻，爱情能当饭吃？”爷爷说。

“可是天天吃鲍鱼海参，如果没有爱情也没意思，是不是？”宁姑娘俏皮地望着我回答。

“好困啊，睡觉去吧爷爷，明天还去客寨呢。”这山一程水一程的，我的确好累。

“睡吧，明天还得去看你那可怜的姑婆！”爷爷回了房间。

“你们来走亲戚啊？”宁姑娘问我。

“是的，看望我姑婆，她嫁到了你们西水河边……”

“小宁，划船过来接我！”河西摆手堂那边的呼叫声打断了我们的聊天。

我只好将涌至喉咙的话使劲儿全压了回去。

“你听老白的话，乖乖吃饭，好好睡觉。明早上我们就来接你回家，就像老白当初说的那样……”我听到爷爷在吊脚楼的隔间里梦呓般絮叨。

“你听老白的话，乖乖吃饭。我们马上就来接你回家，就像老白当初说的那样，走水路，脚不沾地，从酉阳到保靖，再从保靖到茶峒，船就直接开到了我们家门口了。”大清早我便被爷爷吵醒了。

迫不及待地，我和爷爷乘船前往客寨村。照样是泛舟清清酉水河，入目景致依旧如桂林山水般清丽怡人。不到一个小时，我们便抵达了那个临河村庄——客寨村。从这些地名，便感受到了这少数民族地区的一丝神秘。加上婉转的乡音和镶嵌在碧水青山间的土家青瓦木房，尤其是矗立村口的摆手堂前和那些祭拜天地神灵、击鼓摆手起舞的土家乡民，使眼前的一切显出某种灵性和神性。

表兄妹们介绍这客寨村是土家摆手舞的发祥地，分农事摆手舞和军事、狩猎、祭祀摆手舞，这里的土家人生来就会跳摆手舞，开口就会唱土家山歌，他们的先祖沿酉水踏歌而来，在这山水间世代延续。

“巴人伐纣，前歌后舞，听说过吗？英勇善战的巴人就是我们的先祖，白虎就是我们土家族的图腾……”

表兄妹们七嘴八舌，向我们介绍他们的村庄。在他们的簇拥下，我们终于见到了病床上的姑婆。头发花白，两眼涣散，八十多岁的姑婆已认不出我们，尽管我爷爷——她弟弟握着她的手摇晃着激动地反复说着：“我们来接你回家了，就像老白当初说的那样，走水路，脚不沾地，从酉阳到保靖，再从保靖到茶峒，船就直接开到了我们家门口了。”她的眼睛搜寻着，不停喊着老白，像个找爸爸的小女孩一样。

“她病后谁都不认识，就只记得我爸爸。”表兄妹们动情地说着姑婆的病情。

“你们出去，她需要休息。”老白手捧着一双发黄的布鞋出现在姑婆身旁下命令。

表兄妹们顺从地退出了卧室，轻手轻脚地领着我们到土家火铺屋喝油茶汤。

很久都没见老白出卧室，我猜他是陪着姑婆睡着了。但突然我闻到了一股松木香似的味道，气味越来越浓烈。一会儿，爷爷也好像闻到了，他翕动着鼻翼。

“是爸爸在烧桐油，他给妈按摩五心。”表姐说。

“用桐油按摩？”爷爷好奇地问。

“是的舅舅，桐油烧热了，抹千层底布鞋上，按手心、脚心、头心和胸心。很有用，妈妈以前的肺病就是爸爸那样按摩治好的。”

“她的肺病是这样治好的？你爸爸糊弄你妈和你们吧！他一辈子名堂多！”爷爷一脸轻蔑。

“是真的，舅舅，我妈当初多次去县医院检查，都说她活不过三年。我爷爷是我们土家山寨的土医生，他跟爸爸说有个土方可能管用，就是用千层底布鞋和桐油按摩五心，每天早中晚按三次，一次不少于一小时，按个三五年就有可能把病毒排出了。我爸爸就坚持那样做了三年，后来妈妈的病真的好了，连医生都说是奇迹呢！”

“你说医院当时说你妈最多只能活三年？”爷爷几乎站了起来。

“是啊舅舅，我同学的爸爸就是当时县医院的医生，他说他帮我妈检查了三次，几个科室的医生会诊，我妈当时消瘦无食欲，累、喘，严重时还咳血，肺结核在那个年代是没有特效药的，他们说相当于绝症。”表姐回答。

“我们怎么不知道？她当年不是说医生说慢慢调养没问题的吗？怎么会最多只能活三年？”爷爷一脸狐疑，“这是老白说的吧？”

“舅舅，不是我爸爸说的，有医院诊断书。”表哥笑着回答。

“我同学的爸爸是我妈当年的主治医生，他每次看到我都说我妈是个奇迹呢！”表姐补充。

爷爷愣住了。半晌，他才从火铺上起身往他姐姐的卧室走去。

卧室门一推开，一股浓浓的桐油味冲出房间，老白满头大汗，双手套在泛黄的千层底布鞋里，正在自己的额头上试温度。

“当年医生说，姐姐最多只能活三年？”爷爷慢慢地在床边坐下，对老白仿佛有了歉意和敬意。

“怕爸妈担心，她不让告诉你们。”老白边用温热的千层底布鞋给姑婆按头心边说，“这个偏方很管用，你放心，用不了多久她就什么都能记起来了，又能和以往一样，给村里的孩子们辅导作业了。”

表兄妹们翻出姑婆给村上的孩子们免费辅导作业的活动方案，还有客寨村过土家赶年、传承摆手舞活动的方案，全是老白做的。过去的两年，姑婆和老白免费为村里的留守孩子们辅导作业，和孩子们一起为土家摆手舞、土家山歌民歌、木叶吹奏等非遗传承项目的保护和发扬做着努力。他们村的土家摆手舞已经成功申报非遗传承项目。这支由村民组成的摆手舞队伍，不仅到县市和北京的大舞台上表演过，还跳出了国门。

“妈妈喜欢看小说，外国作品、国内作品她都看，尤其喜欢看沈从文的作品。”表妹边整理堂屋餐桌上的书本杂物边说。

“怎么不让他们住城里去？也方便你们照顾啊。”看着简陋的木房，我问。

“在城里住过一阵子，那时妈妈还没生病，但是妈妈非要搬回来住，她说爸爸喜欢这里。”表妹回答。

晚饭是土家腊肉、菜豆腐和油香，还有绿豆粉。爷爷破戒和老白喝了二两土家苦荞酒。

“往茶峒方向，给爸妈烧点纸吧。”晚饭后爷爷对老白说。

“爸妈一辈子都因为姐姐体检落榜北大和放弃财政局工作而难过。要是他们知道，知道是你用千层底布鞋打破了姐姐三年生命期的魔咒,他们定会欣慰的。”爷爷沉默了一会儿补充道。

“我也给我爷爷奶奶烧点纸吧，我爷爷去世时妈妈身体还没完全好，还没孩子。当时全村人都说爷爷奶奶傻，同意儿子娶一个病秧子，干农活儿干不了不说，连香火都续不上了。”表哥说着拿来了香和纸。

“你外公外婆临终的时候都闭不上眼睛，说没能给你妈一副好身体，又没能拦住你妈当年的年少不懂事，说让你爸爸几首山歌就骗到这山里受一辈子的苦。”爷爷从他外甥手里拿过香纸，朝着酉水河方向作揖焚香烧纸。

“他们从来没有吵架拌嘴过，我爸爸一辈子将我妈宠成了小公主，外公外婆在天有灵，会很欣慰的。”表哥挽着爷爷回到了姑婆的卧室。

“姐姐，你还记得老白当初跟你说的走水路送你回家不？他说你身子弱不宜步行跋涉，得走水路，会让你脚不沾地地乘船送你回茶峒。”爷爷想唤醒姑婆的记忆，“他骗你，没把你送回家。姐姐，我这次走了水路，来接你回家，你不会像六十几年前那样，说走陆路累受不了，不跟我回去吧？”

姑婆木然地望着爷爷，目光呆滞，眼神涣散。在姑婆家那些天，爷爷每天轮流和老白在姑婆床前回忆往事，可姑婆仍旧语无伦次，生活基本不能自理。

爷爷和六十多年前一样，没能将他已经不会迈步的姐姐接回家。离开客寨那天，爷爷特意为姑婆梳了一次头，花白的头发在枯瘦且老年斑星星点点的手中颤动，我第一次看到一辈子充硬汉的犟老头儿哭了，泪水填平他脸上纵横的沟壑。

“姐姐，弟弟给你梳头，你还记得小时候我给你剪头发，你嫌我剪丑了，非要我帮你把头发接上去，后来害得我挨了顿打。不过那时我剪得真是丑……”

姑婆耷拉着脑袋，仿佛听见了爷爷的话，又仿佛什么都没听到。

“我们这把年纪，也是见一次少一次了，姐姐你……”

爷爷像个小孩子一样呜呜哭开了。屋内的人都跟着抹眼泪。

一年后，被医生再度称为奇迹的姑婆，小脑重度萎缩的她竟然奇迹般恢复了记忆，还行动自如，竟迷上了读侦探小说，且不用戴眼镜，她视力比一般的年轻人还好。

表兄妹们说，一年来，老白他每天坚持给姑婆读信件，读以前姑婆的教材和姑婆喜欢的小说给她听，那双千层底布鞋不知在姑婆的五心里行走了多少万里。

“真是双走心的千层底布鞋！”爷爷和姑婆视频时说，“老白没兑现走水路送你回家的承诺，可能是怕湿（失）了那双布鞋啊。”姐弟俩在屏幕里笑，像个可爱的孩子。

不速之客

巧倩的办公桌在写字楼 19 层，临窗。写字楼窗户朝西开。透过窗户，可以看到公路两旁栾树列队举着满树红灯笼，在这酷热难耐的季节里燃烧。巧倩喜欢这个季节，早晨一上班打开窗帘就看到楼下橘红一片，仿佛她的血液也瞬间跟着栾树沸腾起来。公路对面是这座城市的母亲河——金银河，清澈见底，白鹭翩飞。金银河对岸就是金银山，随四季变幻着色彩。此刻，巧倩觉得越来越热，她一抬头才发现阳光已移至电脑旁。

时候不早了，巧倩望向窗外想。来电铃声打断了她的思绪，她接完电话起身准备下楼取快递。可还没走出办公室，她就被主任叫住了，说要跟她讨论一个方案，很急。同办公室的小刘说她正好要下楼接贵客，可以顺便帮巧倩取快递。巧倩犹豫了一下，可主任催得急，小刘走得快，她还没有来得及说什么，就被主任递过来的方案截进了主任办公室。

十分钟后，巧倩谈完方案走出主任办公室，她老远就听见自己办公室有小孩哭声。刚刚小刘说下楼接贵客，巧倩就猜到了是小刘上幼儿园的侄子来了。这孩子父母忙，隔三岔五就往小刘这里送。巧倩推开门，看到小客人独自坐在地上，头发湿漉漉的，泪水汗水搅在一起，四周纸箱、剪得残破不堪的胶带和气泡袋散乱一地。她正准备安慰几句，小刘叫嚷着已先她一步冲进了办公室。

“来啦来啦，姑姑就上个厕所，你……”小刘冲到小男孩身边时，像被点了穴一样僵住了。

巧倩走过去看到那堆像被小狗撕扯得乱糟糟的气泡袋，一个不堪入目、不可描述的物件赫然出现在她眼前。眼前的小刘突然闯入了禁地，眼睛睁得像铜铃，惊愕的潮水涌上白皙脸庞。巧倩的脸刷地一下红到了脖子根，她的身体仿佛被定住了一般，目光慌乱地在小刘、小男孩和那个尴尬的物品之间游移，这一刻，连呼吸也变得急促起来，心跳如擂鼓般在胸腔回荡。

正当巧倩手足无措时，地上哭哭啼啼的小家伙突然指着那堆东西吼了起来。

“你骗人！说好的奥特曼，奥特曼呢？”小男孩说。

巧倩真想找个地缝钻进去，她低着头趁机快步坐到了自己办公桌前。正当办公室气氛尴尬得几乎要凝固时，地上抽泣的小男孩更加恼怒了。

“你拿爸爸医院的快递骗我，坏姑姑！”小男孩说完哭得更伤心了。

小男孩的爸爸是中医院针灸科医生。只见小刘愣了一下，捡起地上的纸箱看了看。她偷偷看了一眼紧绷着脸死盯着文件的巧倩，巧倩的样子看起来十分不自然，小刘此刻更是觉得自己浑身每一个细胞都不自在。

小刘恼怒又尴尬，她感觉每一秒钟都如坐针毡一样难挨。

“对，对，是姑姑错拿了你爸爸医院的快递。我们赶快收起来，晚上还回去。”小刘迟疑了一会儿，故作镇定地提高嗓门说。随后她机械地捡起地上的碎气泡袋，下意识去遮挡地上那个物品。白色的气泡袋覆在了那个让人不适的物品上，小刘的手却犹豫着停在了半空，她仿佛不知道接下来该如何处理这个令人不堪的局面。这时她听到了一阵仓皇的脚步声从门外传来，她惊惶地回头朝门外看了看，还好，是隔壁办公室急性子的小杨拿着文件路过，那目不斜视飞奔而过的样子估计是急着找领导签字。

小刘长吁了一口气将目光收了回来，又斜觑了一下铁青着脸在办公桌前埋头看文件的巧倩，随即触电一样蹲了下去，胡乱地捧起地上的东西往纸箱里放。她边收拾小侄儿弄下的残局边不停偷瞄巧倩，战战兢兢的样子像个做错事的孩子。收拾好地上物品，她站起身用祈求的目光望向巧倩，微微张开嘴巴想说什么，竭力试了几次，但都没有发出任何声音。

“我的奥特曼呢？我要奥特曼！”小男孩站起来踢了一脚小刘刚刚收拾好的纸箱。小男孩这一踢就像踢到了小刘压抑情绪的马蜂窝，她一下子奓毛了。

“谁叫你乱打开快递的！”小刘呵斥着一巴掌打在了小男孩屁股上，“记住，以后不经大人允许，不许打开快递！”

小男孩被这突如其来的呵斥和巴掌给吓蒙了，哭声戛然而止。

“给，这才是你的奥特曼。”小刘从来没有打过自己最疼爱的侄儿，此时他看起来肉嘟嘟的那么可爱，泪水涟涟的样儿又是那么惹人爱怜。她有些自责，便将地上装着奥特曼玩具的快递箱推给了小男孩。都怪她自己一时疏忽，取快递回来后没及时将巧倩的快递放她桌子上——当时急着上厕所也忘了告诉孩子，她给他买的奥特曼玩具在第一个纸箱里面，堆叠在奥特曼纸箱上的第二个纸箱是别人的快递，不能打开。

孩子毕竟是孩子，他很快忘记了刚刚伤心的一幕。他用胖胖的小手掌揩干了眼泪，棕黄色的纸箱上留下了他的小手印，手上的泪水汗水很快就被奥特曼纸箱消解了。

小男孩打开纸箱后发出铃铛一样的笑声时，隔壁办公室响起了叮叮当当的锁门声——“下班，下班喽！”小刘小心翼翼看了一眼沉着脸埋头看文件的巧倩，努力思考着如何补救自己酿成的过错，她十分自责。她迅速从办公桌里拿出两个黑色塑料袋，先是吩咐小男孩将玩具装进口袋里拿回家玩，接着又左顾右盼、颤颤巍巍地打开刚刚被小男孩误扳开的那个纸箱——她将里面的东西用气泡袋裹着取出来，做贼一样快速放进黑色塑料袋中，再仔细系好袋子，又返回打开抽屉套了两个黑袋子在外面。

“巧倩姐，对不起，我不会对任何人说……”小刘红着脸正准备将手里的东西递给巧倩时，主任走了进来。

“走，下班。巧倩，我今天搭你顺风车去城东。”主任说完，看了一眼小刘提着的黑口袋，“扔垃圾啊？年轻人，好习惯！”说完竖起大拇指给小刘点了个赞。

小刘将黑塑料袋放桌下，转过身佯装收拾办公桌。

“巧倩姐，我……”小刘边叠文件边说。

巧倩仿佛没有听到小刘的话。

“我车在负二层。”巧倩示意主任走 3 号电梯，只有 3 号电梯通地下车库。

望着远去的巧倩，小刘绷着的神经一下子轻松了许多，她开始训斥小男孩。

出了办公楼，巧倩先将主任送到指定地点。正当准备倒车回家，电话突然响了。她有些烦乱，心想百分之百是同事小刘来电，她不想接，连手机都不想看到。她任由来电铃声不停循环播放“不如见一面，哪怕就一眼……”

“真烦！”巧倩摁掉了电话。

待她掉头往回行至路口红绿灯处时，电话又响了。她准备再次摁掉电话，内心深处有种报复的快感。但她又觉得自己这种无理的报复心态不大对——打开她快递的毕竟不是小刘啊。等红灯到六十秒时，电话又响了。巧倩想对方肯定是想给自己再次道歉，她扭头看了看扔在副驾驶座上的手机，谢天谢地，来电的是同学李曲。

李曲情绪低落，要她开车去城郊接她。巧倩想着正好可以转移一下纷乱的思绪，二十分钟后她接到了像泄了气的皮球一样的李曲。

李曲眼睛红红的。没待巧倩问，她便将她的遭遇一股脑儿说了出来。

原来，李曲去省城看望上学的儿子，返回县城为图方便在拼车微信群里联系到一辆顺风车，当时他们商量好了价格并讲好了包接包送到家，李曲觉得挺好。顺风车接到她后，她发现开车的是一位跟她年龄相仿的男士，穿着藏蓝色保罗衫，圆脸白净，浓眉大眼，体形管理得挺好，看上去给人第一印象不错。李曲喜欢听歌，她选择了副驾驶座，一上车便在汽车音响触屏上搜索自己喜欢的歌。

李曲选了《声声慢》《梨花颂》《这世界有那么多人》等歌曲。一路上，每听完一首歌，顺风车司机都会赞赏地点击收藏，随着他修长的手指轻快一点，触屏上就会出现一次红色爱心飞入收藏夹，接着那位绅士会恰到好处地夸赞几句李曲的欣赏水平——“这歌词真美，跟今天很搭。”“好听！今天这趟旅途真是愉快！”“歌如其人啊，美女您是音乐老师吧？”……不管是对方刻意迎合，还是恰巧能对那些歌曲产生共鸣，李曲对对方的好感在歌声中上升。

后来，司机甚至调低了音量，和李曲开启了一些简单的聊天话题，比如天气、美食、美景等。李曲说，那种氛围很微妙，有种暧昧和让人想入非非的感觉。有一刻，李曲说她居然有种抵达目的地后，对方可能会拒收事先谈好的搭车费用的预感，她甚至觉得对方可能会邀请她共进晚餐。她正可笑地想着如何拒绝对方的殷勤，拿对方跟自己心中最爱的那个人进行比较——简直是拿鸡毛跟玉石比，她说这世间不管再出现多么完美的人，都无法改变她对他的爱。她正信马由缰地胡思乱想。“我可以抽支烟吗？”那位司机怯怯地问，“实在有点困了，不好意思，如果你介意的话我就不抽。”

“没关系，你抽吧。”李曲回过神来。

那位圆脸男子将左右车窗按下了一条缝，说了声“谢谢”后开始抽烟。

闻着熟悉的烟草味，李曲又想起了他。他们是那么疯狂地爱着对方，明知道不可以。可是，上天为什么又让他们不由自主地坠入爱河？矛盾、欣喜、思念和痛苦，她想着他是否此刻也正在想她。这时，李曲突然闻到了一股臭味，她朝车窗外看了看，心想，难道路过了垃圾场，或者是臭水沟？

她不自主地捂住了鼻子。顺风车司机看起来有些尴尬，他别扭地调整了一下坐姿，摁开了车窗，高速路上呼啸的风突突往车里灌。李曲一下明白过来，她突然感觉手脚和眼睛都无处安放，只好扭头望向窗外。

“那个屁的破坏力堪比原子弹，将那些微妙的暧昧的美感炸得灰飞烟灭。”李曲说完，开始狂笑，笑完脸上和眼里又写满了凄楚和苦涩。

“你放的屁？”巧倩问。

“废话！可能吗？是那个男的！”

李曲继续讲述她充满喜剧色彩的返家旅程。她说那之后，估计那司机跟她一样，都只巴望着尽快到达目的地，让对方立即消失在自己眼前。他们不再聊天，双方都像突然被一个屁打回了原形：她表面平静地一直盯着窗外飞速掠过的远景，一副身在朝野心在汉的样子，她不再关注音响触屏，不再搜索和切换歌曲，对那些俗不可耐随意播放的音乐显出鄙夷和焦躁的神色。隔着玻璃阳光也刺目，她从包里拿出渔夫帽戴上，使劲儿将帽檐拉下，整张脸和外界隔绝开来，她不再刻意凸显她的诗意和优雅；他也不再问是否介意他再抽支烟，他一支接着一支只管吞云吐雾。他的来电不断，他不再掐断电话，他一个接一个地随意接听，语气和用词也完全没了之前的耐心和考究，仿佛副驾驶座上的李曲是无色无味的空气一般,压根儿就不存在。

时间度日如年，一分一秒都是煎熬。李曲说，她脖子都扭痛了。好不容易下了高速，可在她下车前几分钟，那男人接了最后一个电话，电话两端都显得极不耐烦。

“到哪儿了？”

“下高速了。”

“十分钟之内，再不到我就走了！”

“给你说了，还要送个人进城。”

“啥人了不起了？少收二十块钱让打车进城不就得了？”

“说好的送进城啊。”

“少废话！十分钟之内，你自己看着办！”

男子挂掉电话，有些不耐烦，他说自己有事不能送李曲进城，车费少收二十元，前面公交站坐车只要七块钱。李曲本想跟他理论几句，但是想到就算对方愿意送她进城，她也一分钟不想在那个车上待下去了。李曲说，她付费下车后，由于行李较多也不方便去坐公交车，只好打电话给她老公，让他来接她。可她老公接到电话就一味责备她没有安全意识，说她一个陌生男人的车也敢坐，怪她贪便宜得了这个下场，并说他在一个镇上办事，让她自己打个车回去，省时又省钱。

李曲说她又累又气。她说她好失望，还说这就是她为什么会爱上另一个男人的原因。

巧倩不知道怎么安慰她，还好这时正好到家了。

“我想喝你煲的汤。”李曲说。

“那得要许多种食材，排骨、莲藕、玉米、山药，等等。不过老张今早去菜市场了，估计冰箱里有。”巧倩说着和李曲进了屋，她们一同在厨房边聊边做饭。

吃过晚饭，李曲还没有回家的意思。巧倩想着自己老公反正极少回家，李曲在这儿正好家里显得热闹一点，也就没有多问李曲现在跟她老公的现状，也懒得过问。

离中秋还有两周，东山升起来的月亮瘦瘦的，像修剪下的指甲飞到了云端似的。李曲的手指在手机屏幕上翻飞，巧倩洗漱完毕，站在窗前看着月牙发呆。这时，一阵敲门声响起，巧倩转身去开门。

“巧倩姐……”

来人是同事小刘。巧倩看着小刘手里的黑塑料袋，触电了一样往回缩。

“我同学在我家玩儿。”巧倩慌慌张张打断了小刘的话。

“哦哦，不好意思啊巧倩姐，打搅你们了。”小刘也慌慌张张地后退，她从门外探头看见沙发上的时髦女人埋头玩儿手机，压根儿没往门口看，便将口袋递给巧倩，满脸内疚和歉意，“巧倩姐，我不打搅你们了，你，你放心哈……”小刘会意地看了一眼黑色塑料袋，转身消失在了黑夜里。

“你提的啥？”巧倩从门口走进来时李曲抬眼望了望说。

“哦，垃圾，门口的垃圾我顺手提进来，和厨房垃圾装一起，待会儿去扔掉。”巧倩提着黑色塑料袋闪进了厨房。

“刚刚我同事路过顺便打个招呼，住我楼上的那位……”巧倩从厨房出来时解释道。

“我不喜欢和同事住得太近，一点隐私都没有。”李曲打断巧倩说。

“也是。”巧倩立马回答，答完后她突然一下慌了神，她看了一眼沙发上仍然沉迷微信聊天的李曲，才如释重负。

“这段时间栾树花到处飞，阳台上到处是黄色花瓣。”巧倩说着径直去了卫生间，拿了拖把到阳台上，她心不在焉，东一下西一下地胡乱舞了几下，便靠在窗边调整慌乱虚空的情绪。窗外，迟开的栾树花仍在静静飘落，一朵又一朵飘落在阳台上，又飘落在巧倩的心上。淡淡月色下，栾树果鲜红欲滴，如举着一个个红色灯笼，在黑夜里探寻着人世的秘密。

“咚咚咚，咚咚咚。”又响起了敲门声。

“今天是个啥日子啊？”巧倩嘟囔着放下拖把去开门。

“哈哈哈，我就猜李曲在你这里蹭吃蹭喝！”

人未进门声音先至，李曲一听就知道是同学冉丹来了，她边发信息边站起身来。

“你用你那四只眼睛看出来的？还是用你那狗鼻子嗅出来的？”李曲问。

冉丹换掉鞋子，又将脱下来的鞋子摆放整齐，再转身向客厅走去，动作一丝不苟。她是一名语文老师，生肖属狗，戴着眼镜，穿着衬衫和西裤，样子严肃又刻板。

“你发那个朋友圈，我一眼就看出来是巧倩家的砂锅和厨房，煲汤那技术一看就是巧倩的，嗯，我也嗅到了！真香！”冉丹朝厨房望去。

“先坐，先坐。想喝汤等会儿我去给你热热，我再弄点凉菜，把那瓶红酒开了，我们消夜。”巧倩拉冉丹坐下。

三位高中同窗聊了一阵最近高温的天气，和延迟开学后各自孩子的近况，不知不觉，时钟指向八点半了，巧倩去了厨房。李曲和冉丹在客厅里继续聊，此时，李曲又在复述她白天的拼车故事，冉丹笑个不停。

凉拌黄瓜、醋泡花生、蔬菜水果沙拉，巧倩在餐桌上摆好后又开始醒酒。

惨白的月牙已经挂在了小区高楼上，夜风将迟开的栾树花淡淡的香味塞进窗棂。虽然暑气未消，但白露已过，夏虫安静了下来，寂静的夜里，除了栾树忙着开花结果不小心泄露出的秘密动静，偶尔也从别的楼层传来猫狗的叫声，以及一两声孩童的嬉闹和尖叫声。

“今年秋老虎厉害，吓得桂花迟迟不愿开放。”不知是谁对着燥热的夜风叹着气说。

三个女人在餐桌前围坐下来，她们举起了高脚杯，将像红灯笼一样的栾树果那样鲜红的汁液送进了柔肠。

“跟不爱的人在一起，真是一种痛苦。”李曲说。

“得了，你就知足吧，你老公那么实在，顾家又会挣钱，对你又死心塌地的，你这个恋爱脑就服那些花言巧语！看来，今天顺风车上那个屁还没把你轰清醒。”冉丹说。

“没情调，不浪漫，跟他又没共同爱好和共同语言，那种生活有什么意思？”李曲说完猛喝了一口红酒。

“我看你是一天天闲出来的。时间、金钱和健康，你啥都富足有余，让你来尝尝我这日子你就老实了。孩子学费、老人住院费，单位隔三岔五让你加班到半夜，我看你还有没有那么多花花心思。”巧倩说。

“别老是教训我，要是我老公有你老公一半浪漫——你看，那束花还新鲜着呢，你可别以为我不知道，你老公可是逢节假日就会给你买花、买包、买衣服之类的……”李曲指着茶几上的一束玫瑰说。

“家家有本难念的经，你只看到这表面。别说了，来，喝吧！”巧倩举杯说。

“嘿！你傻啊李曲！你让男人给你买礼物不就等于自己左手将东西送到自己右手？工资卡银行卡都在我们手里，咱自己想买啥犒劳自己就买啥，浪漫自己制造！”冉丹放下酒杯说。

“我告诉你们，知足吧各位大姐！现在这个时代变了，男人可宝贵着了！跟你们说，我们学校，三四十岁的大龄单身女性多着呢！据说，县上统计过，就文卫系统，大龄单身女青年上千人啊！没办法啊，优质男人太少，很多大龄剩女宁缺毋滥，最后只好选择不婚主义，巨大的社会问题啊！你们还不善待你们的男人，一旦放手，就是抢手货啊。”冉丹一副恨铁不成钢的样子拍着桌子说。

“哼！丹丹妹，这个最该提醒的还是你自己吧？你们家老王，据说时常被你打得鼻青脸肿呢，你是这样善待的啊？”巧倩说。

“倩姐，谣言，纯属谣言啊！就算偶尔切磋武艺情况属实，但是有句话——打是亲骂是爱，我们就是相亲相爱的一家人，等哪天我们不吵不闹了，可能才是危机四伏了。”冉丹说。

“你那战火纷飞的爱情啊！吓人，难怪吓得现在很多年轻人都不婚不育了。真的是悲哀啊！你们说，爱情那么美好，这些人为什么不愿意去体验呢？听朋友说，他驻村的地方，去年全年死亡二十余人，结婚五人，新出生三人，说有的村男光棍儿就几十个呢。”李曲说。

“我们单位，三十多岁的大龄剩女多的是，有人都说愿意接受网上那种‘去父留子’的做法了。”巧倩说完突然想起了同事小刘，她觉得面颊又烧灼起来。

“我反对这种，孩子是爱情的结晶，两个人都没有相爱，生个孩子有什么意思？孩子父爱缺失不说还可能造成伦理丧失。唉！爱情是多么美好啊！如此美好的情感不去体验，不知道这些人怎么想的！”巧倩摇晃着红酒杯说。

“说起这个，告诉你们一个爆炸性消息！”冉丹将脑袋探向桌子对面说。

“神神道道的！你除了八卦人家谁谁谁又出柜了，谁谁谁又出轨了，还能有个啥有意思的话题？职业病，成天多管闲事！”李曲说。

“嗐！你怎么知道没意思？跟你说，我早上去快鸟驿站找快递，你们猜我看到了什么？你们绝对想不到！我们同一个小区的，楼层和门牌号都写得清清楚楚，那个快递，摸上去肉肉的，我当时好奇，仔细留意了一下，天呀！上面写的居然是性护理用品！我边找我快递边留意来取那个快递的人，你们猜是谁？我的妈呀！居然是我再熟悉不过的一个男同事！”冉丹手捂着脸，像是自己做了一件极其羞耻的事情一样。

“你这是侵犯别人隐私！”巧倩说。

“我又不是故意要看的，你不知道，那个卖家也是醉了，用了不少气泡袋和胶带打包那个东西，虽然折叠着，但还是缠出了人形，外面还标明了‘性护理用品’几个字，真的是不良商家啊！”冉丹说完又捂着脸不好意思地笑。

“笑笑笑，都成年人了，有那么好笑吗？”李曲扯下冉丹捂住脸的手说，“你没见街上那些成人用品店啊？据说各个年龄段、各色成年男男女女消费者可多了。这个社会真的是太不可思议了，人与人之间的爱难道那么不可靠？哦，对了，给你们看一首诗，太震撼了！”李曲说完拿起手机不停点击和滑动。

“成天文绉绉的！”冉丹说。

“找到了。”李曲将屏幕呈现给冉丹和巧倩。

“懒得看，你读来听听。”冉丹说。

于是，李曲喝了口红酒，正了正身子，又清了清嗓子念出了一首唯美描述生理需求的诗。

李曲读完诗后，望了望餐桌对面的两位。

只见冉丹满眼不屑和不解，嘴角带着嘲讽。

“啥狗屁，这也叫诗？”她说。

而巧倩，她正一口接一口喝红酒，杯子空了，她就望着窗外的残月发愣。

“听出这首诗的盛大孤独感没？”李曲问。

“哈哈哈，盛大？盛大孤独！我开始还以为那女人在自杀呢！”冉丹说，“我看这女诗人多半是得了精神病，啥破事都敢写。”

“看来，你到底还是读懂了这首诗的浅层意思嘛。”李曲说，“倩姐，你看，这多好的诗啊，丹丹老师这偏见，不裹脚的新时代老古董啊！完全是暴殄天物！这诗，太狠了，直击灵魂！”

“来，喝酒！”巧倩给三个杯子都倒了酒。

“李曲，我突然想起有句话，特别适合送给你——成年人，你需要有比欲望更高级一点的东西。”冉丹扶了扶眼镜框说。

“哟，丹丹老师你好记性啊！这不是读书时代的熟人尼采说的吗？”李曲说。

“还有呢！让我想想，我今天刚看到的——低级的欲望放纵即可获得，高级的欲望只有克制才能达成。这句话麻烦你转达给刚刚那首诗的作者。”冉丹说。

“丹丹老师，我服你了。我们可不是你的学生，你是有精神洁癖吧？”李曲说。

“就一首诗嘛，何必上纲上线？每一个人的处境和生活方式不一样，人家又没有伤害谁。来，干杯！”巧倩说。

“可这种行为危害社会啊……”

“别说了，干杯！干杯！”巧倩打断冉丹说。

“唉！”冉丹喝了一口酒后说，“今天我们都聊了些啥灰色话题，你们看看这世界变成了什么鬼样子。”

“冉老师，你只管自己做一个正直善良的人，教好你的学生就行了，你……”

“丹丹妹，你来的时候不是说想喝汤吗？我去帮你们盛汤。”巧倩截住了李曲的话，说完进了厨房去盛汤。

户外越来越静了，人们似乎都进入了梦乡。弯弯的月牙已升到了小区中庭上空，栾树花在风中飘落。

“这汤真好喝！”冉丹说。

“肯定好喝啦，你没看看这汤里放了多少东西！”李曲说。

“我突然想起来一句话，特别应景。”巧倩说。

“啥？今晚我们全聊些乱七八糟的现象，我看你这个单位的笔杆子怎么来总结。”冉丹说。

“和羹之美，在于合异。”巧倩说，“应景吧？你们看看，这汤之所以美味，就是因为容纳了各种不同的食材。”

“厉害，不愧是我们班文科状元！”李曲伸出了大拇指，“和羹之美，在于合异！丹丹妹，格局，这就是格局！”

“和你们这些文化人聊天真累！那些怪异现象，就像那首诗说的——总有一天，人类会自己干掉自己！长此以往这样下去，人类离毁灭不远了。”冉丹说。

“你这是杞人忧天呢！世界在进步，人类也在适应着进步，世界并不是非白即黑，万物存在即合理。”巧倩说。

“哲学家！”冉丹指了指巧倩，又指李曲，“诗人！”

“教育家！”李曲反攻。

这时，李曲的电话响了。她老公已经将车开到了巧倩小区门口，正等着接她回家呢。

“回去好好过日子，珍惜眼前人。”巧倩送走冉丹，又将李曲送了出去，一路不断叮嘱。

夜色如黛，月如钩。迟开的栾树花纷纷扬扬，橘红色的栾树果在暗夜里熊熊燃烧。巧倩踩着影子回到家，她不想收拾残局，径直走向浴室。她赤条条站在花洒下，任由万千雨丝冲刷自己。

其实，李曲读的那首诗，前几天巧倩就读过了，她几乎能背诵，她甚至怀疑那诗是她自己写出来的。浴室里雾气氤氲，巧倩又回忆了一遍那首诗。她真的感受到了李曲说的那种盛大的孤独，她突然觉得有种无形的巨大力量排山倒海压向她，一种苍凉感笼罩全身。想着想着，巧倩在雾气和雨丝中哭了起来，她觉得真是畅快，哭着哭着就找到了自己。那个孤零零的自己，她是在为自己而哭，为命运而哭。那是一种爱自己最直接的表达方式，长这么大以来，她第一次为爱怜自己而哭。

许久，她才关掉花洒，走出浴室。她走过餐厅时，将餐桌上醒酒器里剩余的红酒一饮而尽，然后踉跄着走进厨房。

窗外，栾树花纷纷落在她心上，栾树果在她年轻的心房里烧得通红，她从橱柜里取出了同事小刘送来的那个黑色塑料袋……

风过林梢

其实我们并不饿，返程途经南川城区时，先吃夜宵再回家那个决定，源于这瓶庆酒。幸亏这瓶酒，要不然我们得三个小时后，在抵达小区楼下时，才会发现我儿子没在车上。现在想想都觉得后怕——我儿子还在四十公里外山王坪的密林里啊！树密林深，怪石嶙峋，古藤比我胳膊还粗，导游说里面还有猴子、野猪等出没。我拨了无数次儿子的电话号码，都是关机状态。

“我看着他上你们车的啊！”我反复念叨着这句话，将丽娜家汽车前后门全部打开，甚至想把后备厢也打开寻找。

“没有，没有上我们家车啊！他不是一直坐在你副驾驶座上的吗？”丽娜一家围着我的车里里外外检查，他们或许以为我们母子二人在跟他们开玩笑呢，但他们很快意识到这不是一个玩笑。

没有想到从山王坪下山时，儿子走到丽娜车边后，又折返进了那片一眼望不到边际的水杉林。而那时，丽娜说他们一家四口正在看导航，挑选去山下城里哪家美食店消夜，压根儿没看到我儿子从我车上下来走向他们的车，小帆也根本没有发信息给他。

当时，我们的车停在相聚不远的林荫道上。在我启动汽车准备返程的前一秒，儿子突然说丽娜的儿子小帆发信息叫他去坐他家的车，路上好一起听周杰伦的新歌。我从后视镜里看到儿子走到了丽娜家车边，我估摸着他已经上了车，便开始调整座椅做好出发准备，一会儿丽娜便将车开到了我前面。

“走啦，跟上我。”我记得出发前丽娜摁下车窗叫了一声，我听到她车里传来周杰伦的歌声。

一个多小时后，汽车从海拔一千三百多米的山王坪下到海拔五百多米的南川城后,第一个发现我儿子没在车上的是丽娜。我们两家相约前往山王坪，本就是为了带高考失利的两个孩子散心。在杉木林海、石林、古藤峡谷，这俩孩子看上去玩儿得很开心，每到一处都惊异于大自然的神奇魅力，一切看起来并无异样。

南川东街已华灯初上，我们急得团团转。

“快，上车，去找我们吃午饭的那家农家乐大哥，先请他带路帮忙找。”丽娜老公说。

“他一定还在上车的地方等我们呢，可能是手机没电了。”丽娜说着扶我上了他们家车。

“小帆,他跟你私下说过什么吗？你仔细回忆回忆。”我问。

“没说什么啊。阿姨，别急，他肯定没事。”小帆说。

“想起来了，他包里有充电宝，手机不可能没电。”我说完瞬间感觉不到这大暑天的酷热了，心被提到了半空，觉得有些冷。

小帆还在一个接一个反复拨打我儿子的电话号码。

汽车很快驶出了南川城，一路向东。丽娜夫妻俩在回忆每个细节，分析我儿子被落下的种种原因，以及他现在所在位置的可能性：是手机掉了？还是临出发时他上厕所忘了告诉我们？他在水杉林里还是……

他们都没有提到我最害怕，同时又感觉最可能的那个原因。

无论大家如何刻意压制和回避，有个可怕的念头一直萦绕在我心里，我下意识地不断拒绝那些让人不寒而栗的推测和联想，我点开了儿子的微信。

“梓桐，你在哪里？妈妈都快急死了，看到信息马上回复！”

“梓桐，你怎么没上车啊？你不要在树林里乱走动，就在停车场等着，我们马上来接你。”

我不停地给儿子发信息。

“儿子，你不要吓妈妈，”我打好这行字，想想又删掉。

“儿子，妈妈爱你。”我换成了这几个字，并点击发送。

发完这条信息，我的泪水一下子像决了堤的洪水。

“阿姨，没事的，梓桐他都十八岁了。”小帆说着递给我一包纸巾。

我身旁，小帆的妹妹紧紧抱住小帆手臂，她偶尔抬头看一眼窗外黑黢黢的山峦，又立马将脑袋埋进小帆怀里。

“开快点，再快点！”

“提速！我盯着路况的！”丽娜不停地催促。

仿佛过了一个世纪，车子终于在一家亮着灯的农家乐前停了下来。

“大哥，我儿子还在山林里，电话联系不上，求求你了，帮我去找他回家。”我冲进屋，差点跪了下去。

“联系不上有多长时间了？”农家乐大嫂一下子扶住我。

“我们到达山下南川城里才发现他没在车上，就立马返回来的，往返两个多小时了吧。”丽娜说。

“我们都以为他在他自己家车上呢。”小帆说。

“马上上车，我们骑摩托车，你们跟上。”农家大哥拿起桌子上的手电筒往外跑。

“大哥，我们会给你辛苦费的，这么晚了麻烦你了。”小帆爸爸说。

“找人要紧，说这么多废话干吗？快！跟上。”农家大嫂说着已坐上了摩托车后座。

我坐上车，汽车正要启动时，我听到了微信来信息的水滴提示音。我多么期望那是儿子发来的信息。我立即颤颤巍巍点开微信，还真是儿子的头像在跳动。

“妈妈，估计你们到家了。你别担心，我好好的。刚刚小帆并没给我发信息，我也没上他们家车。我不想回家，今晚我就住山王坪。你放心，水杉树上你以为的景区介绍二维码，其实是帐篷和营地租赁二维码。现在我已经躺在帐篷里，正在听林海涛声，这些声音好像能净化人的心。我不想被人打搅，给你报个平安就关机。”我读完儿子的信息又哭了起来。

“快，打过去，电话打过去！”丽娜夺过我手机，迅速拨打。

“对不起，您拨的电话已关机。”

“对不起，您拨的电话已关机。”

“对不起，您拨的电话已关机。”

系统无数次这样提示。

农家大哥和大嫂已被小帆爸爸叫了回来。

“别哭了，孩子说住进帐篷了就安全了。山王坪是国家森林公园，里面的营地很安全的。”大嫂说。

“联系上了就不怕了。暑假嘛，营地露营的人多，不用担心。”大哥说。

“你这个磨人的娃儿！你要什么时候才懂事啊？！现在手机又关机了！！你不知道这样会急死人啊？！”我从丽娜那儿

拿回手机按语音发过去，按着手机的食指，仿佛是使劲儿摁着梓桐的脑门儿一样。

“开机！开机马上回话！张梓桐！”

“回电话，回电话！！要不然我报警了，祖宗啊！”我又跟了一条语音过去。

“营地我们熟悉。这样，你们一家，就在我家住下——你看这俩孩子，大的大，小的又还这么小。你们先住下，我们和娃儿他妈去营地接孩子。”大嫂说。

“我们一起去。”

丽娜一家四口几乎异口同声地说。

“没见到孩子，我们能睡着吗？”丽娜又说。

“这个年龄段的孩子，敏感。人去多了反倒不好，阵仗大了他提前察觉了，这深更半夜的，万一又跑了怎么办？”大哥继续说，“听我的，你们一家先去睡，我们去接孩子回来。”

“这样吧，大嫂留家里。小帆，你带着妹妹听阿姨话，先睡。”丽娜说着将小帆兄妹俩推向了大嫂身边。

“十七八岁的娃儿，犟着呢。你们要讲究方法哟，别跟孩子硬来。”大嫂望着我说。

“小帆，你不要一直打电话过去了，一是怕他开机后大家都打占线，二是不能让他意识到我们这么快返回来找他了。”小帆爸爸叮嘱完便发动车跟上了大哥的摩托车。

从山王坪山麓的银杏树下的农家乐出发，很快便到了山王坪营地附近。

“你们先别下车。”大哥敲开车窗说，“把车停这里，到营地大概还要步行五分钟，不能让孩子知道你们来了。”

我们都下了车，准备跟着大哥去营地。

“你们先上车等着。我先上去，装作营地管理员，查帐篷周围的安全情况。孩子叫啥名儿？有照片吗？我看看。”大哥强行推我上了车。

“张梓桐，这是他照片，今天刚刚照的。”我将照片翻了出来。

大哥拿过手机看了一眼照片：“加我微信，把照片发给我。”他翻出二维码。

我将孩子名字和照片都发给了大哥。他一再强调没有他的信息通知不要下车。

我们在车上如坐针毡。

我一遍遍继续拨打儿子的电话和微信视频，始终关机。

我又将儿子发的微信一个字一个字地认真看了几遍，生怕他发的内容不是真实的存在。

“丽娜，我想起梓桐上午在古藤峡谷说过，说古藤峡谷有种神秘的力量。”我突然想起那个细节来。

“他还说了什么？”丽娜问。

“他还说水杉林像大海，水杉、柳杉、枫树等都是海草。还说什么——风是海水，山王坪的石林是礁石，他是鱼之类的。哦！对了，他说过要是他真同意我们去上复读学校，除非学校把教室搬到这林子里来了。”我绞尽脑汁边想边说。

“要我说，现在读啥大学都差不多，出社会照样得看本领。我们家小帆和梓桐这兄弟俩，三观正、勤快，他们不想复读就让他们走吧。三百六十行，行行出状元。”丽娜说。

“恐怕不是为复读的事情吧？”我突然更害怕了，“丽娜，你说，孩子不会是被坏人控制了吧？”

“山王坪喀斯特国家森林公园是国家级森林公园啊！有景区管理，到处都是摄像头，哪有那么多坏人。再说，梓桐都十八岁了，那么聪明，谁骗得到他？”丽娜说。

“确定有摄像头？”我问。

“来，你看，‘山王坪喀斯特国家森林公园’，看到了吧？景区大门进门还要刷卡呢，肯定有监控——防火防盗啊，肯定有。”丽娜老公扭头递给我手机，让我看百度百科里山王坪的简介。

“景区晚上有人值班吗？”我问。

“应该有吧，这么大的营地，露营的人不少呢，需要管理啊。”丽娜说。

“不是应该有，是一定有。”丽娜老公说。

“每个帐篷我都看了，没有发现十七八岁的娃儿。你们快上来吧，上来商量商量去林子里找找。”大哥发来了微信。

我彻底无法走路了，连哭也哭不出来了。

“背着她走！”丽娜命令她老公。

我被他们夫妻俩轮流背着，三步一走五步一停往营地走——我几乎晕厥，他们不得不走走停停。

“手机，快看看信息……”我隐约听到有来信息的水滴提示音——我的手机现在在丽娜手里。

“是10086话费提醒。”丽娜小声说。

走一阵子，拐弯就看到营地的灯光了。

“又有信息，快，快！”我说着挣扎着要下地自己走。

“找到了！找到了！找到了！”丽娜举着手机让我们看信息。

“孩子刚刚上厕所去了，现在回帐篷了。你们快上来吧。”大哥的信息！

我一下子复活了。我们冲进了营地。

“大哥，大哥，在哪里呀？”我的叫喊几乎掀开了所有的帐篷。

"这边呢。"最东边帐篷里走出两个人。

我看到了梓桐，我儿子！

我跑过去，一把抱住儿子哭了起来。

儿子无措地站着不说话。

"你怎么这么不懂事？！"我说着推开他，突然给了他一个耳光。

我是踮着脚给他耳光的，其实也只是象征意义上的耳光。

"我不是给你发信息了吗？"儿子说，声音比蛐蛐儿声小得多。

"你怎么一直关机啊，梓桐？可把我们吓坏了！"丽娜说。

"我就想安安静静在这里住一晚上，不受外界任何干扰。"儿子回答。

"可是，你也不能用这样的方式啊……"

"不用这样的方式能行吗？你们能答应我吗？你们不是急着回去帮我们选复读学校吗？"儿子打断了我的话。

"别吵了，找到了就好。孩子平平安安的比啥都强，走吧，跟我回去，家里已经备好火锅了，你们不是说准备在南川消夜喝庆酒的吗？现在回去，补上！"大哥说着去拉我儿子。

"对对对，虚惊一场，回去喝庆酒压压惊！"丽娜说完看了一眼梓桐，又说，"梓桐平平安安的，我们的心就踏实了。走，喝庆酒庆祝一下！"

"我今晚就住帐篷里，你们去吧。"儿子说着走进帐篷躺了下去。

"出来，"我说着弓身进帐篷拉他，"走，大家等着呢，去伯伯家吃火锅。"

儿子推开了我的手，侧躺着将双手抱在胸前："我说了，我不去。"

“山上晚上冷，蚊虫多。走吧。”我说。

“不冷，没蚊虫。”他答。

“走吧！走。儿子，起来，走。”我乞求。

“不是跟你说了吗？今晚不想回家！就住这里，要走你自己走！”他有点粗暴。

我退出了帐篷。

“丽娜，你们跟大哥去吧。我就留在这里，你们回去吃了早点休息。”我说。

“真说不动啊？”丽娜问。

“嗯嗯，你们去吧，辛苦了。”我说。

“现在跟守着火药桶一样，只有克制加小心翼翼了。顺着他，不要再激怒他。”丽娜老公说。

“我也留在这里，你们娘儿俩在这里我也不放心。”丽娜说。

“这样吧，你回去看看俩孩子，我在旁边另搭个帐篷听动静。”丽娜老公决定留下。

“那庆酒又喝不成了哟？”大哥笑着说。

“酒在车上呢！丽娜，你拿出来给大哥。”丽娜老公吩咐。

“说什么呢？！庆酒可是我们重庆人自己的酒，原产地就在这山下的兴隆镇呢！还用喝你们买的？带回去吧，庆酒庄园里的那句广告词，刚刚你家小不点说的……”

“重庆人喝庆酒，交天下朋友；天下人喝庆酒，交重庆朋友！”丽娜抢着说。

“就是嘛！酒厂子就在脚下，我们南川人有的是庆酒。明天早上，你们早点下来，我们喝个痛快！”大哥说。

我再次向大哥表达感激之情，却被大哥轰回了帐篷：“到了南川就是朋友，见外！快去陪孩子。”

大哥和丽娜离开了营地。丽娜老公扫了水杉树上的二维码，去服务中心找人领帐篷半天才回来。“工作人员都睡了，没想到这么晚了还有人租借。”他说着在我们旁边划出的营地上搭起了帐篷。

我和梓桐背靠背躺在帐篷里，小小的帐篷显得很大，我们中间仿佛隔了条河。

梓桐一直不吭声。我也不敢随意开口，生怕他坐起来狮子一样怒吼：“你走！谁叫你待在这里？！”

我拉开帐篷门拉链，看到外面萤火虫一样的帐篷装饰灯光吞噬了银白色的月光，林子里一片漆黑，夏虫聒噪。

“儿子，饿了没？”我轻声问。

没有动静。

“儿子？”我试探着喊。

“不说话不行吗？”他回答，身子纹丝不动。

“儿子，我刚刚也是急火攻心，不该打你。”我说。

“睡吧。”他说，我感觉他动了一下。

“儿子，复读学校我打算跟你爸爸……”

“你能不能让我安静一下？”他说着朝旁边挪了一下。

“我是说复读的事情……”

“有完没完？”他说着一下子坐起身来，越过我冲出了帐篷。

“梓桐！你干啥？你回来！”我连鞋都没来得及穿就追了出去。

“梓桐！”我喊着追着，水杉林里四顾茫然，四野漆黑。

我才想起来啊，我连手机都忘了拿。

“儿子！”

“儿子，你在哪儿啊？”

“啊！”我不知跑出去了多远，在一个小斜坡被一根猕猴桃藤子绊倒了。

我爬起来继续四处探寻，感觉身边有人走动。“梓桐！梓桐，我脚好像出血了。”我喊。

“你回去，我在这里静静。”他好像正说着朝我走过来。

“儿子，我是说复读的事情你不愿意我就不去联系学校了。”我赶紧一口气说完了这句话。

空气里是沉默。

“哎哟，我的脚。”我坐在地上揉脚。

“怎么了？”梓桐走了过来，他用手机照着我的脚看了看，“没事儿，擦破了一点皮，来穿上。”

他脱下他的鞋让我穿上，我让他穿着走，说我皮质粗糙还有袜子没事儿。他便强行帮我穿上，借着手机光线拉着我的胳膊往帐篷处走。远远地，我看到丽娜老公也正转着圈想避开我们的视线往帐篷方向走。

“梓桐，今天你丽娜阿姨说的对，三百六十行，行行出状元。只要你努力，读哪所大学都相差不大。”我说。

“你们不是说不上重点大学以后毕业就失业吗？”他说。

“之前我们只是觉得你那个分数挺可惜的，离上一档就只差那么一点点分。想着读警察学院工作也有保障。”

“还有定向师范呢！你咋不规定妹妹以后也非定向师范不读？”梓桐打断了我。

“我们也是为你们好嘛。”我回答。

“为我们好？什么是为我们好？你知道高中三年有多卷吗？三年来我基本没有睡过一个好觉，每天半夜睡清早起，关键一点，每天晚上我室友还打呼噜，白天还得天天刷题、天天考试，我再也不想重复那种生活了。”他声音有些颤抖。

“哪怕一天那样的生活我也不想重复了！”他又强调了

一次。

“好，不复读了。哪里录取我们就读哪所学校。”我说，“明天我就跟你爸爸说这件事，我们哪所大学录取就读哪所。”

“他知道今天这件事吗？你们跟他说了吗？”他焦急地问。

“不知道，没跟他说呢。你爷爷奶奶身体不好，我担心他们知道了干着急，毕竟这么远。”我跟着他进了帐篷，又继续说，“再说，你都十八岁成年人了，我猜你不会有事，肯定只是不想复读，心里烦躁想在山上静静。”

“妈，对不起。”他仰面躺着对我说，“我感觉我从来没睡饱过，这段时间你们总是说复读的事情，加上前段时间填志愿也心烦，我真的是想安静几天。今天上午一到山王坪，特别是在这水杉林，我觉得我的身心前所未有的放松，当我试探性问你再玩两天回去是否可以时，你说要尽快回去选复读学校，我就撒谎下车躲起来了。”

“梓桐，你换位思考一下，今天这件事情我们有多着急。”我趁机说。

“对不起。妈，我一个人在山上这期间一直在思考，我觉得今天这山王坪的古藤峡谷里的古藤，它们给了我一种无形的力量。你看它们在石头缝隙里、在崖壁上，不管多贫瘠，它们都在努力生长，那些藤蔓，居然比我们胳膊还要粗，这得有怎样顽强的毅力啊？他们可能都生长了上千年吧？”梓桐情绪已经平静了下来。

“是啊，每种生命形态，每种生活状态，都有他的精彩之处，只有热爱和坚持，才能最终得到盛放。”我说。

“我感觉你又要开始说教了。听听风走过树梢的声音吧，听着这些声音慢慢入睡，比听睡眠音乐舒服有效多了。”梓桐说着打了个哈欠。

“妈，那位伯伯，还有丽娜阿姨他们，会不会生我气啊？现在我觉得真愧疚。”他接着说。

“你意识到了就行，这也是成长。明天，好好向他们道谢和表示歉意吧。”我说。

“知道了。”他回答。

“好，快睡吧，好好补一觉。”我说。

我是彻夜听着林涛声和梓桐均匀的呼吸声度过的那个夜晚。

当阳光再次斜斜地泼进水杉林时，我闻到了更为清新和浓郁的杉木香味。水杉仪仗队士兵一样笔直优美的身姿，正迎着清晨的风优雅摇曳，真是树中的丹顶鹤！林海里，光影斑驳，让人如临虚境。

我打开手机，一看八点了。我想让梓桐睡到自然醒，便起身沿着昨天游览的路线转了转。我再次探望了果实累累的野生猕猴桃、沙梨、木莓，开花的马桑绣球、苣苔等。晨光爱抚下的石林，孔雀、莲花、宝塔……石头们在昨天形似的基础上，此刻又有了相似之物的生态，整个石林在这个清晨活了过来。我正准备前往古藤峡谷时，梓桐打来了电话。

“醒了？睡得好吗？”我回到营地看到丽娜老公跟梓桐就问。

“真舒服！从来没有睡得这么踏实过！”

“是啊，连梦都没做。深度睡眠，现在神清气爽！”

“这睡眠质量，国家级的！”

“特级！”

我们的车刚刚到银杏树下，还没进大哥的农庄便闻到了腊肉香。

“方竹笋炖腊猪脚、凉拌方竹笋，就这方竹笋，我们南川就能做出至少九道菜呢！”

“大哥，是不是因为南川姓方的人特别多，所以你们这里的竹笋叫方竹笋？”

“不是不是。方竹笋啊，它是我们南川特有的竹笋。你粗看这竹子是圆的，但你摸摸就知道了，其实它是方的，所以就叫方竹笋了。”

“原来是这样！”

“你们尝尝，可好吃了！”

院子里大家七嘴八舌，很快大嫂就端出了一大桌子南川特色菜，油茶汤也盛碗里了，最后上的是香气四溢的洋芋饭，让人直吞口水。

“喜庆的酒，吉祥的酒！来南川，喝庆酒！来来来，举杯！”大哥为我们倒满了酒，除了我和丽娜老公两位司机外，大家都举起了酒杯。

“伯伯，山王坪真的是山中之王吗？”小帆已经微醺了。

“关于山王坪，有三种传说：一种与玉皇大帝有关，一种与太平天国的领袖之一石达开有关，还有一种，传说和民国时期三位土匪王有关。”大嫂说。

“说这些传说有啥意思？网上都能查得到的嘛！小伙子问的是山王坪是不是山中之王啊！”大哥红着脖子说。

“据说石达开在山王坪藏有宝藏？”丽娜端着酒杯说。

“一直有这个传说，‘面水靠山，宝藏其间’，据说这就是宝藏密码。”大哥说。

“哇，有宝藏！伯伯，你们家有藏宝图吗？我们吃完饭去挖宝藏！”小帆妹妹拍着手说。

满院子欢声笑语。

“要说这山王坪是山中之王，也不假。你们想想，这满山两万多亩的树林，那些水杉、柳杉等都成材了，还有许多名贵药材，无价之宝啊！三四十年前，可不是这样的。这个山王还是病猫——到处都是乱石荆棘，我们都叫山王坪为鸡窝凼，一下暴雨泥沙全被山水冲下山，哪里有今天这般王气！”大哥说。

“看到现在山王坪跟原始森林一样，来旅游、露营的人也多，想想那时候我们种树再辛苦也值得。”大嫂说。

“那些树是你们种的？”梓桐十分惊讶。

“是啊，当年为了能在乱石堆里种树，我们严格按照直径四十厘米、深度四十厘米挖坑，再从山下背泥土上来，就这样种出了这片林海。”大哥回答。

“我还以为是飞机播种呢！”我说，“我小时候听我父亲说二十世纪七八十年代，国家为了植树造林，在我老家实行飞机播种，那可是我们老家人首次看到飞机的样子呢。据说当时飞机飞得低，让我的父老乡亲们兴奋了很久。”

“那山王坪为什么不选择飞机播种？人工种树多累！”小帆的妹妹问。

“全是乱石头，泥巴都跑完了，飞机撒再多的种子下来，石头也不会长出树苗来啊。”大嫂说。

“可以，古藤峡谷那些古藤都是长在石头缝里的，还长得那么健壮。”小帆妹妹说着站了起来，“只要功夫深，铁杵磨成针！”

“现在，我知道山王坪为什么叫山王坪了！”小帆说。

“不愧是群山之王吧？”大哥说。

“其实一直以来，关于南川，我们听得最多的是金佛山，没想到这群山之王山王坪还如此低调，真的是神秘又充满无限魅力！”我说。

“山王坪真正的王，我觉得该是山王坪的种树人。”梓桐说。

“当初，我们只是响应政府号召治理土地石漠化，没想到居然将山王坪的王召唤了回来。”大哥说。

“王者归来！”小帆说。

“其实我们每个人都是我们自己的王，当你的内心荒芜躁动时，就应该学学山王坪人的精神——召唤王者归来！”小帆爸爸说。

院子里响起了掌声。

阳光已照进窗棂，院子里的小狗也跟着摇着尾巴时而叫两声。夏蝉叫得很欢快，公鸡母鸡在清晨的阳光下显得油光水滑，像从油画里跳出来的一样，走路也慢悠悠拿腔拿调的样子。突然，从院子外面银杏林里飞进来一只红腹锦鸡，在李子树下徘徊，蝴蝶翩跹，一切均是一派王者归来时的模样。

花铺盖

火辣辣的太阳总算有了倦意，将累得通红的脸蛋儿搁在了水库的西边山巅，红霞揉碎在水波荡漾之中。水库南面山上林木森森，漫山鸣蝉似乎在和水库对面藏在村庄花木里的朋友对歌，此起彼伏的欢歌惹得村庄里的狗和公鸡偶尔也会扑腾着对着夕阳吼几嗓子。村庄最当前临水库的是一栋黑瓦飞檐吊脚楼，吊脚楼东面绿竹猗猗，西面种着芍药、月季和绣球花，各色指甲花开了一地，贪婪的藤蔓攀着桃李果树往上爬，仿佛急着摘那一树树青果。吊脚楼的房檐下顺着木栏杆悬空横挂着两根长竹竿，竹竿上晾着几床崭新的棉絮被芯和一排大红大绿被面。棉布被面上印染着牡丹、鸳鸯等花鸟图案，寓意着富贵吉祥，这一场景让人一看就觉出了这家人喜事将近。

这是三十年前我外婆的家，小小的我趴在木栏杆上学水库边两只洁白的丹顶鹤翩飞时"咯咯""咯啊"的啼鸣声。五十多岁的外婆在夕阳的余晖里慈祥又美丽，她带着她最小的女儿——我那鹅蛋脸、丹凤眼、樱桃小嘴的漂亮小姨在我旁边搬动着两张桌子，她们将两张木桌拼在一起，然后将雪白的棉布铺在上面，再将竹竿上散发着阳光味道的棉絮平铺上去，接着将一床花团锦簇的牡丹大红被面覆在棉絮上。窈窕的小姨背着从果木枝叶间射过来的金光麻利地穿针引线，雪白的棉线将小姨手里的蜂蜡勒得遍体鳞伤。外婆和小姨配合默契，白被单和花被面中间夹着白棉絮被轻轻缝合，一床床温暖结实的被子就成形了。新被子像豆腐块一样被整齐地码在小姨卧室的米柜上，看厌白鹤的我跑进跑出抚摸着、点数着新被子。

“小姨，只有九床新被子，我看到弹花匠给你弹了十床被子，快去找找，还有一床一定是外婆藏起来了！”我讨好地朝即将出嫁的小姨喊。“古灵精怪的小东西，你还不晓得好歹，还有一床新被子你外婆是藏起来了，那是给你藏的，等你以后出嫁外婆要送给你的。”小姨捏着我的脸蛋儿说。我瞬间有些害羞，红着脸心跳得厉害。小姨见状哈哈大笑，她拉着我的手说：“哟，长大了哟，说起出嫁都知道害羞了，你外婆呀还害怕以后她老了你出嫁那天没钱给你买新铺盖，这么早就给你弹好了最好的新疆棉花新铺盖，你出嫁那天可要把这床新铺盖放在最显眼的地方给大家看看哟，那时候这个可能是最值钱的老古董了。”小姨说完已经笑得上气不接下气了。“背时姑娘，没个样子，你可莫光顾着笑，还要把这事儿帮忙记心上，等到那一天如果我不在了，你可记得来帮我把铺盖拿去帮我多吃碗甜米酒哟，盖我缝的新铺盖的都发子发孙发福，要保佑你们一辈子！”外婆说这话时一脸虔诚，满眼爱意。

就在那个秋天，小姨带着那些红红绿绿的新被子、实木家具，以及外婆亲自在集市上挑选的青花瓷碗、竹背篓、竹摇篮等嫁妆出嫁了。一年后，在水库边南山下割麦子的外婆抹着眼泪连手里的镰刀都忘了放下就往小姨家跑去。跑来放信的人说小姨难产，流了好多血，让外婆赶快去。

那天之后，外婆开始将她自己哭瘦哭干——小姨留下一个嗷嗷待哺的小男孩走了。外婆说小姨留下的最后一句话是“妈，我好渴”。小姨喝完她人生最后一口水就作别了这无法丢下的人间。

小姨流干了血，为了一个小生命；外婆流干了泪，为了两个生命。

山外一户无子嗣的富裕人家欲收养小姨的小男孩，小男孩的七大姑八大婶都觉得那是一个两全其美的办法：被富裕人家收养是孩子的福气，对小男孩父亲将来再婚也十分有利。唯独外婆，她怀抱着小男孩坚决反对将他送人抚养。外婆说："这是他妈留在这世界上的根，将来还盼着他长大了到他妈坟头烧香磕头呢，不能让他妈成孤坟野鬼啊！"于是，小男孩被外婆抱回家一把屎一把尿养到了两岁，后来外婆身体不好，小男孩就姑姑家、婶婶家、姨妈家轮流寄养，吃百家饭的小男孩终于在外公外婆的眼泪里长大——大部分时间，他们一看到小男孩就会想起自己那早逝的女儿。

而那床和小姨嫁妆一同备好的为我而准备的新铺盖，再也没人提及过。

直到那年，我刚刚走上工作岗位不久，外婆突然倒下并瘫痪在床。她将我妈喊到面前指着一口上锁的红木箱子，让外公找来钥匙将箱子打开，一床发黄的棉絮被透明的塑料薄膜层层包裹。外婆嘱咐我妈让她夏天记得翻晒，她说她每年都在翻晒，所以没有蛀虫，只是被太阳晒得发黄了，棉花很好，盖着一定还很暖和，被面嘛，现在也不时兴缝的那种了，到时候记得去买床好看的被套套起来，那样我出嫁那天这个被子也不得给大家丢面子。

一年后，我出嫁。外婆躺在病床上没能参加我的婚礼，那床发黄的棉絮出现在了我的新床上——没有被套，但我觉得那是我最昂贵的嫁妆。婚礼上，许多人都对那床发黄的棉絮很好奇，我告诉他们那是我外婆为我准备了十多年的嫁妆，新疆棉花，暖和。

外婆的一生，都在爱着别人，却没有想起需要好好爱自己。她和外公用双手修房造屋，生养子女，将子女娶进嫁出，又帮忙侍弄子孙。她总是想着别人：客人来了拿出好酒好菜；雨雪天，不论是家人还是来客，外婆总会在大家都睡觉后，一一将所有鞋子放在火塘边烘干再睡；每年过年，外婆都会用红薯熬几大锅麻糖，再炒米花和芝麻，打麻饼，做酥食、糍粑，亲戚邻里都能吃到外婆做的美食；每年秋天，外婆总会将核桃、板栗晒干，自己舍不得吃，也舍不得卖，留着等我们来带回家……

我婚后第二年，婚姻磨合期经常夫妻吵架，有一次吵得很厉害谈到了离婚。躺在病床上的外婆急得天天打我妈电话嘱咐我不要离婚。我去看她时，她躺在床上呼唤我，让我坐到她身边，她百感交集，拉着我说："你可莫离婚啊，千好万好不如头一个好啊！"那时，我年轻不懂事，对外婆的恳求一直保持沉默。我也仅仅是每过几个月就买点营养品去看看外婆而已，对外婆的深情回报甚微。

就在那年开春，外婆也走了。

后来，我时常想起外婆那年夏天和小姨一起在吊脚楼上缝被子的情景，想起那个美好的夏天，想起那床温暖而洁白的新疆棉花弹制的棉絮，仿佛空气里还有当日阳光的味道，以及当时微微的心跳和脸红。外婆和小姨仿佛化成了一道道光，一直将我环抱，一直将我温暖。

外婆的一生都在积攒对别人的爱，她将爱提前存储，在她有能力爱人的时候。她跨越时空去爱她爱着的每一个人，而对我们，她却自私得不给我们任何一个人回报她的机会。此刻，我多么渴望也像她一样，能够跨越时空去爱她，并能使她感知到。

然而，这终究只是妄想！亲爱的外婆，那就让我做您那样的人吧，从现在开始，努力去爱，在此生有能力爱人的时候，好好去爱，用心存储爱，我也学您跨越时空去爱人、爱生活，爱这美丽的世界！

神　马

我站在他身旁温柔地说了半天话，他无动于衷。他的大眼睛里倒映着红白相间的灯塔，仿佛他眼里有个执着的方向，离我很遥远。看着他头上、脸上坑坑洼洼的疤痕，我试探性地伸出手轻轻抚摸他的脖颈，双手几乎有些颤抖。我害怕他发怒，害怕他纵身一跃消失在苍茫原野的尽头。但让我感动的是，他侧了一下头，眼睛里有了我的影子，他还轻轻吻了吻我的手。

我弯腰在广袤无垠的格底拉姆草原上采一朵太阳一样金黄色的蒲公英花朵，别在了他的头上。他朝我点点头，神情和蔼、恬淡、超脱。我慢慢靠近他，我渴望他把头枕在我肩上，多么浪漫。

贡嘎雪山和我们遥遥相望，灯塔就在我们眼前，高原的风翻动着五彩经幡，千百年来虔诚地诵念着经文，无时无刻不传送着神明对人们的祝福。能在如此圣洁之地和他遇见，我想，这是我们注定的缘分。

“嘿，你难道去过战场？看你这满身伤痕！”我的双手摩挲着他额角蒲公英花朵状的伤疤说。

“是的，他参加了汽车大战。”

黑帐篷里弓身走出一位高大强壮的汉子，长发披肩，头戴毡帽，身着藏袍，脸色黝黑，是他在用蹩脚的汉语回答我。

“汽车大战？”

“是的，他只要看到汽车，就会拼命驱赶、顶撞。你看他浑身疤痕，都是如此留下的。”

我惊愕。从头到脚，我细细打量着他。真傻啊，肉身怎么搏得过金属？我盯着他望向雪山的眼睛，他一动不动，神情漠然，平静超拔。

“他被汽车伤害过吗？”

我望向黑帐篷边魁梧的汉子，他正朝着灯塔背后散落天边的移动黑点们——牦牛群挥鞭。他听到我的问话后在风里收回鞭子，和我身边的他一样凝神望着天边那巍峨的神山，用带着异域的腔调简洁地讲述了一个动人的故事。

“被伤害的，是和他相伴多年的一个小伙伴。那年他们一前一后穿过公路去另一边的牧场时，急速的汽车撞飞了他形影不离的伙伴——七岁的多吉。多吉永远地离开了他。此后，他只要一看到汽车就拼命驱赶，弄了一身伤痛。”

我跟随着汉子的讲述，努力在脑海里还原那悲伤又感人的一幕幕。

“多吉生前一定很爱他。”我也仿佛失去了心爱的伙伴一样难受。

“是的。从他来到这里后，每天在草原上都能看到他和多吉的身影，他们相伴着放牦牛。”

“他以前不在这里？”

“他来自山下，带他来的人说他曾经和 20 匹马一起，每天驮运水泥、沙石，修起了无数峡谷栈道。”

一听到峡谷栈道，我脑海里突然呈现铜仁大峡谷里的一面摩崖石刻，青黑色的石壁上镌刻着鲜红的史诗，是 21 匹马的绝唱——

“马！马！马！！铜仁大峡谷建设异常艰险，前后有 21 匹马参与了运物料，累死一匹，摔死一匹，还有一匹叫二黑的公马因不堪重负跳下涧中……”

这石壁上的记载一字不落在我眼前循环出现。我甚至出现了幻觉，这鲜红的石刻此刻竟然出现在了远方的贡嘎雪山之巅！可是一会儿，这块刻着史诗般记事的石碑又随着雪崩和融雪滚滚而下，纪念碑般的石刻在铜仁大峡谷谷底的白浪中缓缓上升，旗帜般迎着我的注目礼缓缓上升，最后重叠在大峡谷的峭壁之上。

“啊！他从铜仁大峡谷来？”我渴望一个肯定的答案，我为我能在此生找到他激动不已。

我在迷迷蒙蒙的幻想中期待着汉子的回答。

然而——

圣山不语，高原寂静。身着藏袍、头戴毡帽的汉子不见了。

沉默。沉默是万物赐予我最好的答案。

大象无形，大音希声？

我转身看了一眼身边的他，他稳如一尊庄严的雕塑。

“你在铜仁大峡谷修过栈道？”

我轻轻抚摸着他面庞上的伤疤。他也沉默不语。

“21 匹马，累死一匹，摔死一匹，一匹叫二黑的公马因不堪重负，跳下咆哮的涧中！”

我抚摸着他，和他一起凝视天边千年积雪的贡嘎山，反复诵念着 21 匹马的际遇，像反复读一篇悼词，直到哽咽。

他用头蹭了蹭我胸口，仿佛被我的颂念感动，也仿佛是在听我激越的心跳。

“那匹叫二黑的公马，在一夫当关万夫莫开的峡谷，面对深渊和墨绿可怖的溪涧，他一跃而下，需要什么样的勇气？”

我在心底发问。

“赴死的勇气。”

突然有个声音在耳畔响起。

我四下张望，高原上空除了伸手可摘的云朵和将天空一再托高又降低的展翅飞翔的神鹰外，只有无处不在的风；而一望无垠的草原上，除了骏马、牦牛、羊和帐篷外，只有猎猎飘扬的经幡和泰然守望的玛尼石和灯塔；星星点点的野花和我只是季节性来客。我再次弯腰采了一朵金黄色的蒲公英，又把它别在了他头上。

“死亡也是生命的一部分。二黑跳下深涧中，走向了永生。”

旷野里又传来了那个声音。我看到身旁的他扭头正看着我的眼睛，眼里有柔情和慈悲。

“是你在跟我说话吗？”

“是的。”

我内心一震。这是多大的幸运？这是几世修来的缘分？他竟然开口和我说话了！

“二黑死了，还记载了他是公马。可是，前面累死的那匹、摔死的那匹，连个性别都没记载，他们也有名字吧？”

“你知道余华吗？”

他答非所问。

“余华嘛，写过《许三观卖血记》，谁不知道？”

“他还写过《活着》。”

“是的……”

我们都停止了说话，风都惊呆了，到处乱窜。我们到底要表达什么？

我把肩膀递过去，一厢情愿地想让他把头枕在我肩上。

他只是用头拱了拱我的胸口，仿佛在读我的心。

“你是说21匹马在余华的《活着》里面？”

“像，但不确切。”

“累死的那匹马是母马？”

“不，公马。”

“摔死的那匹也是公马？”

“不，母马。”

“累死的公马是父亲？是二黑的兄弟？”

“也可以是儿子。”

“那摔死的那匹母马是母亲，还可能是女儿？”

“有无数种可能。”

“我不希望累死的是二黑的父亲，摔死的是二黑的母亲。”

“你倒希望累死的是二黑的情敌，摔死的是二黑的情人。”

我看到他狡黠的面庞正对着我顽皮地龇牙。

“这个命题是个不折不扣的悲剧，不管你往哪个角度去拓展。比《活着》还《活着》。”

“有的人活着，就是为了他人更好地活着。你知道这句话的出处。”

“那21匹马活着就是为人类创造更美好的生活。”

我把右手伸到他唇边，我想他再吻我一次。但他只用鼻孔闻了闻，呼出来暖暖的痒痒的空气。

“你太残忍，不该提起余华。”

“呼唤世间的苦难集合，苦难就会无处遁形，他人认识了苦难，理解了拥抱了苦难，生命因此厚重。”

“人类太残忍，太不负责任。”

“我明白，你充满了怨气。”

“他们为什么只向世人告知二黑是一匹公马，而丝毫不提累死的和摔死的那两匹马的性别和名字？”

“你看看你脚下。”

“我脚下是格底拉姆高原。有鲜花、小草。”

“你再看看，还有些什么。”

“泥土和石头。”

“每一块石头都有名字吗？”

“但在这里，每一块石头都是活的，你看那些堆放的玛尼石。”

“跟累死和摔死的马一样，这些石头不是每一块都有名字。但它们都有存在的意义，它们是晾晒经书的灵石，它们是承载六字真言的圣石。看远处的圣山，那不是巨大的灵石吗？”

“可是，我为之不平，累死、摔死的两匹马，居然不在意其性别，也没个名号。太残忍了。”

“古往今来，逝者如斯，有多少生命留下了名号？”

“他们该被记住。”

“他们不是被刻在了石头上吗？”

“可是，刻得如此敷衍。”

“你在意每一个文字。”

“我在意每一个生命。”

“你流泪了？”

“雪山太刺眼。”

“你想起了什么伤心事？”

“没有。我只是在想那三匹马。”

“活着有无数种形式，都是修行。那只是其中最悲壮的一种。”

“你说，二黑是不是患了抑郁症？”

“这……”

“二黑肯定抑郁了。累死的那匹马是他父亲，摔死的那匹是他情人。他对生感到绝望了，他追随父亲和情人的爱，才一跃跳下涧中。他们说他是不堪重负而跳崖自尽，太不尊重二黑了。有怕苦怕累的马吗？”

“没有。他们是这样描述马的精神的：吃苦耐劳、坚忍不拔，守望相助、开拓进取，忠于职守、甘于奉献，适应自然、和谐共生。”

“所以，‘不堪重负’四个字是对二黑的不负责任。那儿一定发生过一段凄美悲壮的故事。”

“你很余华。”

“我愿我是观音。我愿我是佛。”

“圣山正注视着你。”

“我没有亵渎神灵的意思。我只想变成观音，普度众生苦难。”

“人生万般皆苦，唯有自渡，天意无常，唯有顺其自然。”

“我不想有马儿累死、摔死，更不想有马儿向着死亡一跃而下。”

“你哭了。”

“我很难过。”

“你心里不止有3匹马的伤心事儿。”

“是21匹马催人泪下的故事。”

“不，你一定想起了某个人。”

“你会读心。”

他眨了一下又大又明亮的眼睛，雪山在忽闪。他又得意地点点头。

现在，他完全信任、接纳了我。他把头枕在了我肩上。从陌生警惕，到这云彩之下相依偎的浪漫，灯塔和雪山为我们做证，这是前世注定的缘分？

我激动万分。心扉逐渐向他敞开。

“你说，那 21 匹马，除了为修栈道去世的 3 匹之外，他们都去了哪里？”

“去了该去的地方。”

“我希望他们远离战争、饥饿和苦痛。”

“在战场上和赛场上，他们忠贞、勇猛，他们英姿飒爽。是马的模样。”

“我更爱修栈道的那种马。”

“定义了他们的一生平凡而伟大。”

“对，平凡而伟大！我的父母，我的兄弟姐妹就是这样一种人。”

“你父母也养马？”

“不，他们和那 21 匹马一样，被生活放牧着。”

“被生活放牧？怎么不是他们放牧生活？”

“其实他们也被我放牧着。”

“你为何泪流不止？”

“你不知道，我的父亲，他此刻正在城市的高楼间穿行。他像一匹驮运物资的马那样，生活的褡裢长在他的脊背上，褡裢里不是水泥就是沙石和砖头。”

“你父亲是建筑工人？”

“他是工地上最辛苦的农民工。他在大小城市修桥、修路、修楼房。他肩挑背磨，生活的重担压弯了他的脊梁。我真担心他会成为修栈道累死的那匹马，最后世界还不知道他的性别和名姓。”

“可是你知道，你记得，你心痛。”

“我母亲，差一点就成了摔死的那匹马。她在家背玉米、种稻子，她在烟农的烤烟地里弓身劳作，厚厚的黏腻的烟油包裹着她，阳光包裹着她，侵蚀着、氧化着她，粉红的烤烟花儿一年年吸走了她的青春年华。她一张一张地摘下烟叶，又一张一张地挑选分类，十万张烟叶、亿万滴血汗和泪珠换回一张生活的兑换码。她一头栽倒在烤烟花盛开的烟地里，怀抱一大捆黄中带绿的烟叶，只为避让一只翩飞的蝴蝶。她的世界里到处都是蝴蝶，她和蝴蝶聊天谈心，她和蝴蝶相依相伴，直到她喝了一口农药想把自己变成一只蝴蝶时，务工的丈夫和儿女才以蝴蝶的姿势蹁跹而来。”

“你母亲，她抑郁了？”

“很多留守的孩子和父母，他们都在抑郁的边缘，或者路上。”

“你们，需要信仰。”

“二黑，也没有信仰？”

“……”

“我真羡慕二黑的勇气。”

“你遇到什么挫折了？”

“工作不如意，爱的人离去，这个算是挫折吗？”

“不如意的事儿、离开你或者走向你的人，都是今生带着渡你的使命而来，他们完成使命后自然会离去。人世间，如此来来往往。”

“我还是羡慕二黑的勇气。”

“你来高原找自己？”

“我曾在峡谷想像二黑那样纵身一跃。”

“高原在等你，遍野的牛羊和石头、花朵，以及神鹰和圣山都在等你。”

“可是，站在峡谷之巅，望着奔流的溪涧，我仿佛看到了二黑的脸，他湿漉漉的鬃毛、湿漉漉的眼睛。他从幽深的绿潭底撕开水面露出忧郁的脸来。”

“二黑不会死。”

“二黑昂首对着我嘶鸣。他仿佛告诉我，我们家的烟囱里正飘起炊烟，年迈的父母站在门口向路口张望，他们在等我回家。”

“二黑从未离开过。”

“二黑的兄弟姐妹们，我是说大峡谷里的另外那 18 匹马，我还惦记着他们。我看到二黑目光如炬。”

“他们在该在的地方。赛场、牧场、屠宰场。”

“啊！别说了！屠宰场，再也没有比这更残忍的了。”

“卿从自然来，归于自然去。自然即大道，合道解脱事。”

“我希望他们都在赛场、牧场，永远不进屠宰场。”

“如果有一天我离去了，我的肉被送上餐桌，我也无怨言，我填饱了别人的肚子，给了人温暖和力量，最终我还是会和人一起归于自然的。殊途同归。”

“我不要你进屠宰场！”

“不进屠宰场也行，在草原上死去，让我的身躯长出青草，喂养更多的牛羊。”

“不能把你送进屠宰场！”

“不能！”

我对着贡嘎雪山喊了起来。他把头悠然抬起，看看近处的灯塔，又看看猎猎飘扬的经幡。

“堆个玛尼堆吧。”他望着圣洁的雪山建议。

“好。”

“说出你的心事，许下你的心愿。”

“我想时光倒流，见见二黑。”

“你想见的不是二黑。你只是想从二黑那里要一个答案。”

“二黑，你为什么对着深涧纵身一跃？”

“你并不是真正在乎二黑。你其实是想知道你深爱着的那个她为何对着滚滚长江一跃而下。”

“我怎么不在乎？二黑不就是小影，小影不就是二黑吗？”

“二黑和你爱着的小影，迥然不同。”

“怎么不同？不都是最后留给人们一个不堪重负纵身一跃的结论吗？”

“二黑身强力壮，看着和自己一起的另外 20 匹马从天亮忙到天黑：看到累死的那个兄长，临死那天唯一的心愿就是好好吃上一顿鲜美的青草；看到和几百斤水泥一起滚下山谷摔断腿骨、肋骨的同胞，由于被认为不再有价值而被放弃治疗，送进了屠宰场；看到那些驮着重物被呵斥和鞭打的兄弟姐妹……”他如鲠在喉。

“你是说二黑他是用自己的生命为众人抱薪？”

“不然呢？”

“可小影她……”

“你总想从二黑这里找到你爱着的那个小影投江的答案。”

“小影她才 20 多岁啊！她生活得那么幸福，她可什么都不缺啊！”

“你怎么知道她什么都不缺？你知道她的负债吗？各种网贷、信用卡？”

“她欠了那么多？她平常那么节省。”

“小影脸上的疤你还记得吧？”

“你是说整容使她负债累累？”

“小影修复了疤痕，还箍牙、割双眼皮、隆鼻。”

“她本身就够漂亮，不管她什么样子我都喜欢，她为什么……”

“你告诉过她你爱她吗？”

“我本来计划涨工资后就向她表白，可她……”

“可她爱着别人，她以为可以变成别人喜欢的样子，她整容，她等待。但她等来的却是那人和另外一个女孩结婚的消息。”

“你胡说！”他的话深深刺痛了我。我不相信我苦苦追随那么多年的小影，那个常年形单影只的羞涩女孩，那个和我暧昧着的高傲女孩，她爱上了一个爱着别人的男人？！

我悲愤地在紫花、黄花、蓝花、白花丛里翻找，我在找什么呢？

我在找什么呢？

我在找什么呢？

“你在找神赐的石头、印满六字真言和祝福的石头。”

“我还需要寻找吗？”我泪水涟涟。

“问问你的心吧。”

许多事情，都不必刨根问底。

他给了我这么多答案，哪一个是我想要的呢？

我寻思着。

这时，刚刚还晴空万里的高原上空，突然疾风骤雨。但不到十分钟，就风停雨住了。

当阳光再次照在我身上时，当草原的风又吹来浓浓的酥油茶香时，我发现我手里拿着一块洁白的石头，我的面前已堆了很多石头。

原来，我并没有停止寻找。

黑帐篷里传来溜溜情歌时，我已在道口堆起了祝福的玛尼堆。

祝福和祈祷已生成。我站起身来环顾四野，发现他已不见了踪影。

我怅然若失，寻着歌声撩开黑帐篷，问身着藏袍头戴毡帽的汉子。

“他去哪里了？”

“我们放生了他。”

“不会被送进屠宰场吧？”

“不会。战马、赛马和我们挑选的神马，我们会让他自然老死，最终送他回归自然。”

“他对我如此亲。”

“那是你们的缘分。他对陌生人一般会充满警惕不让接近。但刚刚你们和谐相处了那么久,祝福你。他是一匹英勇的神马。”

就在这时，我又隐约听到了那个熟悉的声音。我急速走到玛尼堆前，看到青青草原上一匹奔腾的骏马，他突然扭头对着我，就是他！我刚刚邂逅的神马啊！他和蔼地对着我说出了这世间万物幸福的秘密。

我听完正要向着幸福的方向奔去，却在一刹那间发现，他已长出了雪白的翅膀！我的神马他一跃而起,先是飞上了灯塔，接着又一跃，向着贡嘎雪山飞去……

唱溜溜情歌的汉子走到我身边，他说他坚信神马会跑到无际草原的某一处，他会带着微笑缓缓倒下，让那一片草原在他身上开出最美丽的花朵。

我不想再和他泄露我和神马之间最后的秘密。

我驱车赶到了塔公寺。

经筒转啊转。

经筒转啊转。

灿若烟霞

安秀姓倪，她是我妈。安秀用一种开花的植物供养我长大，成人，成才。这植物名叫烤烟，盛夏里开成簇成簇的喇叭状紫红粉白色小花。安秀说过，凡是像喇叭形状的花都聚财，烤烟花就是聚财花。在我记忆里，这些聚财花经常出现在安秀的头顶、怀抱和背篓里，娇艳欲滴，她是我童年里花仙子的化身。

安秀常将这些小花背回家剁碎，放进滚烫的玉米糊里搅匀，然后一桶一桶提到猪圈的石槽里，过年公猪、母猪和小猪崽们随即发出愉快的哼唧声和拍空簸箕一样的哐哐哐吃食声。这些花朵喂养的猪，除了满足一家人的用油和肉食需求外，安秀还会每年卖几头肥猪或者十来头小猪崽，供我学费和生活费用。

事实上，众所周知，烤烟真正聚财的部分不是安秀眼里的聚财花，是制作香烟的原材料——烤烟叶。但烤烟叶属于我爸冉茂林——准确地说是烤烟叶变成钱后的支配权紧紧握在他手里。茂林在二十世纪九十年代我上中学时曾是我们村屈指可数的万元户，因为他能吃苦，烤烟种植量多。但这个万元户在我上完中学后，他不支持安秀继续送我读书，他说他要盖房。幸好安秀有聚财花喂养出来的肥猪，她背着茂林将过年猪偷偷卖掉，将我送到了涪陵卫校。

“银花，妈当初给你起这个名字，就是希望……”

“希望我好好读书，以后像你的聚财花一样挣大钱是吗？”

“你就是我最大的财富，我不指望你将来挣多少钱，就希望你健康平安，像金银花一样百毒不侵。”

我永远记得没什么文化的安秀对我说过的这句话，也明白安秀给我起名银花的寓意——我奶奶在世时常用奇怪的眼神看我，她常摇着头说当初我坠地时全身青紫，气若游丝，医生断定我活不了了，让丢后山松林去，是我妈偷偷把我抱回来的，后来在安秀的呵护和艰辛调养下，我居然神奇地活了过来。据描述，我应该是中毒了，毒性让我体表溃烂，艰难地长到两岁时才慢慢愈合长出新肉。之后一直到上小学前，我先后退掉了三四层皮才正常成长起来。每次我奶奶感叹我命大的时候，我妈安秀总是把我拉到怀里拿眼睛死瞪她，直到她不可思议地摇头走开为止，安秀瞪奶奶的目光像一道谜题埋伏在我幼小的心里。

我问过安秀，我为什么出生后会全身青紫溃烂，是患了什么病或者中了什么毒吗？她说是因为她怀我的时候打错了针，她这样说时我看到我爸茂林的眼神也怪怪的。他们对我隐瞒了什么？但我能感受到我的至亲中,安秀对我的爱是最纯最真的，我愿意选择相信她。

这些年来，我无力报答安秀对我的付出。如安秀所愿，我和我老公小杨都在省城一所不小的医院当护士，虽没挣到什么大钱，但都健康平安。我父母安秀和茂林，他们依然在老家种植拥有聚财花的烤烟。看我絮絮叨叨到这里，叙述再无曲径通幽处，读者肯定会掩卷弃之了。别急，我们一家生活的转折一个接一个接踵而来了。

“人牵不走，鬼牵飞跑！白送你读那么多书了！不听老人言……”安秀说。

“一只竹鼠纯利润上千啊，杨叔叔一年就赚了几百万元。”我说。

“好好的工作不要，有你们后悔的！现在的人连一点敬畏心都没有了，干啥不好，养什么老鼠！居然还养来吃，老天爷啊！”安秀说着打了个寒战。

“不是老鼠，是竹鼠。”我说。

“别说了！……”安秀说。

我知道安秀害怕老鼠。一个敢独自在深夜的玉米林里和野猪斗智斗勇的村妇，居然提鼠色变，这其中肯定有点故事。别急，后面我会揭秘此事。

2019 年，我人生第一次和安秀对着干，我和老公小杨从医院辞职，回到他广西老家开始创业。那时我们受小杨叔叔创业成功案例的诱惑，我和小杨满怀希望，梦想着通过养竹鼠，能跟杨叔叔一样只一两年时间就赚得盆满钵满。结果可想而知，在接下来 2020 年至 2022 年这段特殊年份里，我们梦想破灭，还背负了一身债务。

雪上加霜的是，2022 年，我爸茂林因病去世了。

“现在我一个人也干不动了，你哥哥早就催我进城帮忙带娃了。太可惜家里这么多田地了——那么厚的土肉，一两千块钱租给别人还不如送人办烤烟得个人情！”葬礼后安秀说。

“要不，银花，你跟小杨回来办烤烟，把村里出门在外的人家土地全租过来，大办烤烟，只要你们能吃苦，你们那点债务一年就能还清了。”安秀劝我。

“吃苦不怕，我们都担心烤烟种植和烟叶烘干的技术性问题。”我说。

“技术怕什么！把你舅舅接来帮忙，反正这些年他也是常年帮村里烤烟大户干活儿，你们到时候按市面价格给他工资就行。他种了一辈子烤烟，有他给你们当师父，还有什么可担心的？”安秀说。

我仿佛又看到了遍野的聚财花，紫红粉白，百元面值人民币的色彩啊！

如今乡村振兴的号角吹遍了家乡山山岭岭，高标准农田建设率先在烟花村落实了——农用车能开到每一块田地去，烤烟种植和烟叶采摘不再像过去那样肩挑背扛费心费力，连烟叶烘烤也实现了现代化，不再像以前那样需要整夜守着加柴火或者煤块，人解放出来了，智能温控的大烤棚里烤出来的烟叶色泽和质量也让人放心。

我和小杨全方位权衡利弊后，决定按安秀的安排大办烤烟，用一年时间还清债务，再用两年时间还清车贷和房贷，然后回城安心做回自己的专业老本行，安稳后再要个孩子好好生活。

就在我们希望的蓝图徐徐拉开帷幕时，村干部突然找到我，说有个药材老板要租用土地种百合，之前答应租给我们的几家人听说种植百合比烤烟还挣钱就毁约了。万般无奈之下，我们决定缩小创业蓝图——只种自己家里那几亩地。这时，我妈安秀突然从城里我哥哥家打来电话，她说她忘了告诉我们有块田这两年老是死烤烟,建议我们跟种百合的邻居大爷换一下。她所说的那块田是家里面积最大、最肥沃的田，离家又近，而她建议我们跟邻居换种的那块地面积是更大，但贫瘠，离家又很远。

我们有些犹豫的时候，邻居大爷来了。他告诉我们他那块地是他主动跟安秀说送我们种烤烟的，对于拿田换地的事情他压根儿就不知道，安秀这么做是为什么呢？

难道是她图种百合的老板给的高价租金？不可能！直到那天，我在村委会看到了那位长相跟安秀酷似的女人，我感觉我心底的疑团正在慢慢解开。

我怀疑那个女人是我妈安秀的私生女，我这么说有些大不敬的感觉。我之所以这么怀疑，是因为我小时候有一次听我妈安秀跟我爸茂林吵架，我妈骂我爸歪嘴（我爸左边面部小时候被烫伤后，面部皮肤收缩导致嘴巴往左歪，时刻保持了烫伤时疼痛和惊惧的表情）。他最忌讳别人揭他伤疤喊他歪嘴，于是他以牙还牙将安秀的伤疤狠狠挠了一下："我不歪，能找你这个二手货？"所以，原谅我如此揣测，那个叫杜娟的百合种植老板，长得和安秀年轻时简直一模一样！

我没有对任何人说起我的猜测，包括丈夫小杨。可这个世界上没有不透风的墙，村里的人都在议论这件事。我想是因为我爸茂林不在世了，我哥哥又在城里上班，所以他们才如此肆无忌惮——以前，打我记事以来，村里人、家里人，包括我们家亲戚朋友，通通对我们家的家事讳莫如深，我们家一直笼罩着一层神秘的面纱。安秀之前生的那个女儿就是杜娟的说法很快就传到我耳朵里了，我妈和哪个男人生的杜娟？她年轻时如此不检点？这件事可是我爸茂林的眼中钉肉中刺，现在他不在了，安秀可能和这个女儿偷偷联系上了。

我内心五味杂陈：窃喜、耻辱、惊惧……我在心里无数次比对着杜娟跟安秀的眉眼，又拿镜子照自己的眉眼，越比对我越困惑，我怎么跟她们没有一点相似之处？一种莫名的嫉妒涌上心头。难怪安秀绕来绕去要将那块大田租给杜鹃种百合！她要是早知道杜娟要来承包土地的话，还会叫我回来办烤烟吗？

我和小杨准备去接舅舅来家里指导用大棚下烟种子的前一天，村上通知说镇上有一场创业青年宣讲活动，让我跟小杨去学习学习。村干部说，现在越来越多的务工青年、返乡大学生回家创业了，如今他们有个洋气的名字叫乡村职业经理人、农村 CEO。这部分有家乡情怀、愿意用自己所学知识和青春智慧返乡创业的青年人，带动家乡发展。他说我和小杨也算返乡创业青年，应该多出去交流学习。

万万没想到的是，那场活动第一个上台分享创业经验的便是杜娟。

“爸爸去世，妈妈改嫁，我是跟着年迈多病的奶奶吃百家饭长大的。我吃过村子里每家人的饭菜，穿过村里每个比我年长的女孩的衣服，是社会爱心人士供我上中学、高中和大学。我的今天是大家恩赐的，是党和国家大好政策给了我毕业后立志反哺家乡、带动家乡父老乡亲致富的勇气和力量，是我们临江镇党委政府给了我创业帮扶和创业平台，我要用我的双手、用我的智慧……”

杜娟的开场白这张感情牌打得真好，接下来的内容又正能量满满，现场掌声雷动后又鸦雀无声，大家都沉浸在她的励志故事里。

杜娟后面讲了些什么我一句也没听进去，我在想我的心事。对台上的杜娟，看着她熟悉亲切的眉眼，某一刻我真想冲上台告诉她，她就是安秀的女儿，我就是她妹妹啊！可一想到我俩井水不犯河水一样毫无瓜葛的长相，以及安秀找借口将家里最大最好的田种百合时，我就又陷入了矛盾、嫉妒和自我怀疑中。直到小杨拉着我走出会场，我才发现活动结束了，杜娟一行人也往政府大楼去了。

第二天，舅舅到家里来帮忙做大棚了。

“舅舅，昨天镇上创业青年经验分享活动上，那个说爸爸去世妈妈改嫁的女人，对了，姓杜，厉害！”我说。

“哪个村的？我们镇没听说有姓杜的人家啊？”舅舅说。

“据说是山下乌江镇的，奇怪了，那人跟我妈长得真像！”我说。

“多大年龄？”

“和我差不多，看样子估计最多比我大两三岁。”

“哦……”

舅舅挥锄头的节奏明显乱了。

“舅舅，听说我妈还有个女儿？”我问。

舅舅扔掉锄头，坐在锄把上开始卷旱烟。

“茂林死了，这事儿我才敢跟你们讲。”舅舅将卷好的烟对着打火机吸燃后，故事便在他抽完一支旱烟的时段里讲完了。

他讲得很简单：

“安秀头婚嫁给了山下乌江镇开渡船的杜家，但才嫁过去两个月就守寡了。那人不是开船出的事故，是在岸上看人移电杆，他热心肠过去帮忙，没想到一群人都没事儿，电杆不偏不倚倒在了他的胸膛上，他当场七窍流血，还没到医院便咽气了。施工队负责人是杜家亲戚，给杜家父母点补偿后就把死人给埋掉了。当时我们想着安秀还不到二十岁怪可怜的，村上年轻人就集体行动，将安秀和崭新的嫁妆一起接了回来。可没想到回来两个月后安秀发现自己怀孕了，我们都主张她悄悄去医院做掉。你妈安秀那个死脑筋却死活不去医院，你外婆原本请人在镇上给她说了户好人家，但人家听说安秀有个娃，事情就黄了。你外婆气得让我跟你外公趁黑拿绳子捆她去医院，可没想到你妈以死相逼非要生下那个孩子。后来杜家父母也知道了，他们上门来说他们已经将电力公司告上法庭了，那个工程是电力公司的，律师说他们也有责任该赔偿。并说赔偿金一旦下来将分一半给安秀，前提是要安秀把孩子生下来，并把孩子交给他们抚养。也不是全为了钱，你妈她自己愿意，后来我们也想着那家人也挺可怜的，就那么一个儿子都没了，于是大家就同意了安秀生下那孩子。”

“原来如此！肯定是杜娟！杜娟就是妈妈之前的那个女儿！怪不得……”我说。

“谁知道呢？孩子生下来杜家就抱走了，只给了安秀一点营养费，见人就诉苦说打官司赔偿的钱太少，连律师费用都差点没够。后来我们才知道是你妈自己不要杜家的钱，她说那钱得留给老人养孩子、送孩子读完大学。安秀后来就嫁给了你爸茂林，他介意你妈去杜家看孩子这事儿，经常因这个吵架，后来有了你哥哥后，你妈想着两边扯着谁都过不好日子，山上山下从此就断了往来。”舅舅说。

“准没错，姓杜，年龄也对的上，关键还和我妈长得很像。”我说。

“也够苦的，不知道她会不会认你妈。”舅舅说。

“说不定她们早私下相认了。要不然妈怎么会把大田那块最大最好的地给杜娟种百合？”我说。

“这事儿你多想了！你妈说过，那块地种多年烤烟后土质破坏严重，这两年烤烟总是长着长着就枯死，得换种作物改善一下土壤才行。”舅舅说。

他们肯定是联合起来蒙骗我，我想。尤其是接下来的事情让我笃定了自己的想法。

接下来的几天，我连续接到了杜娟的电话，她劝我换种百合。不管她将百合种植成本和最后的利润说得如何天花乱坠，我根本听不进去——她在劝退我，她想拿安秀的土地种百合，我断定。

直到那天我又接到了我妈安秀的电话，我再次肯定了我的想法——安秀也劝我种百合！她这不是下逐客令吗？我突然想起我小时候的一件事，我奶奶和我姑姑在一旁说悄悄话，他们说我越长越像隔壁村王家人了。联想起小时候的种种事情，尤其是我爸茂林不送我读书的事情，我对我的身世产生了怀疑。同时我也对我妈安秀慢慢有了隔阂，以前她是没联系上杜娟，所以给了我爱，现在杜娟回来了，她开始区别对待了。

她肯定是想我走，想把土地给杜娟种百合。

育苗的大棚还没建好，我和小杨在许多小事儿上闹了不少分歧，加上那些天我妈和杜娟的事情困扰着我，想到辞职这些年的不如意，看着手机上车贷和房贷的信息提醒，我无比失望、疲惫和烦躁。那天和小杨又为前两年养竹鼠的事情大吵了一架，我说："小杨，你说得对，我就是做啥事都坚持不了，就是怕吃苦！你能吃苦你坚持，你干吧，我祝你成功。"

小杨和舅舅都以为我是干累了一时赌气想进城调整几天，他们万万没想到我一走就是几个月。连我自己也没想到，我再次回来时已是烟花遍野了，小杨在舅舅的帮助下请了十多个留守妇女和老人干得风生水起。这几个月我赌气换了手机号码，在一个诊所上班，要不是小杨四处找朋友联系我说烤烟大丰收，让我回来帮忙，我还没打算回来面对小杨和安秀等人呢。

回到家，我第一个看到的就是我妈安秀，我惊讶她怎么没在城里带孙子，她气得对我劈头盖脸一顿大骂。后来我才知道安秀在我赌气离开后，她就从城里回来帮小杨种烤烟一直到现在，我有些内疚。

"你再不回来，我们准备报警搞寻人启事呢！"小杨说。

"要不是这段时间烤烟活儿忙走不开，我早就去城里逮你了，绳子我都准备好了，非捆你回来不可。"安秀说。

"遇到啥事儿都要好好商量，没有解决不了的事儿。看你们今年烤烟长势这么好，烟叶烤出来颜色也好，有搞头啊！”舅舅说。

我除了脸红还能说什么呢？但心里与日俱增的那些疑问在我心中不断纠缠、翻滚，憋得我实在难受。我脚步虚浮地走向安秀，每一步都仿佛踩在云朵上。我嘴唇微微颤抖，几次想要开口，却被喉咙里那团莫名的紧张气息卡住了。看着安秀抱着一捆金黄色的烟叶走进屋子的背影，我困惑、急切又害怕地喊了声“妈”，可声音轻得几乎被空气吞噬了。

“妈！”我又大喊了一声。

安秀抱着烟叶转过身来，她看着我犹疑的样子像是吓了一跳。

“你可别犯傻，小杨是个可靠人，人家都没怪你，你就要顺着台阶下啊。”安秀说。

“知道了。我是想问你……”我说。

安秀没说话，她转身放好烟叶又出门抱烟叶去了。

“我听说……我有个姐姐……”我说完，发现手心里全是汗。

空气里全是烤烟叶野性十足的辛香味道，我的心在胸腔里疯狂撞击着，等待安秀的回答，那答案仿佛是决定我命运的宣判。

“嗯，是有个姐姐，生下来就没爹，我这个妈也相当于没有，这些年我一直惦记着她……”安秀说。她将怀里的烟叶像婴儿一样小心翼翼放地上，拉过一把木椅平静地坐了下来，她看着我的眼睛，目光中有几缕复杂情绪闪过，但很快她就坦然地笑了笑。

“她是杜娟？”我问。

“是的。”安秀说，“有件事我原本打算等你以后有了孩子再告诉你。”

我以为安秀是要说杜娟的事情，可她说她知道杜娟的事情我舅舅已经告诉我了，她要说的是另外一件关于我的事儿。

那天，听了安秀关于我的离奇故事，我彻夜未眠。

安秀告诉我，那年她在镇上医院打零工做保洁员，医生通知她去产房收垃圾，在一只黑色塑料袋里，她发现了一个全身青紫的婴儿，还连着胎盘呢。当时她出于好奇想看看婴儿性别，便用手里的铁夹子轻轻翻动了一下塑料袋里滑溜溜的小家伙，她惊讶地发现孩子的手脚还在动，她急忙告诉医生。可医生说那是打了两针才引产下来的，那药剂毒性大，不可能活得了，让她赶快丢后山埋松树林里。安秀将四肢微弱颤抖的婴儿用外套包裹起来，是个女孩，她悄悄将她带回了租住处，就那样她偷偷养活了那个婴儿。她说，那年她刚刚夭折了一个女儿，老天爷又送给了她一个女儿。她打听过，当天被强制带来引产的有两家人的媳妇，一个在半路就生了，是个男孩，人们就睁一只眼闭一只眼，让夫妻俩带着孩子回家筹钱了；另一个是山那边王家媳妇，安秀说医生肯定告诉了他们是个女孩，所以他们才没有发现婴儿还有口气悠着呢。老天让她捡了个宝贝，她说这个宝贝就是我。

泪水模糊了我的视线。不瞒你说，自从跟小杨辞职到广西养竹鼠投资创业失败后，我经常失眠、焦虑。尤其是在我回家跟小杨开始种烤烟后，看到杜娟以及听到大家的议论时，勾起了我童年的一些记忆，我发现我无法自洽了：我成天将电视剧里的狗血剧情嫁接到我们家，我怀疑安秀对茂林的忠贞，我怀疑我有令人羞耻的身世。我干活儿没力气，晚上夜深人静时，我时而想哭，时而又想放声大笑，我无缘无故对着小杨发火。小杨曾提醒我去医院看看是不是患抑郁症了，就是那天我对着小杨歇斯底里咆哮完后，我说如你所愿我抑郁了，我进城去医院医精神病去了，然后我便收拾东西进了城。

一开始，我还和小杨保持联系，后来我找到了去诊所上班的工作，整日的忙碌并没有减轻我的焦躁状况，我索性换掉了手机号码，将自己隐藏在了喧嚣的网络世界之外。我每天努力上班，下班倒头就睡，睡不着就听各种静心或者睡眠音乐，状况逐渐有了好转——就在我接到小杨让我回来帮忙的消息的时候，我发现我总算不再失眠了。

我终于忍不住大声哭了出来。安秀，那个头发蓬乱，浑身烟叶味的半老徐娘，她拉着我的手把我安放到了她刚刚坐的木椅里，她用沾满烟油的衣角小心翼翼地替我擦眼泪，就像当年她小心翼翼地拿着铁夹子翻动我下肢，想要看看我性别那样。她蹲下身来，索性坐在了我面前的地上。

“要是我是个男孩，你还会捡回家吗？”我问。

“你傻啊？王家冒着风险超生，就因为前面两胎是女孩啊。要是你是个男孩，我还有机会捡到吗？话又说回来，就算你是个男孩我也会抱回去的。”安秀说。

她看着我疑惑的眼神，向我讲述了她那些尘封已久的往事。她说她是第一次跟人说起这件事，以前她害怕，也担心别人觉得她神神道道的。现在，她必须讲给我听，也只能讲给我听。

我给她倒了杯水，让她坐到木椅上去，我自己又搬了个小板凳过来坐在了她旁边。她喝了一口水后，拉开了她神秘故事的面纱。

那年，安秀十九岁，杜海二十岁，在红对联、红蜡烛的映衬下，这对新人被簇拥着送进了堂屋，在神龛和祖先牌位下，他们拜了天地拜父母。就在大家嬉笑哄闹着要行夫妻对拜时，突然从人群里跳出来一个拖着鼻涕的小男孩，他惊喜地跳着，指着堂屋横梁，大叫着：“看，老鼠！两只老鼠！”

总管也暂停了婚礼仪式，众人的眼睛都齐刷刷地看向头顶的横梁。果然，上面有两只拱着前爪呈拜月姿势的老鼠。大家正瞪着眼张着嘴盯着那两只老鼠还没反应过来时，那个最先发现这两只老鼠的小男孩拍着手开始吓唬横梁上的老鼠。

“嘿！嘿！喵——喵——喵——”小男孩拍手跺脚，然后又张开双手，学着猫叫和扑向老鼠的动作。

正在这时，突然“扑通”一声，左边那只老鼠显然被吓破了胆，一下子从横梁上重重摔了下来。

“啊！咦——”众人惊叫。

这时，只见摔到地上的老鼠开始抽搐，殷红的鲜血从它的嘴里流了出来。

“快，拿扫帚和铲子来，马上弄走！”总管安排道。

“哇，好像死了。”

“上面那只呢？好像跑了。”

“拿棍子来，捅它下来，别让它跑了！”

人们七嘴八舌。

“安静，安静，莫捣乱了，秋天粮食多，老鼠到处都是，有什么大惊小怪的。继续，继续拜堂！”总管的呵斥镇住了混乱的场面。

这时，人们才从刚刚那一幕回过神来。很多人之后都悄悄说他们当时就有了不祥之感。

“其实，我们当时因为沉浸在新婚的喜悦中，一家人都没把惯常随处可见的老鼠事件放心里。直到后来杜娟她爸爸出事，我才开始不断回想那件事情。”

我也听得毛骨悚然。小时候我就听奶奶讲过许多狐仙鬼怪的故事，比如群鼠缠尾的鼠王、拜月的老鼠、蛇开会、黄鼠狼拦路，等等。

“你知道，我从医院偷偷抱你回去的那天，你爸爸什么反应吗？”安秀突然转变话题说。

“爸爸？他肯定让你扔掉。”我说。

“我敞开衣服把你递给你爸爸看，他当时吓傻了，他说你像只大老鼠，说都变色了太吓人了。我一听到他说出‘老鼠’两个字，先是吓得冒冷汗。接着我就想起了我婚礼上的那两只可怜的老鼠，说不定那是两只结伴修仙的老鼠呢，它们需要灵气和力量，当它们看到我们喜庆的婚礼时，它们一定是想来借这神圣的仪式结成夫妻一同继续修炼的。只是万万没想到它们还有这个劫数，狠心的人们啊！掉下来的那只老鼠可能还没死呢，不仅如此，他们居然还不想放过梁上的那只老鼠……”

“妈，是因为那两只不幸的老鼠让你收养了我？”我问。

“是的，从那以后，我就不敢杀生，连只蚂蚁我也不敢去伤害它，万物有灵啊——是也不是，我收养你是老天爷的安排。再说那段时间我们正因为刚刚夭折一个女儿而伤心，所以你爸爸也没那么强烈地反对我。尤其是后来看到你身上开始因为毒素排出而溃烂化脓，你爸爸还到处找解毒草药，用汤药喂你，把你放进用解毒草药熬的温水里浸泡，直到你一天天长出粉红色的新肉来，我们才感到我们再也不会失去你了。”安秀说。

我的眼泪一秒也没停止过，我想我这也是在排毒。

“那时候，你每脱一层皮，就长胖长高一点，看着你越长越像你亲生父母，我特别害怕王家人会找来将你抢回去，所以我们一直隐瞒你的身世，逢人就说我们送医院起初被宣布夭折的那个女儿后来又抢救过来了。”安秀说。

“我跟王家人没什么关系，我永远都是你女儿。”我说。

“血浓于水啊！王家有两个女儿，加上你就是三个。当初他们冒着风险怀了你，但是还是没能躲过人们的眼睛。老天爷开恩啊，你福大命大。你要是愿意回王家去认亲，我是十万分支持的。”安秀说。

泪眼模糊中我看到安秀雪白的发丝间有朵紫红色的烤烟花，我的脑海里又闪现出我童年时期的安秀，她被紫红粉白的烤烟花簇拥——她怀抱紫红的鲜花——她背着水灵灵顽皮可爱的花朵，那些花儿都是她可爱的女儿啊！

现在，我要告诉读者的是，如聪明的你所预料的那样，其实我妈安秀一直以来都在背着我爸茂林联系她的大女儿杜娟。杜娟除了带领父老乡亲种植百合外，她还组建了电商团队，她说到广大农村会大有作为，她先后被评为优秀青年创业者、致富排头兵、直播达人等。我已经跟着我姐杜娟加入了乡村CEO，我和小杨第一次烤烟创业也在安秀和我舅舅的帮助下，收获颇丰，让我们还清了债务。

又一季秋收了，该除草翻地了，我跟着小杨忙碌又踏实，每天吃得香睡得好，对生活又充满了希望。今天，我们全家正聚在一起讨论明年选择种烤烟还是种百合的大事儿。

“杜娟是百合，银花是烤烟。安秀，你来定明年种什么！”村长一语双关。

“百合花和烤烟花一样，小喇叭一样惹人欢喜，都是聚财花，我都爱。只要肯干，能吃苦，种啥都好。”我妈安秀说。

土地里，还有零星迟开的烤烟花迎着秋风绽放，紫红粉白，像安秀一样倔强。秋风拂过大地，听，风里传来了谁的赞美诗——“啊！我们的世界从来没有凋敝，我们柔软的心田里开满了鲜花……”

落叶金黄

他是我至今为止，亲眼目睹的第一个和唯一一个在我面前断气的人！这么多年了，他咽下最后一口气的声音我还记忆犹新，那种声音，就像饥渴的人猛地咽下一口水的声响。如果非要用一个象声词来形容，那应该是“嗝”的一声，轻轻地、干脆利落地从他苍老的喉咙里滑下去。那是他活着时和这个生的世界最后的告别，也是上苍赐予他活着时最后的恩赐—— 一口气！

从此，他便不再向这个世界索求。他把自己永远地还给了这个世界：肉身还给泥土，体内存储一生的水分还给阳光和空气。而关于他存活于世的两万余个日子，以及这些日子中的故事，他都将很快还给时间。一切都会尘归尘，土归土，一切终将成为一片空白，归位遗忘。

他死得很安静，也死得很必然。在他咽气的那一刻，没有人哭泣——连心软的女儿也似乎因等待那一刻太久而麻木。所有人都在等待他死亡的那一天，棺木和坟墓都已为他备好。昏暗的木房——不，是刚好他死在那栋阔气的吊脚楼西边角落最黑暗的那间木房里。

那间小黑屋，以前是杂物间，用于堆放农具和柴草。自从他的三个儿子结婚成家后，他从那栋阔气的吊脚楼最宽敞、最通透、最舒适的主卧往外移，一间一间地往外移——每搬动一次，房间便小一点，光线和舒适度也渐次下降。就像他日渐佝偻的身体和日益萎缩的沟壑纵横的老脸，他的栖身之地也在变窄变暗变小。到落气彻底告别他和他父亲生前耗尽心血打造的那幢恢宏的吊脚楼时，他已经搬到这房子最角落的杂物间有近二十年的时间了。

他刚搬进那个昏暗的杂物间时，他的妻子——那个常年哮喘、一生像蜜蜂一样劳作不停歇的老太婆还活着。他们俩是在他们的第四个孩子——幺儿“四毛”结婚后不久，便跟前两次一样分家的：大儿子和二儿子各占了东屋的楼上楼下四间房，老三早已出嫁。那时，就剩西屋楼上楼下共八间房了。按理说，他和他的幺儿四毛也可以按照老大老二的分家办法，一家分别得楼上楼下各四间房。但是，由于西屋跟东屋不同，西屋最边上的房间在他年轻时以及他父亲还年轻时，就将原本不大的房间隔断为两间房了。靠里的一间用石灰和火砖砌了一个弯弯的牛角灶，有些年头的牛角灶被烟熏火燎得油腻漆黑，灶身因石灰剥落而斑斑驳驳，就像那时风烛残年的他，村庄里的小孩描述他的模样——穿着一身“飞一块搭一块”的衣服裤子，像个流浪汉。

他那个黑黢黢的小屋里，靠板壁的烟囱旁还挂了一块不知是哪年的漆黑又布满黑蛛丝的腊肉，靠烟囱处不知是被老鼠还是家猫啃掉了一个缺口——可能是陈年腊肉因腐败成了絮状后太难吃，猫鼠都只尝了一口就长了记性不再触碰。灶台后面，是四条长凳围绕着的一张暗红发黑的小八仙桌，那是他妻子带来的“家制货”（用自家的木料请木匠制作的）嫁妆，结实耐用。最北边靠板壁放着一个和小八仙桌颜色、材质一样的碗柜，模样像现代的书柜，只是里面全是没有光泽的油腻的青花瓷碗和瓷盘。紧挨着碗柜的是一个颜色配套的洗脸架，上面镶嵌着一面布满灰尘和油烟的照不出人影的四方镜子，一条发黑的毛巾将洗脸架的雕花横木遮住了一半，下面的架台上放着一个装不住水的黑色木盆。一些简单的塑料盒子和不锈钢盆子连同生锈的铁菜刀、铁铲子等乱七八糟地堆放在洗脸架和灶台之间的靠西的墙壁边——用几块砖头和木板搭建起来的平台上。而紧挨着西墙的隔壁，就是那幢漂亮的吊脚楼最西边的用砖头隔出来的杂物间，在他活着的最后十几年里改变了功能——他年轻时候用来堆放农具和柴草，现在他们把它用来放毫无用处的他。

在他搬到西屋的早先几年，老伴儿的哮喘还没严重到无法扶着楼梯上吊脚楼的地步，因此，有两年时间他们其实也没有住到楼下杂物间。后来因为幺儿四毛家连续添娃致使房间紧张，再加上老太婆也走一步喘半天，上吊脚楼简直要命。因此，他们就把楼上卧房让给了孙女，老两口儿最终将自己的余生安放到了那个黑暗狭小的杂物间。

老伴儿在杂物间天天咳、夜夜喘，没熬过几个寒冬就被一副棺椁热热闹闹地送出堂屋埋进了泥土。而老伴儿走后的十来个年头里，他是掰着手指头过日子的。孤独寂寞不说，吃饭是个大问题。他大部分时间都是饥一顿饱一顿的，尤其是在他要告别人世间的最后几年，他的儿孙们几乎全都在外打工，就连孙子们的娃，也都跟着进城上学去了。

偌大的吊脚楼里就剩下东屋的二儿媳妇带着两个拖着鼻涕的重外孙子，以及西屋里病恹恹的他。但是，二儿媳妇从来都不理会他，更别说请他吃顿饱饭。她恨他，也恨他死去的老伴儿——“一辈子都偏心！我不就是没生出个儿子来嘛！两个重男轻女的老东西，我家俩闺女从小到大连一根针、一丝线也没有得到过他们的，我连坐月子都没人过问过，想我端茶送饭伺候他？！想得出来哟！他一辈子‘捧手心怕飞、含嘴里怕化’的幺儿和那些成天炫耀能干的孙子们呢？只想出钱不出力？哼！他们怎么不回来伺候？我还拿大价钱呢！”他的二儿子已经因矿难客死他乡五年有余了，二儿媳隔三岔五便会有意无意地经杂物间路过，边走边大声嚷嚷着，她是要让躺在杂物间的他听到——其实他早已听到，她的那些风凉话他已经听了十几年了，耳朵和心脏都听起了老茧。

他的一生，和他们家劳碌的老黄牛一样。身强体壮时，他跟老黄牛一起犁地铧田，光着腿深一脚浅一脚跟在黄牛屁股后面扶着犁铧，踉踉跄跄不匀速地奔跑吆喝，时而右手拿着又长又细的竹枝条，把风划得“呜——呜——呜”直叫唤，以“杀鸡儆猴”的原理吓吓想偷懒的老黄牛，嘴里还跟风一起呵斥着——“哎！哎！提脚！”“呃……”声调温和而有力。老黄牛总是在风声和他的监督鼓励声中顽强撑过一个个春秋。

那个时候，母慈子孝，媳妇们总是对他毕恭毕敬——每年她们的田地都等着他和老黄牛去犁和铧呀！她们为他做最好的饭菜，她们给他倒好洗脸水和洗脚水，她们一天带着笑容喊着“爹、爹、爹”，他高兴时答应一下，不高兴时不理她们也完全没关系。直到打工的浪潮席卷村庄，直到现代化事物被打工仔们一件件带进村庄，铁牛——现代化农耕机器也被货车拉进村庄，同时大货车也逐一拉走了村庄里的老黄牛和老水牛。而这位和老黄牛一起在地里为家人刨食一生的老人，从此退出生活大舞台的聚光灯下，无人问津。

如今，村里大部分土地都被创业青年承包种上了药材和果树，粮食主要靠货车拉进村庄而不是从地里刨出来，村庄里的年轻人一茬茬长大，远去又回来，随着公路的硬化，汽车和洋房都依附着公路不断生长。村庄欣欣向荣，而他早已随同他的老黄牛日暮途穷。耕牛已被村庄淘汰，新的品种——肉牛，快速长膘长大的菜牛代替了健壮有力的耕牛。他也正被村庄淘汰，他苦苦等待人们把他抬走、埋掉。他还不如老黄牛，他没有老黄牛有最后的价值——老黄牛还可以在失去劳动利用价值的最后，成为人们的盘中餐，让人赞美几句。

老伴儿去世后的起初几年，他身体还算硬朗，自己捡柴、生火做饭还不成问题，他还能每年养一头大肥猪。在外打工的儿孙们过年回来，他便杀猪过年，将一家子聚拢——除了二儿媳从来不参与外，儿孙们都会在他那破烂的牛角灶上一起吃几顿团圆饭。儿孙们给他买回新衣服、新鞋子，各种营养品、保健品，还有电饭锅和洗衣机，他乐开了花。他从来就没有想过在他人生的最后三年，会如此孤寂和无助，他无法接受自己成为"多余的""无用的"的代名词，只有村庄的泥土最终惦记他、容纳他。

他人生的转折点是从脚痛开始的，长期的劳作使他的双脚疼痛变形，他只能勉强杵着竹竿移动，双手也无故颤抖。第一年，他忍着疼痛用电饭煲勉强度日。第二年，他感觉自己就要散架了，各种疼痛昼夜折磨着他，更糟糕的是双眼也开始模糊起来，电饭煲里的饭经常不是太干就是太稀，锅碗瓢盆也都跟着马马虎虎，到处都覆盖了一层厚厚的灰。女儿偶尔来帮他打扫一次，外面的儿孙偶尔买回来一些大米、面条和其他生活用品，日子一天天挨着过，但也总算熬到了年关。

过年时，由于他连养自己都困难了，养年猪就更不用说了。没有年猪的年，异常冷清，儿孙们都各自在各家忙活，谁家饭熟了他就往谁家去，也不用他们来请。不幸就从那个没有年猪的新年开启了。

媳妇们的脸，像春天的天气阴晴不定。大媳妇觉得老头儿天天到她家吃饭不合理——她觉得老幺四毛理应自觉承担起为老头儿养老的责任。因为，第一，老人们一生最疼幺儿，接幺儿媳妇时，彩礼钱比谁给得都多！第二，老四家的闺女一直住在老人吊脚楼上的卧室，很显然老人百年归天后那房子自然是属于老四了。因为老四家三个娃，有俩儿子，房子也住不下，老大和二弟媳是一定不会去争那房子的。就这两条，老头儿也不该天天往她家蹭饭啊！而老人的幺儿，却又是个患严重妻管严的“耙耳朵”，老四媳妇人绝顶厉害，是村子里出名的口蜜腹剑的人，众人都表面跟她打着哈哈，背地里戳她脊梁骨。老人在她家吃过一餐饭后，老四媳妇将老人碗筷单独冲洗收放。第二次老人刚扶着门框艰难迈进厨房，老四媳妇便捏着鼻子说：“哎呀！进屋都那么费力气，小心摔着了负担不起啊！别动，就在你屋里头吧，老四给你把饭端过去。”为此，老头怄气天天往大儿子家去，虽然大儿媳妇脸色也不好看，但终归大儿子有魄力，孙子们都还是很尊重他。

那个没有年猪的新年，让他很是绝望。老头儿觉得是该给儿子们摊派养老任务了，要不然照此情景，他彻底倒下后怎么办？于是，他用最后一点权威和家庭地位，把儿孙们都召集到牛角灶屋里，他开门见山：“我这一天天不中用了，你们也该说说怎么安排我了。”“安排，轮不到我吧！我孤家寡人的，还在替人还债，我自己都不晓得我现在该喊谁安排了！大哥大嫂，四毛四妹，你们慢慢安排吧，怎么安排我都没意见！”老人的二儿媳连珠带炮，恨恨地说完就拉着拖着鼻涕的外孙女走了。留下的大儿媳和幺儿媳妇，各自打着肚皮官司。还是孙子、孙女们最认真，看起来都在思考，但都默不作声。

“我说，老四，干脆我们两家每个月每家给你二嫂五百块钱，就让她给老爹做做饭就行。你看，我们不出门挣钱也是不行的，你三个娃又都在外面上学，我呢虽然老大嫁出去了，但这老二娶媳妇得花钱啊，女方开口就要求在市里买房，都愁死我们了，你说这也是没办法啊，是不是？”老大挠着脑袋惆怅地望向老四，而老四又用躲闪的目光望向他那厉害妻子，他不敢随意开口，他抠着指甲用紧张而又恳求的眼神想让他的妻子回复大哥的建议。“讲负担，恐怕还是我们负担最重哟！每个月一千元！大哥你愿意拿的话，我都愿意不出门了，就守着老爹给他煮饭洗衣、养老送终！人嘛，都会老，赡养老人嘛大家都有责任，我们是绝不像有些人那样推脱责任。”老四儿媳妇做出一副深明大义的样子。

“你愿意在家给老爹做饭洗衣是好事，恐怕这个钱，一个月一千元是难！我们家的五百元倒会按时支付,就是老二家的，你去问问？”大儿媳皮笑肉不笑地说道。“那还说个火铲！既然这样，那我们委屈委屈也行，把这个高工资给二嫂也可以！每个月五百元嘛！行！老四，从明天起你把烟酒都戒了，我每天把钱存下来给老爹养老！”老四的妻子恶狠狠地瞪着老四，吓得老四连连点头说：“嗯嗯，要得嘛，要得嘛。”于是，大孙子便出门去请老人刚刚离开的二儿媳妇，将两家人的想法告诉了她，结果还没等他说完，便被一把推出了门外，屋内传来了骂街刮耳膜的声音——“莫说一个月一千元，就是一个月一万，也莫指望我！你们都晓得出门一个月几千几万地挣钱，拿点钱就想当菩萨啦？到时候我落得一身不是！我差你家里那几个钱？一辈子命苦，投着一个短命鬼，他两脚一蹬走了，现在留下一屋人合伙欺负我……”

老大老四只得叹着气沉默。“干脆我们每人出一点钱，给爷爷请个人来帮忙照顾吧。我愿意一个月出五百元。”大孙子憋得满脸通红，激动地打破了沉默。“我也愿意每个月出五百元。”老人二儿媳家在外打工的未出嫁的小女儿谨慎地接着说。“那我也每个月出五百元，老四你也出五百元吧，加起来两千元，请个人做饭陪说说话应该没问题。”老大舒了一口气说：“我们家就相当于一个月拿一千元了，老四你不可能不同意吧？”大儿媳一脸不高兴，但看到她老公瞪她，她也就将怨气当成玩笑话的口吻说了出来，虽然干硬怪异，毕竟她带了两声干巴巴的笑声，但气氛还算融洽。“既然是大哥安排的，那我们当小的也不敢犟了，现在老爹——你发表一下意见吧！”老四儿媳妇话中有刺，但是看到二哥家小女儿都主动承担了每个月五百元，她也不好意思再说什么了。比起请二儿媳妇做饭，老头儿觉得大孙子的主意更好——那个成天怨声载道的二儿媳妇，成天跟她在一起气都吃饱了，还吃得下去饭？于是老人表示赞同。

接下来，他们就请谁来照顾展开了激烈地讨论。最后，他们把目标锁定在了村里的老单身汉——高老头儿，其实老高就六十多岁，也不算太老。请他来做做饭，看着老头儿不摔着，陪他说说话，再合适不过了。

就这样，老高因为寂寞无聊，外加还可以每个月挣两千元钱，他乐呵呵地接下了这项任务。起初半年，老头儿在老高的照顾下挺好的，觉得人生不会有穷途末路。但是，突然有一天，老高接到了村委会电话，说他可以去镇上敬老院住，国家负担他的吃住、医疗，敬老院里还有专人做饭，像他一样的单身汉和五保户也多，大家一起也热闹。还说一去就相当于退休干部待遇了——吃饭有食堂，节假日还有爱心人士和学生前来关怀慰问，房间里有电视，每个月国家还发零花钱呢！大病小病去医院都有人送，还不用花一分钱！老高心花怒放，哪怕老头儿的儿孙们将工资加码到每个月两千四百元（他们愿意每人每月再多拿出来一百元），但老高还是毫不动心，他当天便撂下老头儿激动地去敬老院开启了他幸福的“退休干部”生活。

老头儿再次陷入了绝望，他只得扶着墙壁，像蜗牛一样一步一步移动，有时候半天才摸到大米，然后又花半天时间舀水到电饭锅里，再用抖动不止的手摸索半天按下锅盖和开关。一锅饭——不管是干的还是稀的，老头儿都吃吃停停要花上一天的时间。卫生更是个问题，他衣衫褴褛，头发结成块状，杂物间的床上,大冬天了还铺着夏天的凉席,而凉席下面全是稻草！最要命的，是跳蚤成群结队……而牛角灶的厨房，早已没有落脚的地方，锅碗瓢盆满地都是，馊臭味弥漫其间。他老伴儿生前的嫁妆——小八仙桌和碗柜、洗脸架上，全都覆盖了一层厚厚的灰尘，犄角旮旯儿都长出了白色或者黑色的霉菌。

村主任见状，通知了老头儿在外打工的儿女们——在家的二儿媳妇是不敢招惹的，村主任曾奉劝她尽孝道，她马上说：“你们这些一天拿着国家工资的人，说是为老百姓服务，你去呀！老百姓现在就需要你服务了！你咋不去？！”

首先从外地赶回来的是老头儿的三女儿，她戴着口罩，整整为老头大扫除了两天。看着骨瘦如柴的老人，看着老人平常的吃食，老三哭肿了双眼，她不断埋怨自己没能力、没本事，丈夫又生着病，没办法尽孝道。女儿的归来，虽然给了老人些许安慰，但是，由于长期营养不良，老人几乎无法行走了。还经常说胡话：“我也无儿无女，小高啊！你也给政府说说，求求当官的，把我也接到敬老院和你一起过退休生活吧！”

老高还就真的来看老头儿了，看到瘦得只剩皮包骨的老人，看到满屋狼藉，闻到屋子霉臭味，老高皱着眉头，跑到屋檐下来透气，他悻悻地自言道：“幸亏没结婚！幸亏没得一堆儿子！感谢党啊！政府才是我的衣食父母啊！”这话恰巧被看热闹的老人的二儿媳妇听到了，她黑着脸骂道："还幸亏没结婚！还幸亏没儿子！就是国家把你们这批懒汉惯得要上天了！什么贫困户，什么低保户、五保户！你们就是当官的亲生儿女，你闲着没事儿不去给你官爹官妈烧纸磕头，跑这里来显什么本事？这屋里头是儿多女多，都享不到你的那种福，莫来这里显怪了！"

老人的女儿在，他的二儿媳妇像变了一个人似的，早晚都会端来饭菜，有天中午还为老人买来一瓶叫百虫灵的药，说是能灭跳蚤，叫三妹给屋里屋外都撒上药粉。于是，一场灭跳蚤的大战便开始了，一瓶百虫灵不够，二儿媳妇又拿来了一瓶。但是，那天跳蚤依旧活跃，老人却没了阳气。老三赶紧通知了外面的兄长和侄儿侄女——老头儿病危，速回送终！

在老头儿昏昏沉沉、死去又活过来的几天时间里，他的儿孙们都回到了家。他们请来医生，给老人诊断、输液，医生说老人贫血、缺钾，长期营养不良导致器官功能减弱，难以熬过年关。输液服药的老人，依旧时好时坏，成天胡话连篇："我要去敬老院！小高，把我房子卖了拿钱去求求政府，快把我接过去！""小高！你有退休工资？放你娘的狗屁！你又不是吃皇粮的人！我还说我有退休工资呢！国家应该给我们农二哥发退休工资，因为我们一辈子修地球好累，好累！""你们是谁啊？我是不是死了？这么多人来送葬了？""我要走了！去敬老院吃食堂，我每天都好饿，终于可以吃饱了！你们扶我起来，把你妈也叫上，小高说医院大小病都不要钱，你妈咳得肺都要吐出来了！快点弄起走啊！"……

听到他的呼喊和呻吟，老人的女儿早已哭坏了嗓子，两个儿子也红着眼睛，孙子孙女们哭着喊着爷爷。三个媳妇，空前团结，都在老头儿的牛角灶前忙碌着烧开水、做饭，接待前来看病的医生，以及前来探望的亲人。她们静静地、迫不及待地等着老人咽气。一周、两周、三周过去了，老人仍旧时好时坏，他的子孙们都很疲惫，有的甚至等得不耐烦了。老人再次呻吟说着相同的胡话时，连他的女儿都麻木得无法再流出一滴泪，时间正稀释着一切。

那天，老人终于停止了说胡话，医生刺遍了老人手上、脚上的血管，但都因为血管太纤细无法输液。折腾了半天，也就在我迈进杂物间的那一瞬间，医生终于把针成功扎进了老人的血管。他仿佛松了一口气，但是等他抬起头，发现老人的手往下沉了一下，他马上掐住老人的人中，但老人的头还是从他幺儿老四的臂弯里滑了下去，我们都听到了他喉咙里咽下最后一口气的声音。

房间静得出奇，就连老人的女儿，在老人咽气时仿佛都没反应过来，也仿佛是因那一刻等得太久而早已将悲伤一天天消化殆尽。医生慢慢地拔掉了针管，收拾好药箱，站起身来望向老大，轻轻地说了一声："准备后事吧，老人驾鹤西去了。"风灌进杂物间，吹着老人床上稻草里的霉味和百虫灵混合的味道，破破烂烂的房间里，老人安详地躺在床上，苍白的脸看起来比房间明亮干净。在医生宣布老人驾鹤西去之后，老人的女儿才如梦初醒——走了？真的走了？她仿佛还不相信，伸手到他老父亲的鼻息处试了试，她边试边喊着："爹，爹，爹！"老人不再答应。这下，他的女儿仿佛身上的麻药瞬间失效了，她喊着喊着就歇斯底里哭了起来，拉着她父亲的手瘫软在了地上，用沙哑的声音哭喊着："我的爹呀我的娘！"这样循环往复地哭喊，双眼肿成一道缝儿，脸泛青，双手痉挛。

接着，媳妇们闻声而来，在牛角灶屋里就哭喊着往杂物间来了，她们唱着孝歌——"我的爹呀老子呀！你生前担心我们呀，如今你唧个就狠心走了呀！”“我的爹呀！你是一辈子苦呀，我们都还没好好孝敬你，你怎么就走了？爹呀，你是要保佑我们呀，保佑你的儿孙样样都好呀！”……老人的儿孙们只顾流着眼泪反复喊着“爷爷！爷爷！爷爷！”，女孩则呜呜放声大哭像个丢了玩具的小孩。

男人们开始忙起来，鞭炮一响，村庄的男男女女都应声而来。在村主任的指挥下，葬礼有条不紊进行着。

葬礼上，有人带话来说住在敬老院的老高病倒了！他是在党的大好政策下过上了“退休干部”一样的幸福日子，但是，这些年他老是觉得自己身体不够好，到各个医院做各种检查：CT、B超、验血验尿，甚至做核磁共振。公立医院的医生都确定他完全没病，建议他不用做检查也不用吃药，但是他老是觉得自己身体的某个部位有问题，怀疑医生是因为他看病不要钱而不给他看，他生气，质问医生：“国家政策你不知道吗？上面的政策那么好，就是到了最底层被你们这些人给党抹黑了！信不信我举报你们？！”搞得医生只得勉强给他检查一下，并如实解释他是心理有毛病。

此后，老高便讨厌公立医院，只信赖各家私立医院。他每天奔走于各私立医院，用他的话来说就是——“那些医生护士服务态度都非常好，哪里不舒服就检查哪里，从来不会说我是心理有毛病。”于是，老高开启了他长期住院的生活——住院好哇！医院饭菜照例有人送，每天医生护士嘘寒问暖，还有不同的病友聊天呢！

老高实际上没病，医院也知道他没有病。可是，面对一个执意说自己有病的人，医生有时也糊涂了。他们只好给他输点营养液、来点中成保健药，这样一来，老高长年累月地输营养液和吃保健药，身体开始膨胀起来，终于把自己给吃出病来——

这次是真的病了！真的病了的老高忧心忡忡：“多么美好的时代啊！多么幸福的生活！我不能辜负党和时代啊！多活一天就是多赚一点啊！我可不能生病！”那时，老高真希望医生告诉他：“你真的没病！”

思来想去，老高还是又回到了公立医院。或许，他们又会对他说：“老高！你一天莫折腾了，你没病！”老高抱着希望找到了熟悉的医生护士，但他们看到他的样子都好像被吓了一跳——老高膨胀得厉害！这次，尽管老高不断刻意地引导医生——“医生，我没病哈？我身体好得很，是心理作用哈？”，但是医生就是不跟他意见一致，各科室的医生都摇头：“肾脏衰竭”“肝脏有阴影”“血压血糖血脂——三高”……

最后，老高坚决地回到了敬老院，他不想吃药打针，不想住院，也不想待在敬老院了，他说他要回家——“感谢党，感谢政府！让我享晚年福，但是我自己的命生来就不贵，辜负了国家，辜负了那么多好心人！现在，我就一个愿望——我不想被火化，我要回家和我的亲人在一起。”

老高弥留之际回到了老家。村主任组织大家开始为他的葬礼忙碌的时候，老高却神奇地下床摸到了坟地里。曾经被老高照顾过的老头儿的坟墓，就在老高坟墓旁边。老高看到旁边的坟墓那许多的香灰和纸钱，以及墓碑前放着一排红的黄的各种水果，和土碗里斟满的白酒，他蹒跚着拿了些放在自己的墓碑前。秋风卷着落叶从坟前跑过，老高倒在了坟前。

新坟像伤疤一样结在大地上，落叶金黄，村庄又老了一些。

阳雀声声

“贵贵阳”“贵贵阳”，我正提着一口袋纸钱、香烛和挂清往妈妈坟前的小斜坡走去，突然冷寂里传来阳雀叫声。

这是我这个春天听到的第一声阳雀叫——妈妈说过，阳雀有灵性，春天里你听到的第一声阳雀叫可以占卜时运呢，比如：你若在梳头洗漱、耕种饮食、看书谈天、走上坡路时听到，这些都是祥瑞吉兆，预示着你会烦劳消除无灾无难，会风调雨顺丰衣足食，会功成名就高朋满座，会步步高升青云直上；你若在睡觉、如厕、走下坡路时听到，则是凶兆，你得在第二声阳雀叫之前从床上坐起来，从厕所跑出来，从下坡路跑上去，这样也算是对厄运的抵抗，会消除或者减少损耗。

以前，我觉得妈妈的话是封建迷信，后来才知道这些都是我们土家族民间传说，是大山里的神话衍生。就像妈妈织的西兰卡普一样，都是从心里开出的最美丽的花朵。

走完小斜坡，我仰起脖子打量了一下妈妈坟前紫云蒸腾的泡桐树。一朵淡紫色的泡桐花落在了我脚背上，我捡起小喇叭一样的花朵，“贵贵阳”“贵贵阳”，阳雀叫得一声比一声响亮，春风里裹满想念的味道。

他们都说妈妈坟前这棵泡桐树是从妈妈棺材里生发出来的——泡桐易繁殖，折枝丫扦插都能成活。我伸开双臂围了一下这棵泡桐树，双手正好能扣上。妈妈离开有十几年了吧？

还记得妈妈去世那年，也是清明小长假，学校放假，我从城里帮妈妈带了五彩丝线、七色棉线——这是我开学前妈妈嘱托我的，她要用这些线缝鞋垫、织围巾和毛衣。妈妈做的鞋垫、围巾、毛衣上的那些绣花和编织图案美极了：有各种几何图案，有花鸟和人物。县博物馆的展厅里把这些刺绣和织锦图案叫西兰卡普，是非物质文化遗产，我们土家族的瑰宝，我妈妈做的比展厅里的西兰卡普还要漂亮！我当时想着妈妈要是看到我给她买了那么多彩线，她一定会乐开花。

可那天下午，我离家老远就发现了异样：妈妈吊脚楼旁那棵需要三人合抱的大泡桐树不见了！妈妈特别爱那棵大泡桐树，除了雨雪天，她几乎每天都坐在泡桐树下做手工活儿。当时我正站着发愣，妈妈的小儿子小栋——我堂弟，哭着走过来说："姐姐，妈妈，妈妈没了。"听到噩耗那一刻，我跌坐在被砍掉的大泡桐树树桩上。树桩周围的木屑看上去还湿漉漉白生生的，那遍地散落的泡桐花裹着泥土，被踩踏得残破不堪，连同妈妈吊脚楼门楣上贴的白色挽联，那一切都像在为大泡桐树和妈妈服丧的样子。

奶奶告诉我，叔叔砍掉吊脚楼前的大泡桐树为妈妈做了棺材。奶奶还说妈妈是被桐桐姐气死的。

妈妈是不是被桐桐姐气死的这件事我不想去研究。不过我现在有些明白了，这样下定论对妈妈和桐桐姐都有些不公平。

我俯身拨开妈妈坟前厚厚的泡桐花朵，一小块湿黑泥土露了出来。我把香烛插了上去，烛火摇曳，雾气薄了一点。朦胧的光影里，我仿佛看见妈妈裹着紫色霞衣，在飞针走线。我说："妈妈我给你烧钱了，这些全是桐桐姐烧给你的，她远，孩子多，又都还小，她不得来看你。她发红包让我给你买香烛、纸钱和挂清呢，这些全是她买的，你要佑她平安幸福。”

“贵贵阳！”

“贵贵阳！”

“贵贵阳！”

阳雀声声。我起身回家，走到小斜坡中途又转身看了一眼妈妈的坟墓，妈妈坟头纸挂摇曳，像一只仙鹤在泡桐树下静望远方。坟前泡桐树默默守候在那里，树冠上紫云升腾。

走下小斜坡，我又踏上泡桐花铺就的紫地毯。在晨雾里走着，我像一条小鱼儿游向家的方向。

我家在盖上。我们土家族称高山顶上的平坝或台地为“盖”，我用手机测量过，我家吊脚楼门前海拔显示 997 米。现在，我已走到吊脚楼旁的泡桐树下——这棵泡桐树是从给妈妈做棺材的那棵大泡桐树树桩上长出来的。

我踩着一地紫色落花，昨晚的梦境一下子浮现在眼前。我倚靠在泡桐树上，用脚扒拉着重重叠叠的小喇叭，回想昨晚那个梦。

“走累了呀，珊珊？”小妈妈在吊脚楼上问我。

“没有，我在想昨晚上的梦。”我说。

“啥美梦，说来听听。”小妈妈朝我招手。

“饿了，没力气说。”我答。

“珊珊，我突然想起一道美食——炒泡桐花！”小妈妈说。

“我光是闻着这花的味道就整夜整夜做梦，还敢吃这花？”我说。

“真的好吃。我摘点来让你姆用鸡蛋和面粉一起油炸。”小妈妈说。

小妈妈说的“姆”，指的是我亲妈，我们盖上的叫法。我们盖上对爸爸的称呼是“伯伯”，成年后我们盖上的土家族人又通常叫他老汉。对了，差点忘了告诉你，我从开篇一直讲述的妈妈，其实是桐桐姐的亲妈——我伯母。桐桐姐的爸爸是我父亲的堂哥，伯父在政府工作。桐桐姐不跟我们盖上的孩子喊“姆”和“伯伯”，我六岁前和她形影不离，我不懂“爸爸”“妈妈”是什么意思，就跟着她叫我伯父伯母爸爸妈妈。而小妈妈，她是桐桐姐的后妈。

“没吃过。以前妈妈倒是经常在鞋垫上绣泡桐花，我们都没想过吃它。”我说。

“你们妈妈鞋垫做得特别好，除了在上面绣花，还有鸟，活灵活现。”小妈妈说。

“那鸟是阳雀，妈妈最爱绣阳雀。阳雀是我们土家族的吉祥鸟。你听，小妈妈，阳雀叫了，‘贵贵阳’‘贵贵阳’……”我模仿着从浓雾里穿过来梦幻一样的阳雀叫声。

“小家雀，你学得真像！”小妈妈说。

“妈妈给你和爸爸缝了不少鞋垫，我记得桐桐姐暑假回来，妈妈总会给你们带去许多。那时候，妈妈每天就坐在这棵泡桐树下缝鞋垫、织毛衣。”我在阳雀声里回忆，“不过，当年那棵泡桐树比这棵要大多了，那棵树已经在妈妈坟头轮回一次了……”

“珊珊，”小妈妈打断了我，“我看你大清早就在泡桐树下笑。”

显然，小妈妈不是很喜欢一直听我讲妈妈的故事。

“我刚刚在树下想起我昨晚做的梦，很好玩儿。我梦见我拿着一个红薯，不断在上面拨桐桐姐的电话号码，居然接通了，但是信号不好，断断续续的。我又在一朵泡桐花上按桐桐姐的电话号码，居然通话效果很好。”我说完就笑了起来。

“你们聊了些什么？”小妈妈笑着问。

“我跟她说妈妈坟头的泡桐树比我腰还粗了，妈妈的坟墓上落满了泡桐花，每朵泡桐花里都燃着紫色的火苗，为了挂清不被火苗烧掉，我把买来的挂清挂在了泡桐树树腰上。”

其实，我只说了我梦的十分之一部分。我还梦见妈妈和爸爸生了许多小孩：男孩女孩都有，有六七个，他们从泡桐花里钻出来，男孩长得像爸爸，女孩像妈妈，他们躺在妈妈坟前的泡桐树上、树下，阳雀一叫，他们立马坐起来给妈妈唱歌跳舞和祷告。

妈妈是那么喜欢孩子，我们小时候一群孩子常常聚在她家玩儿，我姆问她成天那么吵她怎么不嫌烦，她说她就喜欢这样，要全是她的孩子那就太有福气了。

在我的梦里妈妈总算如愿了。事实上，妈妈一生生了三个孩子：一个是远嫁的桐桐姐，一个是早年夭折的小弟弟，还有一个，就是后来妈妈和我叔叔生的小栋。妈妈怎么和叔叔生了孩子？这得从爸爸工作调动开始说起。

那年，爸爸因为文笔好，又有一副好嗓子，土家山歌民歌唱得好，十里八乡家喻户晓，尤其是爸爸会吹木叶——随便用一张树叶，爸爸就能吹出百灵鸟一样婉转动听的调子来。爸爸被调到县上去了，那年，小弟弟刚刚夭折，桐桐姐还小，妈妈又病着，爸爸实在放心不下，就嘱托我爷爷奶奶多多帮衬。

爸爸一开始还一两周回来一次，后来三五周才回来一次。忙，实在太忙了，经常加班，有时还要出差，去省里，去省外。我爷爷奶奶说，你就安心工作，我们当自己儿媳妇一样照顾她，桐桐也和珊珊一样，是我们亲孙女。

一开始爷爷奶奶经常一起去帮妈妈挑水、带孩子。后来他们就命令我叔叔去帮着挑水、劈柴。

转眼爸爸到县城工作一年多了，可妈妈的病仍不见好转。

爸爸带妈妈去县城检查，结果医生说妈妈是类风湿性关节炎，治不好只能控制。爸爸让妈妈先在老家坚持两年，等桐桐七岁上小学的时候他再接她们到城里—— 一个人工资要养活三个人很困难，况且还要买药。他让我爷爷奶奶继续帮忙照顾一家老小。

爷爷奶奶从得知妈妈是慢性病起，便比以前更疼惜妈妈了。他们每天都会抽出时间悉心照顾妈妈和姐姐，晚上总是坐在妈妈的吊脚楼火铺上喝茶谈笑到睡觉时才回去：他们给妈妈描述地里庄稼的长势，讲圈舍里猪、牛、羊的顽皮，也时常说起我们土家族的图腾白虎，以及林子里诸如阳雀、狐狸等飞禽走兽的传说，这给孤寂的妈妈带来了极大的安慰。

妈妈的病越来越严重。

“啊，啊，血管里流动着玻璃渣啊！”

“老天爷啊！尖刀刮骨头啦！”

妈妈呻吟着，四肢痉挛，脸色苍白。

有时妈妈痛得整宿无法睡觉。渐渐地，她的关节开始变形，免疫力也特别差。

有一天，妈妈疼得满头大汗，她说脚痛、手痛，五马分尸一样。她哭着求爷爷奶奶用绳子将她捆在椅子上。奶奶也跟着流泪，她边抹眼泪边帮妈妈按摩，并命令叔叔帮忙按摩。

以后每天晚饭后，不管妈妈痛不痛，奶奶都会说：“冉老二，去，给你大嫂按一下。”

我叔叔是个单身汉。他很听奶奶的话，每天只要我奶奶一说“冉老二，去，给你大嫂按一下。”我叔叔便即刻捧着妈妈痉挛的手和脚按摩，专注得像教徒翻阅经书。

其实妈妈一开始是拒绝我叔叔按摩的，她咬着牙或是呻吟着用眼神和手势将我叔叔推开。几个回合后，我奶奶忙得满头大汗，妈妈也痛得闭着眼睛双手颤抖。这时，我奶奶气喘吁吁地喊："冉老二，你那么大个人，站那里像根木头！看你大嫂痛成这样，还不快过来帮忙！"

我叔叔红着脸靠了过去，我奶奶按妈妈左手手掌，他就像个犯错误的小男孩一样挨在奶奶身边，低着头跟着奶奶按妈妈的左手臂。奶奶呵斥："看你这副德行！快按脚啊！看大嫂痛得！你个木瓜脑壳！"妈妈已经痛得顾不上阻止了。

妈妈的生活就这样一天天挨过去，我和桐桐姐后来都爱上了这种生活状态：每天妈妈的火铺上都围着大爷爷、爷爷奶奶、叔叔，有时还有我姆和伯伯，大家谈笑风生，我都快忘了爸爸在这个家的情形。只有妈妈，她每天拿爸爸来吓唬我们："不听话，爸爸回来了罚站！""不听话，爸爸回来了不给你们糖吃。"……

有一次，爸爸突然回来了。那时叔叔正在帮妈妈按脚。他在门外怔了半天，我们都没发现他，他就悄悄返回去坐在吊脚楼旁的泡桐树下抽烟。后来我爷爷发现了他，爷爷走过去蹲在树下卷了根毛草烟陪爸爸一起抽。

"大媳妇这病，不死的癌症啊！你得有个打算啊，不能影响你前途，我们家族几辈人才出一个你这样的人才啊！"

"能有啥打算？"爸爸回答。

爷爷欲言又止。他们踩灭烟头回屋时，叔叔正忙着在吊角楼的蜂箱里捉蜜蜂，奶奶接过几只蜜蜂放在妈妈手脚关节和膝盖上蜇。激烈疼痛后妈妈浑身瘫软无力，她听到木门嘎吱一声后响起一阵熟悉的脚步声，她一下子挣扎着从椅子上坐了起来。"回来了？"妈妈笑着问，爸爸点点头什么话都没说。妈妈又说："家里里里外外全靠二叔二婶和二兄弟。"爸爸又点了点头。

爸爸自那次返城后就很少回来了。

妈妈好像意识到了什么。她给爸爸写信，怀疑爸爸开始嫌弃她病病歪歪的样子了，常常坐在泡桐树下边绣花边叹气。妈妈跟我姆聊得来，农闲时，姆跟妈妈学刺绣，她们聊着各自姑娘时候的趣事，也聊起各自的爱情。妈妈说爸爸那年在当兵回来探亲的路上碰到了她，那时妈妈是我们盖上村小学的代课老师，她拿着教材和学生的试卷回家，当时天空突然下起雨来，他们在同一棵泡桐树下躲雨,雨后他们交换了各自的通信地址。后来妈妈每个月都能收到爸爸的来信，妈妈是从那时候开始给爸爸缝鞋垫、织围巾和毛衣的。一年后爸爸退伍到了乡政府工作，他们出入成双，我们盖上的土家摆手堂里，经常能听到爸爸婉转的木叶情歌，妈妈在歌声里跳摆手舞，真是天造地设的一双璧人！他们很快就结婚了。婚后妈妈生儿育女伺候老人，学校就另请了老师。如今，妈妈病了，她只能每天在泡桐树下做手工活儿打发时光。

妈妈说，她想去城里谋一份职业：开个小裁缝铺或者是服装店。妈妈手巧勤快，性格乐观爽快，她觉得要是自己的身体争气的话，她和爸爸在城里一定过得有滋有味。“也不知道前世是作了什么孽！”这成了妈妈的口头禅。

妈妈每天忍着疼痛刺绣和编织，她努力把家里收拾得干干净净，还向人打听着城里的事情，她按照自己的想象努力将家里布置得像城里人家的样子：她用白毛线织出有漂亮花纹的椅子套和桌子套；她在白色蚊帐上绣花、编织风铃；她将我们采回来的野花和松果插在瓶子里摆在饭桌和写字台上；她让大爷爷在院子里种满了爸爸喜欢的绣球花、牡丹花和凤仙花；她还让我们采摘橙子叶，在疼痛缓解时她便试着学吹木叶。可爸爸偶尔回来却对周围的一切精心布置视若无睹，他和妈妈的共同话题越来越少。

妈妈变得沉默了，脸上不见了笑容，她将自己的全部期望都放在了桐桐姐身上。妈妈要求爸爸带走桐桐姐，让她到城里长见识。但爸爸最终在我读的村校给桐桐姐报了名——爸爸说这两年对他至关重要，他得拼命抓住眼下的晋升机会，只有工资调上去了才有希望将一家人接去。

妈妈常常独自流泪。有一次，妈妈责怪爸爸长久不回家，他们吵了起来，妈妈说她拖了爸爸后腿，让他重新找一个，她赌气说要离婚。爸爸从那之后半年没回家，再次回家时他给妈妈留下了一张存款单和一份离婚协议书。

那年，我七岁，桐桐姐八岁，爸爸和妈妈离婚了。

从此，妈妈的病时好时坏。她不答应叔叔的求婚，她觉得只要爸爸还没再婚，就还有可能破镜重圆。

我爷爷奶奶和叔叔一直坚持帮妈妈挑水、劈柴和按摩。

直到有一天，爸爸带着小妈妈回来接桐桐姐进城上学，妈妈坐在泡桐树下，难过得说不出话来。小妈妈一连叫了她三声“姐姐”，她都一声不应，连看也不看她一眼。小妈妈帮桐桐姐洗澡梳头，给她换上新裙子，桐桐姐一下子就变得和我不一样了。

我姆对妈妈说，桐桐的命不一样，爸爸和小妈妈有文化，工作又好，桐桐姐以后一定也会有个好工作，不像我野丫头一个，将来只有继续接他们的班在这盖上种烤烟。

记得爸爸接桐桐姐进城上学那天，妈妈什么也没说，她抹着泪将几双绣着泡桐花、阳雀和金鱼的鞋垫放在了小妈妈行李袋里。那段时间，妈妈一反常态，早早地锁门睡下了，将爷爷奶奶和二叔以及我关在了门外。

大爷爷和姐姐被爸爸和小妈妈接走后，很长一段时间只有我姆能敲开妈妈的房门，我姆陪着妈妈哭，又陪着妈妈重新坐到泡桐树下织毛衣。后来，爷爷奶奶再次坐在妈妈火铺上时，叔叔就搬到妈妈的吊脚楼里去了。一年后，妈妈和叔叔生了小栋弟弟。

我在泡桐树下回忆妈妈在世时的模样，想起她在树下飞针走线的情景，想起她看到我就拿出桐桐姐的来信和照片，那充满希望和思念的样子，真是让我难过。

“这里泡桐树真多。他们怎么不用这个发展产业？”小妈妈在一旁说。

我从回忆妈妈的情思里回过神来。

“啥产业？”我问。

“在我们老家，用泡桐树做棺材出口日本，据说一年要卖出几十万副棺材。”

“我们盖上不用泡桐树做棺材，土家族人觉得用楠木和杉木做棺材最好……”

我说不下去了，也不想说了——妈妈的棺材就是泡桐树做的。

我又想起我昨晚上的梦，梦见爸爸和妈妈生了那么多孩子，他们那么幸福……

“我们那里是这样说的：柳木墩子椿树案，泡桐棺材金不换。”小妈妈说。

“为什么啊？”我问。

“据说古时候，富贵人家都是用泡桐树做棺材。不过他们用的是现砍的泡桐树，就是要用生泡桐树做棺材，据说埋在地下泡桐树还会生发，因为泡桐树易繁殖，扦插都能活。我猜古人是取泡桐树寓意子孙兴旺发达吧。”小妈妈说。

“生泡桐树？那多重啊！”我自言自语，又记起奶奶说妈妈出殡那天，因妈妈的棺材是现伐的泡桐做的，村民们抬棺时艰难的场景来。

“就是啊！这得需要多少人力和物力啊！”

小妈妈还在讲些什么，很有趣的样子，但是我一句也听不进去了。

我眼前全是妈妈去世前后的画面。我姆和伯伯都说妈妈是被爸爸和小妈妈气死的。而我叔叔和奶奶坚持说，妈妈是被不争气的桐桐姐气死的。

妈妈虽然和叔叔一起后又生了一个弟弟，但她显然把毕生期望都寄托在了桐桐姐身上，叔叔和弟弟，这些仿佛是命运强塞给她的。

妈妈是年复一年比着我的成长足迹，来想象和想念桐桐姐的。

“珊珊，过来妈妈看看，又长高了没？

“珊珊，把你作业拿来看看，你姐姐他们进度和你们应该一样吧？

“珊珊，你姐姐就要放假回来了，你开心吗？

“珊珊，你小学毕业后考哪所中学啊？你加油考城里去，和你姐姐一个学校吧！

“珊珊，你中学毕业考哪里啊？不知道你姐姐她考哪里。”

我姆说：“大嫂，桐桐命好，我看她小妈妈对她也好，她肯定要读高中考大学，以后像她爸爸那样有出息。”

妈妈就抬头看着一树紫云一样的泡桐花笑着说：“珊珊这么争气，一定不比她姐姐差。珊珊，你加油啊，到时候和姐姐一样都在城里工作，两姐妹一起多好啊！”

那年，桐桐姐中考回到家，我拿到了通知书，而妈妈不知道的是桐桐姐一直厌学，她说她不想继续读书了。

妈妈一开始以为桐桐姐是闹着玩儿的，她也觉得爸爸不会放任她不管。

可桐桐姐那年暑假真的就悄悄去了广州。爸爸和小妈妈找不到她，又急又气。后来桐桐姐写信回来说她在一家服装厂上班了。

爸爸妈妈都以为桐桐姐在流水线上肯定坚持不下去，用不了多久就会回来继续读书。可他们万万没想到，桐桐姐寄回来一张合影，她和一个黑黑瘦瘦的男生的合影，她说她交男朋友了，对她很好。

妈妈望着满地泡桐花泪如雨下，然后号啕大哭。

妈妈让我劝桐桐姐回家，可迎来的却是桐桐姐怀孕的消息，她说她跟他回贵州老家举办婚礼了。

妈妈从此眼里没了光。我害怕见到妈妈，我的出现会让她难过。

就在收到桐桐姐怀孕的那封信后的那个清明前，我还没到家就听到了妈妈离开的噩耗。姆和伯伯说，妈妈喝了整整一瓶百草枯。

妈妈突然离世，让叔叔措手不及。后来姆和伯伯说，就用吊脚楼旁边那棵泡桐树做棺材吧，她的一生最快乐的时光就是坐在泡桐树下等待着。

妈妈就这样被装进泡桐树里，在那个泡桐花飘落的季节长眠了。

“嫂嫂，我看桐桐她爷爷奶奶和她妈坟头都挂了清烧了纸，是桐桐回来了？”在烤烟地除草回家的小林向着我们家厨房问。

“没有，是她小妈妈和珊珊挂的。”我姆和着锅铲声回答。

“她小妈妈？良心发现啦？当初舍不得钱送桐桐多读一点书，没天良啊！桐桐是可怜啊！”小林背着一背篓猪草低着头走路，他没发现吊脚楼上的我和小妈妈。

“小林，烟长得好吧？”我姆想转移话题。

“可怜桐桐她妈啊！我们盖上也出了个陈世美啊！”小林自顾自说着往前走。

“这下知道回来挂清烧纸了！恐怕是听说修高速路要占地赔偿了吧？”小林吃力地回过头来，说完他又继续往前走。

我看到小妈妈倚靠在吊脚楼栏杆上，身体和表情都很僵硬，胸脯起伏幅度很大。

“小妈妈，你别听他的，小林嘴碎。”我说。

“我舍不得送桐桐读书？他们都这么认为？！”小妈妈双手仿佛要将木栏杆捏碎。

“别听他们的。”我说。

“我们四处找她，就差报警。你妈妈她，明明知道她跟着她侄女去广州了，也不告诉我们。”小妈妈眼含泪水。

“妈妈她当年也不知道，她还以为姐姐回到你们身边了。”我说。

“我不送她读书？我学校都帮她联系好了，到处打听找到她，就差跪着求她了，她不回来，说打死也不回来，我有什么办法？”小妈妈有些颤抖。

我默默地递给她一张纸巾。

“再说你爸爸，他们怎么能那样侮辱他？他帮村里做了多少好事。陈世美？你爷爷奶奶和叔叔，当初是怎样求你爸爸的？再说你妈妈，是她自己要离婚的啊！”小妈妈激动得转过身抹眼泪，“要不是你爸爸让出来，你叔叔他能讨到老婆？！”

我不知道该怎么接话，只有盯着泡桐花发愣。

“你叔叔也是！这房子你爸爸也一并让给了他，那些田地和林地，他也吃得下？”小妈妈开始抽泣了。

“我就吃得下！”突然叔叔暴雷一样的声音炸了过来。

叔叔踩得吊脚楼木板快垮塌一般。

“你凭什么？土地证和林权证上是谁的名字？”小妈妈往前走了几步。

“我就凭证上没你名字！”叔叔也往前逼。

我不知道该怎么办？也不知道该向着谁说话。还好我姆和伯伯及时赶到，他们将两个怒火中烧的人拉到了我家厨房。

“雷都不打吃饭人。先吃饭，啥事都饭后再说。”我伯伯说。

“饭我吃不下，得说清楚，说清楚了我就走。这土地、林地，属于桐桐和乐乐（爸爸和小妈妈生的女儿）所有。”小妈妈说。

“乐乐？那小栋呢？土地证上可是我冉老二的大名！”我叔叔道。

“老二，好好跟嫂嫂商量，金钱买不来血缘和感情。”我伯伯劝说。

“房子给小栋我没话说，土地，这土地可是桐桐和乐乐的。”

“你想得美！”叔叔摔筷子夺门而去。

“好说好商量。来来来，吃饭！”我姆拉着小妈妈说。

小妈妈和我们一家人围在了桌子前。

“你们大哥，他临走的时候，将我的手拉过去，又将乐乐和桐桐的手拉过来放在我手里，他就那样望着我张着嘴巴什么也说不出来，他捧住我们的手喘着喘着，手就滑落了下去，就那样走了，眼睛都没合上。”小妈妈哽咽着讲述。

“俩孩子都是他心头肉啊，你们说，要是他还在世，能让我们娘儿仨吃这些亏吗？”

伯伯和姆都没说话，他们忙不迭劝小妈妈多吃点老家的纯天然菜蔬。

这天，早饭期间气氛凝结了一般，阳光透过窗棂照在了我们的脸上，阳雀声声，这声音现在有了金属一般的质地。吊脚楼外，泡桐花纷纷扬扬，像驳杂的往事飘过时空。

背篓里的新娘

“别急，小心脚下。”

“安全帽摘了。”

“殷实，有事及时打电话回来。”

新城建筑工地上，七八个戴着黄色安全帽的工人暂停了手里的活儿，他们朝着同一方向眺望，有几个“大嗓门”在盛夏正午火热的空气中对着工地大门口喊话。门口那边，殷实正匆忙摘下安全帽。一绺黑白间杂的头发贴在他汗涔涔的额上，他将安全帽随手扔在一块靠在墙角的木头上，来不及脱下沾满水泥和铁锈的手套，就已冲到了工地大门口。殷实不过四十来岁，但他那黝黑的脸膛和有些佝偻的背，让他看起来有接近五十岁的样子。他露出的脖子上贴着几片膏药，焦急的目光足以灼伤每一个和他擦肩而过的人。他刚刚接到工厂领班电话，说秀丽突然哭着冲出大门，他们追出去找了半天也没找到。

殷实跑得太急，迈出工地门口时被半截钢筋绊了个踉跄，就在这心急火燎的时刻，他的电话又响了。他拿着手机颤抖起来，他担心听到更坏的消息，又期盼着听到秀丽安然无恙的消息。

这次打电话的是警察，殷实万万没想到。警察说秀丽被他们带到派出所了，让他尽快去一趟。

“人找到了就好。”殷实自言自语地说，他没多问警察什么，扯掉手套就往公路口跑去。

殷实总算打到了一辆出租车——从他面前路过十几辆空车都当他是隐形人似的，而眼下被他强行截停的出租车司机正火冒三丈，指着五十米远处的监控骂他碰瓷找错了地方。

“打车，师傅，我打车，急，去城南派出所。”殷实边拉开车门边大声说着坐了进去。

司机狐疑地看了看这位浑身水泥灰浆的乘客，火气消了一大半，接着车子便犹疑地往城南驶去。

殷实风尘仆仆地冲进城南派出所，隔着大门就听到秀丽失控的笑声，他感觉自己双腿一软，骨头架子都散了似的——秀丽做他妻子快二十年了，还从来没有这样过。

殷实被三名警察带到了一间办公室，他听得出秀丽就在隔壁，她时而笑，时而骂。

“警察同志，把我老婆交给我吧，给你们添麻烦了。”殷实站在门边望着隔壁说。

“现在还不能交给你。”年轻白净的警察边在一个本子上写着什么边说。

“啊？”殷实张着嘴半天没明白警察的意思。

“先做笔录。”高个子警察面无表情地说。

“做什么笔录？”殷实完全反应不过来。

“请进来，坐这里。”短头发女警察温柔地指引着。

殷实的心乱糟糟的，隔壁妻子的声音已经有些沙哑。他坐在一张很大的办公桌前，对面的警察分工明确：有的拿笔记录，有的在电脑键盘上敲打，还有一个负责问讯。

“你老婆曾秀丽是否出现过精神异常现象？”

在殷实回答完诸多基本问题后，高个子警察终于这样问。

“哪里存在？没有。”殷实不耐烦地回答。

他反感别人说秀丽不正常，尤其是精神不正常，简直就是造谣、污蔑，是对他们夫妻的人身攻击！秀丽平常只是敏感多疑而已，她比谁都心细和善良，她总是为别人考虑得多，为自己考虑得少；她只是太在意别人的眼光和看法了，在一些事件中钻进逼仄的牛角尖里一时半会儿不知道变通而已，她比谁都好，再正常不过了。

“你老婆曾秀丽最近是否经常跟你抱怨她的同事？”

“没有经常抱怨，我和我老婆一个月才见一次，有时候是两三个月才见一次。”

“你们住在同一个城市怎么这么久才见一次面？夫妻感情不和？”

“她上班的服装厂离我工地要两个小时车程。她每天从早上八点干到晚九点，忙的时候还通宵赶货。我在新城建筑工地上干活儿，住工地，她住工厂宿舍。”

“你们上一次见面是什么时候？”

“上个周末。”

“她跟你提过她厂里的事情吗？”

“她不喜欢说厂里的事情。她不大喜欢跟人深交。”

“你仔细回忆回忆，她有没有提过厂里或者宿舍的事情。”

“宿舍里的事情她说起过。”

“说的什么事情？”

“她说她有个室友想结婚。”

“还有呢？她和那个女孩关系怎么样？”

“感觉关系一般吧，其他的她也没说什么。”

殷实回答到这里时突然想起秀丽上周末看起来有点焦虑，好像晚上睡觉也不踏实的样子，但是他弯着腰扎了一整天钢筋，他们实在太累了，他也没太在意。

警察又问了一些让殷实觉得奇奇怪怪的问题，他脑袋昏昏沉沉的，心里又担心着隔壁的妻子，都不知道自己回答了他们些什么。

“曾秀丽平常性格古怪吗？”这时警察又问了一个让他反感的问题。

“她性格很好，你们，你们问这些做什么？她，她给你们添什么麻烦了？”殷实努力压住怒火。

这时做笔录的警察合上了本子，三个警察都站了起来。

“我们在调查关于曾秀丽的室友江新月非正常死亡的案件，感谢您的配合。”短发女警察说。

殷实也站了起来。

“啊？死亡案件？”殷实浅蓝色的工作装前胸后背都濡湿了一大块。

“我现在可以带我老婆走了吧？”殷实焦急地问。

“我们还要继续调查。既然你老婆没有精神病史，最近也没有什么异常情况，我们只有送医院鉴定。”女警察说。

“你说什么？”殷实感觉情况不妙。

“你老婆又哭又笑，不配合调查，我们得鉴定一下她的精神状态。”

“她没犯什么错啊！”

“江新月死亡的案子，她得配合调查。”

“关她什么事？！”

“我们在死者手机微信里发现曾秀丽发给对方的大量语音。”

“我老婆不会杀人，她不可能杀人！她连一只鸡都不敢杀。”

“没说你老婆杀人了。”

“我要带她走，她不能受刺激。”

“她得配合调查，等会儿我们会带她去医院做鉴定，你可以回去上班等消息。”

殷实要求见见妻子，但没能如愿。

殷实感觉天要塌下来了。他一直以来担心的事情难道真的发生了？他扒着窗玻璃看已经声嘶力竭的妻子。只见她蓬头垢面，面色由于长期在工厂不见天日的流水线上工作，显得苍白无血色，身上还穿着服装厂白色的工装，大大的眼袋和瘦削的身子一看就睡眠不足、营养不良。她靠墙坐着，茫然地望着天花板，时而笑，时而哭。

殷实是被警察强行送回工地的。晚上，他在工棚里坐立不安。他担心妻子，不知道这个夜晚她将会怎么度过，会不会被打骂？他更担心的是妻子的精神真的崩溃了吗？至于那个女孩的死亡，他想都不用想——秀丽生性善良，绝不可能与秀丽有任何关系。

他恨那些警察，但几分钟后他又转念开始感激警察了。要不是警察将往铁轨上奔跑的秀丽带回来，后果不堪设想。秀丽肯定是想去找他，他告诉过她，顺着那条铁轨走三四个小时，就能走到他的工地了。

工棚周围一片蛙声，聒噪得很。殷实躺在木板床上，回想着上个周末秀丽到这里来的每一个细节。他记起来秀丽跟他说她宿舍里的一个女孩，跟男朋友处了五年，双方年龄都大了，女孩多次提出结婚，可男方父母和姐姐说怀不上娃就不结。当时他迷迷糊糊想睡觉，随便回了她一句，他想了半天才想起来他回她的那句话。现在他后悔极了。

殷实在听到秀丽的讲述后，随口就说：“那正常，现在的女孩子，开放得很，婚前都不知道流产刮宫多少次了，男方父母担心怀不上也正常。”后来殷实就睡着了，但他隐约感觉秀丽没睡。第二天一大早他就发现秀丽已经回工厂了。

想到这些，殷实十分内疚。他已经很久没有关心过妻子了，自从来到这个工地干活儿，每天沉重的体力劳动已麻痹了他的神经。他忘了内心敏感多疑的妻子，忘了前两次的教训，忘了他带她出来的初衷。

“是我毁了她。”殷实心里想。

他是爱她的。殷实回忆起第一次见到秀丽时的情景。那天，他赶着羊群在天边走着——家乡的山那么高。他戴着草帽吹着口哨，看到山洼的草地上有个窈窕的身影在翩翩起舞。他丢下羊群，神魂颠倒地趴在一株盛开的映山红下偷看。美丽的姑娘穿着格子衬衫、黑裤子，手里拿着一大把各色野花，她在盛开的野花丛中跳啊笑啊，像天使降临。他还没看清姑娘的脸，一阵强劲的山风吹得高山草坪上的灌木哗啦一片翻腾，羊群开始狂奔。他抬头看看天上的云。

“云往龚滩走，蓑衣斗篷戴着走；云往庙溪走，晒破炉缸口。”他心里嘀咕着起身砍枝丫开始搭棚子，这雨眼看着就赶过来了。

他刚在映山红间搭好棚子，豆大的雨点就来问候了。羊群都隐进了灌木丛中，山洼草坪上连棵像样的能避雨的树都没有。穿格子衬衫的女孩用拿着野花的双手护着头，面对这突袭的阵雨不知所措。

“上来，到这边来躲雨。”殷实朝女孩喊。

女孩犹豫了一下。大雨已经自沟那边稀里哗啦气势磅礴地冲杀过来，闪电、炸雷。女孩顾及不了那么多了，这雷阵雨太震慑人心了。她一口气跑到了映山红雨棚下。密密匝匝的树叶像屋瓦一样坚实温暖，棚子搭得正好容下两个人。她有些尴尬，他也是。好在这雷雨太猛烈，分散了映山红、草叶和山峦的注意力，殷实和女孩各在棚子一边扒着树叶缝观看疾风骤雨的情形，殷实更关注的是他的羊群。雨太大，为了让女孩不被淋湿，他堵住了风口，半个身子已经淋湿了。

好在夏天的雷阵雨来得快去得也快。十来分钟后，天就放晴了，老天爷一副什么都没有发生过的样子。殷实吹着口哨召唤羊群，他看着羊群钻出丛林到草地上才放下心来。这时，他才觉出刚才和女孩一起挤在棚子下躲雨的那种微妙感觉，脸刷一下红了。女孩不好意思地弯腰走出棚子，羞答答地跟他说了声“谢谢”就往山下走了。他看清了女孩明月般的面庞，一双多愁善感的眼睛，他的心扑通扑通跳个不停。

“我叫殷实，杨柳村的。你叫什么啊？住哪里啊？”殷实看着女孩就要消失的背影大声喊道。

“大理村，曾秀丽。”山谷中传来女孩甜蜜的回声。

一见钟情。后来，殷实和秀丽经常在山上采茶、挖草药、放牛羊。牛羊和草木们见证了他们的约会，可走漏风声的是赶牛的大娘。但导致风言风语在村庄里阴云一样飘荡的，却是源于那个甜蜜的负担。

殷实想着这些美好的回忆，他真想时光倒流。要是那样的话他一定不会让秀丽受到伤害，他一定会克制自己，不再顾及两家祖上因土地边界的仇恨，一定请媒人上门，管他们同不同意，一定将迎亲队伍开到秀丽的吊脚楼下，光明正大将她娶回家。如果她父母实在不同意，大不了带着秀丽远走高飞。他懊恼不已。就怪自己当初年幼无知，胆怯懦弱。他想起秀丽被她父亲抽打的情景，泪流满面。他又想起秀丽大着肚子出怀后，为躲唇枪舌剑，将自己关在厢房一个多月，他们唯一的联系方式是靠小妹偷偷传递信件。直到后来，他才求情想各种法子，在一个月明星稀的夜晚背着父亲背着装玉米棒子的大背篓，偷偷将秀丽背回了家，秀丽把自己关在卧室一直到儿子出生。她总是太敏感，老是觉得有人在说她。有时，她还觉得殷实的父母家人也针对她，觉得她没有嫁妆，没有亲人的祝福，也不是名正言顺敲锣打鼓迎进这个家的。

现在想来，或许那段时间秀丽得了产后抑郁症。直到后来，殷实感觉如果再不离开村庄，连他也要跟着崩溃了。

于是，殷实带着秀丽和儿子在镇上学校门口租了房子。他们经营小食店，生意不错，秀丽远离了村庄熟人，又有儿子够她忙碌，新生活很快就让她恢复了姑娘时候的活泼欢快。

殷实回想起那十年在镇上的幸福时光，感觉那是他们夫妻俩最美好的时光，累并快乐着。他们用积蓄在镇上买了一套房子，儿子品学兼优，女儿也开始上幼儿园了。可就在他们最幸福的时候，不幸又悄悄跟来了。

那年，邻居家儿子打工带回来一个漂亮的外地媳妇，说着大家听着别扭的普通话，说是广东人。女孩戴着眼镜，斯斯文文白白净净，一看就受过良好教育。女孩特别喜欢到殷实的小食店里玩儿，她喜欢和秀丽说话。那是一个乍暖还寒的季节，武陵山区早上冷得需要烤火桶，中午太阳又晒得叫人巴不得脱个精光。就是这样的一个大太阳晃晃的日子，女孩在秀丽面前脱掉了她宽大的外套，吓得秀丽连连尖叫了两声。女孩以为头顶有什么重物掉落，也吓得尖叫着冲过去一把抓住了秀丽的胳膊。后来女孩才知道秀丽的尖叫是因为她的肚子。女孩已显怀，至少四个月了。

“你爸妈知道吗？”秀丽问。

“不知道，他们要是知道我要嫁到这深山里来，非气死不可。”女孩说。

“你得赶快结婚。”秀丽说着，四下张望，她强制将女孩脱下的外套又穿了回去，还亲手帮她把扣子一颗一颗扣上。

“为什么啊？”女孩问。

“你年轻不懂事。得名正言顺结婚，让他们敲锣打鼓迎娶你，这样，别人才不会说闲话，自己以后在家里才抬得起头，说得起硬气话。”秀丽说。

“姐，都什么年代了呀？哈哈哈哈。”女孩笑得捂肚子。

“入乡随俗。这个地方讲究这些，要不然你以后要是生个女儿，他们都会拿这个说事儿。”秀丽继续说。

“姐，别的我不在乎。只是我发现自从我怀孕后，宝宝的爸爸就没以前那么在乎我了。这次跟他回来后，他爸妈倒是对我挺好，可他成天在和一群狐朋狗友混，经常打牌半夜不回来。幸好每天有你陪我说话，要不然我在这山里早就待不下去了。”女孩说。

从秀丽发现女孩怀孕那天开始，殷实就发现她开始不大对劲儿了。她每天拉着女孩劝她穿宽松衣服，再大的太阳也不让女孩脱外套。后来，他还发现秀丽去了邻居家，劝邻居一家尽快办婚事。邻居一家以为是女孩不好意思说，让秀丽来当说客，就当着女孩和秀丽的面说要等到孩子出生了双喜临门，到时候一起庆祝。

女孩渐渐疏离了秀丽，也不再到殷实的小食店来了。

那段时间，秀丽常常半夜默默流眼泪。后来她开始失眠，接下来就回到了她待产和生儿子后一段时间里的那种状态。她先是怀疑邻居知道当初她被殷实用大背篓背回家的事情，觉得那天邻居一家说的话全是明里暗里嘲讽她，后来她觉得左邻右舍都在说她，再后来她觉得全镇人都在拿嘲讽的眼光看她。有时候，儿子和女儿在学校和同学有点小摩擦，或者被老师批评提醒了一下，她都觉得全是因为她当年未婚先孕，又是以那种奇怪的方式半夜被丈夫背回去的事情引发的。

她又把自己逼进了那个牛角尖。失眠、焦躁，有时还自言自语。殷实回想到此处时喉头发紧，豆大的泪珠滑入耳根下的发丝里。

他不该如此粗心大意。殷实自责。正因为那样他才果断关掉镇上的小食店，把父母接到镇上来照看俩孩子上下学。他带着秀丽离开了小镇，到沿海城市务工，他觉得陌生的环境或许对秀丽来说更好，他一定要带她走出那个困着她的魔圈。

来到这陌生喧嚣的城市一年多后，秀丽看起来又恢复了往日的平静。可这一忙，“殷实你这家伙真是好了伤疤又忘了疼”，他狠狠地骂自己，用拳头砸身下的木工板，“就为几个钱，抛下秀丽离她那么远，你还是人吗？”

他最怕秀丽突然无缘无故地哭和笑，怕她那突然变得空茫的眼神。万一哪天她彻底失控，成天那样茫然地哭和笑，也不认识他和孩子们了，他该怎么办呢？他可不想送秀丽去精神病医院，对任何人都不能提这几个字！孩子还小着呢，他不想别人指着孩子说他们的妈妈是疯子。他也不承认秀丽会精神出问题，秀丽她只是一时走进了别人和她自己给她设的一个魔圈而已——拿当地方言来说就是钻进牛角尖里出不来了，他一定能救她出来。要是连他都说秀丽精神异常，那秀丽就完了！他不想秀丽被人用异样的眼光看待，他不想秀丽大把大把地吃伤肝伤肺伤肾的各种激素类药品，药物会将她摧残变形的——秀丽那么爱美，一定受不了的。

殷实打着寒战，他不敢继续想下去。他翻了个身，又想起上个月在一个精神病医院清理下水道时，听到有人在唱《映山红》，声音高亢饱含情感。他寻着声音看到铁窗内站了一排穿着病号服的人，唱歌的是一位看起来二十来岁的男孩子。他内心深受震动，觉得精神病医院住院部的那些人真可怜，他们眼巴巴看着他，看着外面自由的世界，那简直和监狱没什么区别啊！那些人的家人们的心怎么那么狠？他发誓绝不会让秀丽变成那样，想到那里时他又狠狠地骂了自己，觉得那是在诅咒秀丽，秀丽绝对不会变成那样的。

殷实努力让自己不去想那些可怕的事情。他开始想秀丽是否睡着了，派出所给她安排的床会不会太软——秀丽腰椎不好，医生说得睡硬板床。他祈祷天快亮，他要去阻止他们将秀丽送去精神病医院做鉴定。

殷实无法躺着了。他起床找了身干净衣服穿上，拿着手电筒走进了黑夜。

殷实步行三个多小时到城南派出所时，东边天被晕染得殷红，太阳的半个胖脸露出了地平线。派出所静悄悄的，值班的警察说秀丽被安排在楼上睡得挺好，说昨晚警察们通宵加班，那个江新月死亡的案子已经水落石出了。

殷实在派出所停车场来回徘徊了半个小时后，去附近早餐店买了秀丽最爱吃的蒸饺和乌鸡汤，还给秀丽买了条格子裙子。他回来时，警察陆续来上班了。

秀丽在大门口迎着他走了过来，她在抹眼泪，看起来比昨天的状态好多了。短发女警察说没事儿了，估计昨天那个女孩在寝室上吊身亡吓着曾秀丽了，他们在女孩的私人物品里发现了遗书，她是因为相恋多年的男朋友移情别恋自杀的，和任何人无关。

殷实围着秀丽看了几圈，确定她没有其他异样，才又看了几眼那几位警察。

“昨晚，我们请心理医生对你老婆进行了疏导，给她吃了安神丸，她休息得很好。”女警察走到殷实身边小声说。

秀丽坐在不远处的椅子上吃早餐。

“没事儿，你放心。估计你老婆昨天回宿舍被江新月上吊的尸体吓着了，心理医生昨晚疏导后，我们发现她好多了。”女警察继续说。

殷实不知道该说什么。

“你老婆发给那个女孩的语音，有部分比较容易引起误解。我感觉她比较极端，你平常得多关心和开导她。”女警察说完就上楼了。

秀丽已经吃完了最后一个蒸饺，殷实小心翼翼地看着她，观察着她每一个细微的动作和表情，他对这些年来偶尔出现在妻子脸上的无意识的笑和哭,以及目空一切的神情充满了恐惧，那是他的噩梦，也是她的噩梦。

他祈祷那些不受控制的言行举止永远消失，他慢慢走向树荫下瘦弱的妻子。繁茂的香樟树旁，一排映山红开得正艳，他仿佛又看到了当年那个穿着格子衬衫的美丽姑娘，在摇曳的花丛里翩翩起舞。起风了，他走过去帮她扔掉垃圾，帮她整理蓬乱的头发。

秀丽仰起头。“殷实，我想回家。”她说，“我想孩子们。”

“好，我们明天就回家。”殷实的眼泪滴在了秀丽的头发上。

“风好大，恐怕要下雨了。”秀丽起身说。

“别怕，我在，我一直都在。”殷实说。

他们并排着朝前走去，风吹得他们的衣服鼓了起来。这使得他们看起来比任何时候都显得强大健壮，长路仿佛没有尽头。

你还会当班长吗

桂子飘香，满月如璧。我们在竹园精舍。看窗外竹林筛风弄月，茶帘半卷，加上这室内的简朴和茶香，好一派清雅淡泊之感。千山说今夜我们就不读《论语》了，大家坐卧随心。李可第一次跟我来这里，她满是新奇和窃喜，连连说不读《论语》太好了。大家都望向她，她解释这些天她特别讨厌儒家文化。她不回答大家对她为何厌恶圣贤之书的提问，转而问我："痴妹，假如我们重返学校，你还会当班长吗？"

"你这脑回路也太清奇了吧？我当不当班长和你讨厌儒家文化有什么联系吗？"我说。

千山、古月和青葵脱鞋上了茶室榻榻米，我和李可随至，在粗纹原木茶桌前盘腿坐下。

"儒家学说，博大精深。但时代在进步，不免有陈腐僵化之处，有些思想你不接受很正常。可我们不能亵渎古圣先贤的大智慧，甚至绝圣弃智。"说话间，千山已温壶烫杯完毕。

"其实跟鲁迅先生一样，我大抵是未曾全然反对儒家之全部的。"李可说。

茶室里漾起了笑声。

"择其精华而汲之践之，择其糟粕而废之弃之。"千山说，"今晚月圆花香，我们喝白茶吧。"

他取出茶来，一丝不苟完成了投茶、摇香、洗茶、冲泡步骤。泡茶的过程中，千山眼神专注而坚定，每一个动作都显得那么优雅而娴熟，仿佛在演绎一场美妙的舞蹈。

“你刚刚问我还当不当班长，”千山出汤分茶间隙，我想起李可还没回答我的问题，“这和儒家思想有什么关联？”

“最近，我跟豪哥一直为这个吵架。要不是因为女儿，我真的不想跟他过下去了。”李可说。

“真是稀奇古怪！我当初当班长与你们夫妻俩有半毛钱关系吗？你非要揭我伤疤！”我说完，看到一向沉稳自如遇事不惊的千山，也和我们一样把惊异的目光投向了李可。

“你当班长受伤了？”古月盯着我问。

“别扯我身上了，李可继续讲，听李可的。”我催李可。

“唉！这学期刚开学，菲菲就打电话来说她向班主任毛遂自荐要当班长，我当时就特别反对——就是因为吸取了你当初当班长的教训，”李可举着茶杯看着我继续说，“但豪哥，他骂我思想有问题，说我阻止孩子进步。”

“当不当班长，与儒家文化有什么关系？”青葵说。

“这样吧，当班长的话题我们放后面再聊，我先说一件事儿，你们再回过头来看，就会一下明白我的意思了。”李可说。

千山开始注水泡第二泡茶了。古月举杯提醒大家茶得趁热喝，龙门阵可以慢慢摆。

李可喝了一口茶后放下茶杯，拉开了话题。

她说事情发生在上周末。他们三个平常关系特别好的家庭聚餐，李可主动倒茶，可谁知费力不讨好。豪哥当着大家面指责她倒茶的顺序不对——“应该从领导开始倒！”李可说她当时还以为他开玩笑呢。“该从科长开始倒。”豪哥再次强调。（朋友刚刚调整工作，到我和豪哥所在单位上班。）他一本正经的样子，弄得大家面面相觑。“豪哥，你是受儒家思想影响太严重了。”朋友提醒他，可是他竟站起身双手向那位科长敬茶，弄得李可和对方都很尴尬。回家后，夫妻俩又为这件事争吵，弄得非常不愉快。

“我凭什么要先从科长开始倒茶？平常那么好的关系，就因为他当官了，就得把平等的朋友关系推翻，生出尊卑顺序来？”李可拍着膝盖，越说越气愤，“跟这样的人过日子，你们说怎么过得下去？”

“都老夫老妻了，哪有那么老火？喝茶，喝茶。”第二泡茶了，千山边劝边给李可续茶。

“其实你们只是所站角度不同，这件事没有对错。”千山继续说，“不要在别人心中修行自己，也不要在自己心中强求他人嘛。”

“一句话，就是要允许别人做别人，允许自己做自己。”我接过千山的话说，“我太了解你们两口子了，都想按着自己的想法改变对方，结果呢，可能吗？只有两败俱伤。”

“他人即地狱。”青葵盯着杯子里的茶说，“你太在乎对方的看法和评价了，对方就成了你的地狱。同时，你又想让对方按你认为对的方式去生活，你也成了对方的地狱。你们长期各执己见互不相让的话，会不断彼此消耗，大家都不好过。”

“这是萨特的存在主义哲学吧？”我问青葵。

“打住打住，用得着扯到哲学这么高深的问题上去吗？还什么存在主义！通俗直观点，辛弃疾，几百年前我们南宋文学家辛弃疾，早比萨特悟得更通透。”古月从旁边书架上拿出一本书，娴熟地翻到其中一页，煞有介事地读了起来，“我见青山多妩媚，料青山见我应如是。”

古月读完这一句后，便把书推给李可：“你看看，你看看。

我给你改写一个吧。”

古月喝着茶，蹙眉眨眼想了想，然后放下杯子，伸出右手开始吟诵。

“我看豪哥多帅气，料豪哥看我应如大美人儿！”

李可在笑声中拿着书佯装生气打了古月几下。

“从辛弃疾这句词来看，也可以说明萨特‘他人即地狱’不具备普遍性，他人也可以是天堂啊。”千山说。

“嗐！各位大师，越扯越深奥了。还是言归正传——菲菲当班长的事情，你们俩闹出啥结果了？和我当初当班长又有什么瓜葛？”我转向李可说。

“好吧，”李可放下杯子，她明显比刚来的时候放松多了，紧锁的眉头也舒展开来，“听你们的，以后我和豪哥就新生活各过各，谁也不干涉谁，争取早点把对方送上天堂。”

“哈哈，李可，幽默了。”我说，“快说当班长的事情。”

“唉！我当初说了让她不要当不要当，豪哥偏偏大力支持。明明孩子上高中后学习压力加大，哪能再找些事情来分神？现在好了，跟你当初当班长一样，净惹麻烦上身，真是自己找些虱子到脑壳上躁。”李可又皱起了眉头。

“痴妹，你当年当班长到底惹了什么麻烦？”青葵问我。

这时，茶室内响起了轻音乐。沉香缭绕，婀娜飘逸间，它似乎在诉说着过去的岁月和故事，让人在陶醉中不禁陷入深深的回忆里去。

那年我十七岁，读初三。学校突然要将初三的两个班合并，我是一班班长，文慧是二班班长，没合班之前我们俩是好朋友。两个班合并后只能一个人当班长，我们都以为会是文慧，因为文慧是教师子女。可没想到的是，班主任公布我继续当班长，文慧任学习委员。这之后我们之间的关系就变得微妙了，两个班的其他人也一样，虽然变成了一个班，但就跟核桃一样，中间隔着一层隔膜。

我们之间彻底撕破脸是在一次历史考试后，当时我差两分就考了满分，而这次考试获得第二名的文慧和我相差了差不多二十分。她拿着试卷当场就发怒了，“有的人考试时间到了都还不交卷”，她说的是我，“不要脸！”她骂，我可能当时心情好，也有可能是内心懦弱，觉得她是教师子女自己不敢还击。我记得考试那天我最后交卷，我一直喜欢文科，当时作答简直称得上酣畅淋漓，力求将每一题都答得滴水不漏，老师来收卷了我还沉醉其中，老师就站在我旁边等我写完了才收走我的试卷。

这件不愉快的事像酵母一样，让接下来我俩的关系迅速发酵变质。我们开始不理对方，给对方脸色。其实现在想来，那些事都是不值一提的小事，那时的我真的是学习上瘾的状态，每一天都过得充实快乐，直到发生了那件事。

那件事至今仍是我心口的一个伤疤。

我记得那是一个秋雨绵绵的傍晚，我踩着晚自习的铃声跑进教室。我看到有几个二班的女生用怪怪的眼神看着我，然后又窃窃私语，她们把头伸向文慧那边，说着说着又捂着嘴巴笑。我刚走到讲台旁准备侧身回到我座位上，突然听到有个女生喊了一声“师娘”，接着文慧周围爆发出哄笑。在笑声中，我发现所有人的目光乱箭一样都射向了我。

“师娘！”有人又叫了一声。这次我看到是那个大眼睛女孩余莲，她平常大部分时间都跟在文慧身后。我原本可以骂回去的,可是我怎么骂回去呢？她们没有点名道姓喊我啊！再说，我如果回击，事情闹大了怎么办？我该怎么面对我们班主任，那个大龄未婚男青年。

我在哄笑中感觉双手开始痉挛、头皮发麻，我像真的中了箭，踉跄着跑出了教室。我冲上了教学楼顶楼，依着墙角瘫坐了下去。我想着那些恶毒的笑和奸邪的眼神，又想着平常对我格外信任和关照的班主任，谁叫他是个单身汉呢！那个十七岁的年纪，羞耻、害怕等五味杂陈，内心复杂的情感无法用言语表达。我心口疼痛，浑身发抖，感到了透骨的寒冷。现在想来，其实那就是校园霸凌，只是那个年代还没这个名词。

我不知道我当时为什么会跑到教学楼顶楼，我甚至爬上围栏从五层楼往下看了很久。我现在也不知道我当时为什么要那么做，甚至也不知道我有没有轻生的念头，真的，我现在也不知道。当时我到底要做什么我真不知道，好像支配我行为的完全不是我自己，好像有一股邪恶的力量拽住了我。后来也不知道过了多久，我从围栏上跳下来，靠着围栏坐地上大口大口喘气，像一条搁浅了的鱼。

这时，我听到了脚步声。是李可，她在隔壁班，抱着作业去另一栋楼的教师办公室，回来路上无意抬头看到了顶楼围栏上的我。她跑上楼问我在做什么，她说她还以为我们班成绩好的女生嫌教室太吵，约着到顶楼背书呢。我告诉了她事情经过，李可从小就像男孩子一样义气，她说她要去帮我揍文慧，全是文慧搞的鬼，是她怂恿的。我害怕班主任知道这件事，我说要是班主任知道了这件事，我也不想继续读书了。

还好有李可，还好我们原先一班的部分同学也暗中鼓励我，让我不要在意，他们说身正不怕影子斜。可是那个懵懂的青春期，所有的嫉妒和恶意都像有魔法，让十七岁的我彷徨又害怕，有时我甚至觉得我会不会真的变成她们的师娘，那样一想就感觉既迷人又耻辱，是无尽的彷徨和恐惧。幸好时间过得飞快，初中毕业了，平安无事。我还记得文慧后来在我笔记本上写了句毕业留言——“都说你有多么多么的优秀，你就好自为之吧！”现在想起来真好笑。

“你是好了伤疤又忘了疼，你说你这个人，不长记性。居然接下来进了师范还毛遂自荐当班长，”李可说，“我就不知道你为什么官瘾那么大。”

“我也不知道为什么，”我说着笑了起来，“想起来真是滑稽，我当时不光自己毛遂自荐当班长，还发动我身边的人去当学习委员、纪律委员等。”

“要是现在让你回去当班长，你还会当吗？”李可问。

“我现在回去都可以当他们老师了，我还当什么班长？”我说。

青葵、古月都盯着我笑，千山开始换泡红茶了。

“老实说，要是时光倒流，你还会当班长吗？”李可轻轻晃着茶杯说。

“如果倒回初中那时候，我肯定还会当的，因为初中三年我当班长都是老师任命的，是因为我学习好、组织能力强赢得的，那时大部分同学都很单纯，他们现在见到我都不叫我名字，都喊我班长呢。那时候虽然有人妒忌和攻击，但是想来也是因为我太优秀了，哈哈哈。”我接着说，“她们都没有打垮我，反倒让我更努力更坚定，也变得越来越好。这也就又回到了最开始说的，我一旦跳出了别人的眼光和评价，别人就成不了我的地狱，我自己呢，内心拥有自己的天堂。”

“那倒回师范的时候呢？”李可饶有兴致地问。

我续了红茶，喝完了一杯，千山又筛了一杯。

“师范，那段觉得拿了铁饭碗工作稳当的荒废时光，我连回忆都不太愿意！还当什么班长嘛，完全就是一个草台班子，有什么意思？”我说。

“世界就是一个草台班子！”古月打趣道。

“我想起当年文慧为了把你这个班长选下台干的事情就好笑。她当时拉拢几个男生，说你在班主任那里打小报告，告他们抽烟。然后这帮男生因此恨你，私下商量好了，新学年班长换届竞选的时候，他们台上台下一唱一和，唱票结束你居然是零票，哈哈哈哈。”李可笑得流泪，“你知道吗，其实我当时就晓得他们做假了，因为我投了你的票，我猜至少还有你自己也是投了自己一票的啊，怎么就是零票呢？但奇怪的是你当时居然什么都没说。”

“你忘了？当时我落选后，班主任挺人性化的，估计他也是看透了那场把戏，宣布我当班主任助理。我算是保住了里子和面子，不过实话实说，我那时候也不怎么在意当不当班干部的事情了。当时考进师范的基本都是每个地方的尖子生，班上每个人都觉得自己牛哄哄的，乱作一团，队伍难带、官难当啊！”我说。

“那个文慧师范又和你一个班？”青葵问。

“是啊，冤家路窄，当年我们中学一共三个人考上师范，就我、李可和文慧。”我答。

“这个人是上天派来帮助你修行的。”千山说。

“这么说来真有点道理，毕竟没有无缘无故的爱，也没有无缘无故的恨啊。”我说。

“你还恨她吗？”李可问。

“谈不上恨，”我说，“有时候我挺可怜她的。”

“有件事我一直没对你说。”李可欲言又止。

“什么事儿？你居然还有事儿瞒着我？”我碰了碰李可的胳膊，催她快说。

“上次同学小聚，你出差那次。文慧和张俊两口子在那里扬扬自得地说你。”李可用手撩着沉香丝绸般轻盈的蓝烟，眼里充满不屑。

“说我什么？说他们联合夺了我班长的桂冠？我可丝毫没觉得可惜呢，现在是，当初也是。”我说。

“不是，文慧觉得她轻松拿下了张俊，”李可笑了一下，“另一桌喝多了的张俊也觉得很得意，说你当初喜欢他。”

我没有说话。千山、青葵和古月都盯着我，眼里有怜悯。

我望着李可，我们俩相视而笑，笑得喘不过气来。

“文慧抢了你男朋友？”古月大声截停了我俩的笑声。

“那是他们认为的，苍天在上，我可从来就没有喜欢过张俊。他们那样认为，是因为那个时候大家都处于无处安放的青春躁动时光。我们在一起肆无忌惮地谈论班上的男生，当时有个叫林一的女同学组织大家玩游戏，要大家必须在班里选一个男生来喜欢，并说出名字来。我实在不知道该喜欢谁——压根儿就没有我喜欢的嘛！后来逼急了，我就说那就张俊吧。原因是我那段时间在报刊上发表了一篇文章，张俊随后也发了一篇散文，我觉得非要选一个的话那就选个有共同爱好的。其实我真的一点儿也不喜欢他，哈哈哈。就这样，我在他们眼里就成了喜欢张俊的人。”我说，“后来，文慧就跟张俊好上了，在我面前，她明里暗里都很有优越感的样子。直到如今，这种优越感又成了他们婚后的悲哀，这真的是太戏剧化了。”

“可笑的是，上次张俊还拿这个出来炫耀，意思是痴妹你喜欢他，他有多了不起。”李可说，“老子真的是瞧不起这种男人！那个时候的玩笑居然还当真，我们谁不知道，那个时候谁懂得什么是爱？空虚、荒诞，那个时候怎么就没想到多看看书，多练练字，或者去琴房学学琴，去画室画画，唉！真是后悔啊！”

“李可，难怪他好自信，张俊上次居然打电话找我借钱，我说没有，他又说公务卡你有吧，借我周转周转，真不拿自己当外人，我果断拒绝了。真是奇葩，难道他真以为自己魅力那么大？难道他们觉得如果被我喜欢是件很值得骄傲的事情，那我就献出一点儿爱心，不道破这个可悲的真相，让他们继续骄傲吧。”我笑出了眼泪。

窗外竹影缩短了，明月当空，一炷沉香已燃尽。千山用毛巾擦桌上的浮尘，我们都感到了时间的紧迫，都有到了该说再见的感觉了。

“李可，你说你女儿菲菲当班长遇到什么事儿了？”青葵首先意识到了今晚还有这个主题没破。

这也是大家今晚急切想知道的事情。

“唉！跟痴妹一样，这孩子不知为什么非要去毛遂自荐当班长，我一再劝阻，她爸爸一再支持，于是我们就不断吵架。这段时间，菲菲说班上有个主城区的女生，处处奚落她、为难她。比如从家里带来美食或者小礼品，当着大家面分发，每个人都有份，唯独不给菲菲，等等。你们说，这当官当班干部有什么好的？还不是儒家思想作祟。”李可说。

“你又误解儒家文化了。仁义礼智信，才是儒家精髓。”千山摇着头说。

“孔子不是说——学也，禄在其中矣？”李可说，“豪哥就是这种思想，中毒很深，他成天鼓动菲菲学文科，说毕业以后好考公。”

“你女儿自荐当班长没错，你老公支持她也没错。还是那句话，每个人有自己的人生际遇，你要允许别人做别人。她愿意去当班长，那么当班长过程中遇到的障碍就是在帮助她成长。”千山说，“你眼中的你不是你，别人眼中的你也不是你，你眼中的别人才是你自己。我们都要学会接纳自己。”

“人生没有白走的路，每一步都算数。”青葵说，“孩子自己的路让她自己去闯。儿孙自有儿孙福，李可你少操心。”

“你现在要做的，除了倾听和正向引导外，最重要的是和豪哥好好相处，相互包容理解，不要总是按照自己的想法，想要把对方驯化成自己想要的样子。”我说，“我也真心地告诉你，如果时间可以倒流，不只是当班长，我想要做的事情，只要不会伤害别人，只要我觉得是有意义的，我都会大胆去做，去努力。人生没有什么大不了的，一生太短，重在体验。”

“但愿菲菲这个班长当得比你当年成功！”青葵说。

“谢谢，但愿！我回去一定找机会把你们今晚分享的告诉菲菲。”李可说。

“错，你应该第一个告诉豪哥——对他说‘我见豪哥真帅气，料豪哥见我应如大美人儿’！”古月说完起身将刚刚拿下来的书还回了书架上。

“我见青山多妩媚，料青山见我应如是。”千山说，“看外面，真应景。”

都谈到窗外了，有送客的意思了。

我们起身，走出竹园精舍，走向竹园，走进滚滚红尘。满月如璧，世界真美，到处都是恋恋不舍的模样。

后　记

《桐花纷飞时》是来自偶然的礼物。这是爱我的人和我爱的人对我过去时光的见证，是我过去、现在、未来的珍宝。

作为我的首部小说集，它是我对童年和青春时光的回望，是我懵懂认知的青涩记录。我之所以选择将这些过往的篇章整理成册，只为给青春岁月一份庄重的献礼，给自己对文学的热爱一个真挚交代。这部集子收录了我在2024年以前创作的所有短篇小说，其中半数作品已在不同文学刊物上发表过。这些作品聚焦乡村振兴的伟大征程与社会万象的缤纷多彩，那些幸福的童年回忆、亲切的家乡风貌、温暖的家人情谊，以及与我从事的群众文化工作相关的点滴感悟，皆是我创作灵感的不竭源泉。

在小说集出版前期，我曾忐忑不安，甚至想放弃。这主要源于正确的自我认识和自我定位：在文学创作方面，我是新手。不要说国际国内那些久负盛名的文坛巨匠，他们是一座座让我仰望的高山；就连我家乡酉阳，如果以县级行政区域来说，也是一块文学高地，先后涌现出许多值得我学习的实力作家。出版这么一部小说集，我有一种“关公面前耍大刀”的感觉。

幸运的是，身边这些朋友在得知我准备出版首部小说集时，不仅没有笑话我，反而给予许多帮助。如作家冉冉、冉仲景、野海、倪月友、任明友、何春花等在《桐花纷飞时》集子出版过程中给了我许多鼓励，他们甚至帮助校对修改稿件。在此，我要向所有给予我支持的亲朋好友致以最诚挚的谢意。

《桐花纷飞时》于我而言，是一个全新的起点，是扬帆起航的码头。我将继续努力学习，在阅读中不断提升对世界、对自我的认知；我将继续做个有心人，在习作中记录当下，疗愈和修炼自己；我将继续保持热爱，力争让《桐花纷飞时》不成为我最后一部作品。

冉霞

2024 年 12 月 31 日